JESSICA VAN HOUVEN • DAS GESETZ DER EICHE

Über die Autorin:
Schon als Kind liebte Jessica van Houven Bücher jeglichen Genres und so festigte sich ihre Faszination für wundervolle Storys, Magie und Mythen. Ideen und Inspiration bekommt sie auf ihren Reisen durch die Welt. Nach dem Fantasyroman »Mitnal – Das Reich der Toten« ist »Das Gesetz der Eiche« ihr zweites Werk.

Mehr über die Autorin erfahren Sie unter: www.jessicavanhouven.de, www.instagram.com/jesshouven/ oder www.facebook.com/jessicavanhouven.

JESSICA VAN HOUVEN

DAS GESETZ DER EICHE

Bibliografische Information der Deutschen Nationalbibliothek:
Die Deutsche Nationalbibliothek verzeichnet diese Publikation in der
Deutschen Nationalbibliografie; detaillierte bibliografische Daten
sind im Internet über http://dnb.dnb.de abrufbar.

2. Auflage © 2019 Jessica Heuser
Erstveröffentlichung © 2018 Jessica Heuser
Herstellung und Verlag: BoD – Books on Demand, Norderstedt

Buchcoverdesign: Sarah Buhr – www.covermanufaktur.de
Unter Verwendung von Bildmaterial von: RomanYa; jessicahyde;
Dragana Jokmanovic; predragilievski; Marco Hayashi (allesamt von
www.shutterstock.com)

Sämtliche Ähnlichkeiten der Romanfiguren mit real existierenden
Personen oder Organisationen sind rein zufällig. Die Universitäten in
London gibt es wirklich, doch die Studentenverbindungen sind
gänzlich fiktiv.

ISBN: 978-3-752-80319-8

Für Papa

❧ Prolog ❧

Die Schritte der Gruppe hallten von den kargen Kellermauern wider. Irgendwo fielen einzelne Wassertropfen leise auf den Steinboden und Schatten, die nicht ihre waren, schienen über die Wände zu huschen. Etwas knirschte unter den Schuhen, ehe der Boden endlich fester wurde. Grober Stein ging in edle Fliesen über. Der Gang öffnete sich zu einem großen runden Raum, dessen Decke, wie eine Kuppel gewölbt, gut fünf Meter über ihnen war. Warmes, gelbliches Licht, das von Lampen stammte, die in die Vorsprünge eingearbeitet waren, um den Raum indirekt zu beleuchten, erhellte die Umgebung notdürftig.

Vor den soeben eingetroffenen Leuten thronten drei Stühle auf einer marmornen Empore, die man über Stufen links und rechts erreichen konnte. Die Empore ragte zwei Meter über der Gruppe, sodass die Männer, die auf den Stühlen saßen, auf sie alle hinabblickten. Hinter den Stühlen waren Deckenstrahler angebracht, die in den Raum hineinleuchteten. Zum einen dienten die Strahler als Hauptlichtquelle und zum anderen warfen sie geschickt Schatten, sodass man die Gesichter der drei Männer nicht erkennen konnte. Der Mann in der Mitte hob seine Hand und alle gerade eingetretenen Personen blieben stehen. Der Raum war relativ gut gefüllt, doch es herrschte absolute Stille.

Der Mann erhob sich. »Brüder!« Reglos schaute er auf sie hinab. »Eine wichtige Zeit bricht an. Eine Zeit voller Entscheidungen und Taten. Unser Orden soll untergraben werden. Geschwächt und vernichtet! Das können und werden wir nicht zulassen. Zu lange herrscht schon die alte Fehde mit unserem Feind, der wir nun ein Ende bereiten und aus der wir als endgültiger Sieger hervorgehen werden. An unserer Seite wissen wir einen starken Verbündeten, mit dem uns der Sieg gelingen wird. Wir werden uns alte und neue Mittel zu Nutze machen, um die Schlacht zu unseren Gunsten zu entscheiden.«

Gebannt schaute die Gruppe nach oben. Der Vorsitzende trat einen Schritt zur Seite und mit einer dezenten Handbewegung bedeutete er einem der neben ihm Sitzenden aufzustehen.

»Wir haben Aufgaben für jeden von euch ausgearbeitet, mit denen unser Feind geschwächt wird, ehe er dies mit uns tun kann. Wir müssen schnell handeln und zielstrebig sein. Das System unseres Feindes untergraben, ihm seine finanziellen Mittel entziehen. Es geht hier um unsere Existenz, Brüder! Versagt ihr, versinkt unser Orden und wir verlieren alles. Wir müssen unseren Status jetzt absichern. Aus zuverlässiger Quelle haben wir erfahren, dass unsere Feinde unmittelbar vor einem Schlag gegen uns stehen, der uns in der Öffentlichkeit nicht nur diffamieren, sondern auslöschen wird. Keiner von uns würde mehr eine Zukunft haben.

Wir würden den Schutz unseres Ordens verlieren und ihn nie wiederaufbauen können. Seid euch also des Verlustes bewusst, den wir erleiden würden, solltet ihr versagen. Jeder hat in der kommenden Zeit seinen Beitrag zu leisten. Es werden schwierige und harte Wochen werden, ehe wir unseren Feind bezwungen haben. Schaffen wir es, werden wir eine Position erlangen, aus der heraus wir alles erreichen können.«

»Jeder erhält nun einen Zettel mit einem Zeichen. Dieses Zeichen symbolisiert eure Zugehörigkeit zu einer Arbeitsgruppe. Findet euch bitte an der Position dieses Zeichens ein – ihr seht die Symbole an den Wänden«, fuhr er fort. Mit einer ausladenden Geste deutete er auf die Symbole, die unter den Stoffbannern mit dem Ordenswappen angebracht worden waren. »Jede Gruppe ist dazu angehalten, ihre Mission nicht zu gefährden. Daher solltet ihr keinesfalls mit einem Außenstehenden darüber sprechen. Unser aller Schicksal steht auf dem Spiel. Leistet euren Beitrag. Wir werden ein Auge auf euch haben.«

Mit diesem letzten Hinweis waren sie entlassen. Ein Raunen ging durch den Raum. Zwei in schwarz gekleidete Männer schritten die Reihen entlang und verteilten gefaltete, mit Namen versehene Zettel. Die Anwesenden schauten auf das Papier, um das Symbol darauf zu erkennen und fanden sich dann an dem entsprechenden Platz ein.

Unsicherheit über die Bedrohung von außen hatte sich breitgemacht. Ihnen allen war bewusst, dass sie alles verlieren konnten, was sie bislang erreicht hatten. Geld, Status, nichts wäre mehr übrig. Es stand außer Frage, dass es ihr Leben für immer ins Negative verändern würde, wenn sie versagten.

Entschlossenheit breitete sich auf den Gesichtern aus. Die Menschen dort draußen, die Menschen in den Straßen Londons hatten keine Ahnung, was tatsächlich hinter vielen verschlossenen Türen und Mauern vor sich ging. Die Brüder waren privilegiert, einen anderen Blickwinkel einnehmen zu dürfen. Sie waren Teil von etwas Großem.

Die Zeit war gekommen und sie würden ihren Orden verteidigen.

❧ Neustart ❧

Weiß. Blendend weiß, wie gebleichte Zähne, strahlte ihr die helle Fassade des Gebäudes entgegen. Langsam ließ sie ihren Blick über die hohen Säulen im zweiten Stock gleiten, überlegte, zu welcher Ordnung die Kapitelle gehörten, ehe sie aufgab. Sie war überwältigt von dem Baustil und der Tatsache, dass nur ein Stück weiter die hochmodernen Glasfronten der Hochhäuser zu finden waren. Der Kontrast zwischen alten und neuen Gebäuden war äußerst faszinierend. Fast wie der Kontrast zwischen ihrem alten Leben und dem neuen.

Der große Innenhof des Somerset House war von Touristen und Einheimischen bevölkert. Kinder kreischten, als sie durch die sprudelnden Wasserfontänen liefen. Der noch sommerliche Septembertag bot die beste Voraussetzung für solch eine kleine Auszeit. Es wunderte sie nicht, dass es zahlreiche Leute hierher zog. Obwohl das Somerset House direkt an der Themse lag, in unmittelbarer Nähe zur Waterloo Bridge und weiter südwestlich zum Trafalgar Square, konnte man hier Abstand vom schnelllebigen Alltag in Londons Zentrum nehmen.

Nola konnte sich gut vorstellen, wie Königin Elizabeth I. dort gelebt hatte, ehe sie gekrönt worden war. Das hatte sie im Internet nachgelesen, nachdem sie zum ersten Mal hier vorbeigekommen war. Ein Gebäude voller Geschichten aus der Vergangenheit. Was würden die Mauern erzählen, könnten sie reden?

Immer wieder hatte es Bauarbeiten und Veränderungen gegeben. Ein paar der Flügel waren erst viel später gebaut worden und die Verwendung der Räume hatte häufig gewechselt. So war der Ostflügel zum Beispiel Teil des King's College London. Der Grund ihres Hierseins.

Sie hatte sich am King's College für den Studiengang in Management und Business eingeschrieben und das erste Semester hatte diese Woche begonnen.

Noch immer konnte sie nicht fassen, dass sie tatsächlich in London studierte und lebte. Natürlich war sie schon ein paar Mal in der Hauptstadt gewesen, aber ihr bisheriges Leben hatte im nordöstlich gelegenen Ipswich stattgefunden. Das war absolut kein Vergleich zum pulsierenden London, in dem sich so viele Kulturen vermischten und sich eine einzigartige Stadt gebildet hatte. Nola hatte geahnt, dass es überwältigend sein würde von einer deutlich kleineren Stadt hierhin umzuziehen und war froh, dass sie schon in den Ferien hergekommen war.

Nola war zwar weder kontaktscheu noch unbeholfen, aber auch sie musste sich erst einmal zurechtfinden. Die Entscheidung, nach einer Wohngemeinschaft zu suchen, war deshalb goldrichtig gewesen.

Ihre Mitbewohnerin Eliza studierte schon etwas länger am King's College und hatte zahlreiche Tipps auf

Lager, die sie bereitwillig teilte. Liz war in ihrem letzten Bachelorjahr in Medizin und besuchte die Vorlesungen, Kurse und praktischen Einheiten am Guy's Campus, der etwas entfernt vom Hauptsitz der Universität auf der anderen Themseseite lag.

Die letzten vier Wochen waren wie im Flug vergangen. Sie hatten sich gemeinsam die Stadt angesehen und Liz hatte zu vielen Plätzen und Gebäuden etwas erzählen können. Nola fühlte sich zunehmend wohler in London, was nicht zuletzt an der gemütlichen kleinen Wohnung lag, die ihr Zuhause war. Außerdem hatten sich die Mädels auf Anhieb gut verstanden und viele charakterliche Ähnlichkeiten entdeckt.

Jäh wurde sie aus ihren Gedanken gerissen, als sie plötzlich angesprochen wurde. Sobald sie aber ihre Mitbewohnerin sah, wurde Nolas fröhliches Grinsen breiter.

»Na, Frischling. Wie war dein erster Tag?«, begrüßte Liz sie.

Sie hatten sich heute Morgen für die Mittagspause verabredet, denn die Kurse würden bei Liz erst in der nächsten Woche beginnen. Da der Studiengang sehr anspruchsvoll war und viele Zusatzarbeiten sowie Praktika vorgesehen waren, würde es bei der Blonden dann zeitlich ganz anders aussehen.

»Es war gut. Ich frage mich momentan zwar, wie ich das Pensum schaffen soll, aber ich schätze, da wächst man rein. Ich bin wirklich froh, dass ich früher hergekommen bin, um mich am Campus und in der Stadt umsehen zu können. Wenn ich mir überlege, ich wäre heute zum ersten Mal hier und hätte die Gebäude suchen müssen...« Statt den Satz zu beenden, schüttelte sie den Kopf.

Für jeden Fachbereich gab es ein eigenes Gebäude oder einen Flügel im großen Gebäude, welches an das Somerset House grenzte. Man konnte die Erstsemester problemlos an den fragenden Mienen und den Campuskarten in den Händen erkennen. Nola freute sich auf diesen Neuanfang, aber sie hatte auch großen Respekt vor den Anforderungen, die von den Professoren an die Studenten gerichtet wurden. Sie zweifelte nicht daran, dass sie es schaffen würde, aber sie musste sich selbst eine Eingewöhnungsphase zugestehen.

»Was hattest du denn für unsere Pause im Sinn?«

»Ich dachte, wir setzen uns hierhin. Am Wasser ist es mir zu ungemütlich. Da hecheln die ganzen Jogger und Fahrradfahrer vorbei und das Hupkonzert brauche ich auch nicht bei unserem kleinen Lunch. Ich habe Sandwiches mitgebracht.« Zur Verdeutlichung hob Liz eine Tüte in die Höhe und wedelte damit hin und her. Zustimmend nickte Nola und so sahen sie sich nach einem freien Platz im Innenhof um.

»Wie sind denn die Leute so? Lässt sich ja meist schon ein erster Eindruck gewinnen, ob jemand Nettes dabei ist.«

»Zwei Mädels waren dabei, mit denen ich gequatscht habe und gerade hab ich mich noch kurz mit einem Studenten unterhalten. Er ist im zweiten Jahr, muss aber die Vorlesung wiederholen. Es sind auf jeden Fall ein paar sympathische Leute dabei. Da mache ich mir keine Sorgen. Ich bin ja nicht auf den Mund gefallen«, meinte Nola lachend.

»Das bist du wirklich nicht. Du machst das schon! Wir unternehmen so viel gemeinsam wie möglich, aber ich werde ab nächster Woche wieder eingespannt sein. Da will ich sichergehen, dass du gescheiten Ersatz für mich hast«, scherzte Liz und beschleunigte nebenbei plötzlich ihre Schritte. Sie hatte ein freies Fleckchen im Schatten entdeckt, was momentan ein regelrechtes Wunder war und flitzte darauf zu, um es sofort zu blockieren.

Nola ließ sich neben ihr auf dem Boden nieder, lehnte sich an das Geländer in ihrem Rücken, denn Bänke standen hier im Innenhof keine. Sie beschloss, mal mit ihrer Kamera herzukommen und das Somerset House zu knipsen. Dieses Hobby würde sie in London richtig ausleben können.

»Ich hoffe, es stört dich nicht, dass ich einen guten Freund von mir eingeladen habe? Er war während der Ferien nicht in der Stadt und gesellt sich normalerweise häufiger in meinen Pausen oder Freistunden dazu.«

»Kein Problem! Ich hab mich schon gewundert, wer die ganzen Sandwiches essen soll.« Nola schielte in die

Tüte, die Liz ihr hinhielt und angelte nach einer der Packungen. Aus ihrer Umhängetasche zog Nola anschließend eine Wasserflasche und das Mittagessen konnte beginnen.

Während sie aßen, schauten sie sich Nolas Vorlesungsplan an. Liz ließ sich darüber aus, wie schrecklich der Montag sein würde, da direkt um acht Uhr morgens eine Vorlesung war. Ansonsten war es überraschend entspannt, da an jedem Tag ein paar kleine Lücken vorhanden waren. Die würde Nola vermutlich brauchen, um sich an die neue Umgebung zu gewöhnen und in der Bibliothek nach Literatur zu suchen. Obwohl ihr alles fremd und kompliziert vorkam, war sie sich sicher, dass sie schnell mit allem zurechtkommen würde.

»Hallo Ladys. Wenn ich mich nicht irre, bin ich hier eingeladen.« Die männliche Stimme ließ die beiden jungen Frauen leicht zusammenzucken und von dem Vorlesungsplan aufschauen.

»Da bist du ja!« Liz erhob sich freudig und umarmte den schlanken Braunhaarigen, dessen kurze Haare ihm wild verwuschelt vom Kopf abstanden. Er drückte Liz fest an sich, gab ihr einen Kuss auf die Wange und schien sich sehr über das Wiedersehen zu freuen. Als er sich von ihr löste, richteten sich seine Augen auf Nola. Er lächelte ihr mit einem schiefen Grinsen freundlich entgegen.

»Na hola, du hast mir gar nicht gesagt, dass deine neue Mitbewohnerin so gut aussieht, Liz!« Ohne dabei aufdringlich zu sein, zwinkerte er Nola zu und reichte ihr seine Hand. »Ich bin Oliver. Liz hat schon ein bisschen von dir geschwärmt.«

»Ich bin Nola. Geschwärmt kann dann ja nur Gutes bedeuten. Damit kann ich leben«, erwiderte sie und rutschte ein Stück zur Seite, damit er auf Elizas anderer Seite Platz nehmen konnte.

»Du darfst nicht alles ernst nehmen, was er von sich gibt. Er hält sich manchmal für unwiderstehlich, dann muss man ihn auf den Boden der Tatsachen zurückholen«, sagte Liz grinsend, was Oliver empört nach Luft schnappen ließ.

»Manchmal? Ich halte mich grundsätzlich für unwiderstehlich! Bitte halt dich an die Tatsachen, meine Liebe. Aber jetzt gib mir erst einmal mein Mittagessen und erzähl mir, wie die Zeit ohne mich war.«

Nola schmunzelte amüsiert und konnte sich vorstellen, dass sie mit Oliver gut auskommen würde. Liz verdrehte zwar die Augen, gab ihm dann aber die letzte Packung mit Sandwiches. Ihr war anzusehen, wie sehr sie sich über seine Rückkehr freute.

»Nola und ich haben viel unternommen. In den ersten Tagen haben wir Touristen gespielt und ich habe ihr die wichtigsten Orte der Stadt gezeigt. Sie war zwar schonmal in London, aber das ist eine ganze Weile her. Bevor sie eingezogen ist, habe ich das Praktikum beendet, das ja zwei Monate lang ging. Und jetzt kommt der Uni-Alltag wieder. Was soll ich da groß erzählen, was du nicht selbst kennst?«

Aufmerksam hatte er Liz zugehört und nickte nun leicht. »Also alles beim Alten. Nichts Besonderes in meiner Abwesenheit passiert. So mag ich das. Abgesehen von Nola natürlich. Du bist eine Neuigkeit. Mit Liz um die Häuser zu ziehen, war ein guter Einstieg für dich. Gibt niemanden, der dir die Stadt besser hätte zeigen können! Außer mir! Und jetzt erzähl mir mal etwas von dir.«

Nola konnte nicht anders und musste lachen. Seine flapsige Art machte das Gespräch unglaublich angenehm und zwanglos. »Ich weiß ja nicht, was du wissen möchtest. Die Fakten kennst du anscheinend schon von Liz. Ich fange an zu studieren und komme ursprünglich aus Ipswich.«

»Was studierst du? Du hast dann dieses Jahr die Schule beendet? Und wie ist das Leben in Ipswich?«

»Management und Business. Die Schule habe ich allerdings vergangenes Jahr beendet, bin also jetzt zwanzig. Ich habe ein Jahrespraktikum gemacht, um mich zu orientieren und sicher zu sein, was ich machen möchte. Denn die Alternativen in Ipswich sind nicht so vielfältig wie in London. Es ist okay, ich mag es dort, aber ich wollte definitiv in eine größere Stadt. Wenn man die Chance auf eine solche Universität bekommt, dann sollte man sie nutzen«, antwortete sie auf die zahlreichen Fragen.

»Ach sooo, ich dachte, du wärst eins der Küken, die direkt von der Schule kommen. Verschätzt!«

Es war nicht abwegig, was sich Oliver gedacht hatte. Viele Schulabsolventen gingen mittlerweile erst ins Ausland und reisten, ehe sie sich für eine Universität entschieden. Reisen stand für Nola auch noch auf dem Programm, aber wahrscheinlich erst nach dem Bachelor.

»Was ist denn mit dir? Was studierst du hier?«, fragte Nola neugierig. Wer viel fragte, musste in ihren Augen auch mit Gegenfragen rechnen. Ob er gemeinsam mit Liz Medizin studierte und sie sich von dort kannten? Während sie aufmerksam zu Oliver sah, spielte sie nebenbei an ihrer goldenen Kette mit dem filigranen Blatt-Anhänger.

»Hier? Nein, nein. Ich bin nicht auf dem King's College. Ich bin am Imperial College eingeschrieben. Drüben beim Hyde Park, falls du die Stadtkarte im Kopf hast. Da bin ich im vorletzten Jahr Elektro- und Informationstechnik. Deinem Blick nach zu urteilen, kannst du damit nichts anfangen.«

»Er ist einer von denen, die viel am Computer hängen, über irgendwelchen Quellcodes brüten und zumindest ein kleines Nerd-Gen haben. Falls du mal jemanden brauchst, der dir irgendetwas erfindet, frag Oli. Er baut dir sicher gern einen Hochleistungsakku für dein Handy oder sowas«, mischte Liz sich wieder mit in das Gespräch ein.

»Siehst du, Nola? Ich werde zutiefst missverstanden. Nerd sagt sie!«, witzelte Oliver gut gelaunt weiter und brachte die Mädels zum Lachen. »Ansonsten hat sie natürlich Recht. Wir basteln tatsächlich viel herum und programmieren diverse Dinge. Der neueste Plan ist ein Roboter, der sich um deinen Haushalt kümmert. Wir reden nicht von den kleinen Prototypen, die sich noch mit abgehakten Bewegungen vorwärts quälen, sondern von einer vollwertigen Haushaltshilfe, die mit einer entsprechenden Software bespielt wird.«

Nola staunte nicht schlecht. Oliver konnte wohl kaum auf den Kopf gefallen sein, wenn er erfolgreich einen solchen Studiengang belegte. Sie hatte keine große Ahnung von Technik. Mit den Alltagsgegenständen kam sie klar und konnte sich helfen, wenn mal etwas nicht funktionierte, aber mit Olivers Fähigkeiten konnte sich Nola nicht annähernd messen. Er tauchte anscheinend in die Tiefen der Computerprogrammierung ein, was für sie nur unverständliches Kauderwelsch war.

»Klingt kompliziert, aber interessant! Ich habe bloß angenommen, dass du hier studierst, weil wir uns auf unserem Campus treffen. Wo habt ihr euch denn kennengelernt?«

»Wir sind uns klassisch in einem Pub über den Weg gelaufen. Ich habe die Pub-Tour der Erstsemester mitgemacht und wir kamen ins Gespräch. Er war mit einigen seiner Verbindungsleute dort. Du hast ja miterlebt, wie locker der Umgang hier ist. Da ist man schneller in einer Unterhaltung, als man gucken kann. So haben wir uns dann angefreundet«, war es Liz, die antwortete.

»Heißt ja nicht, dass man nur Freundschaften an der eigenen Uni pflegen muss«, fügte Oliver achselzuckend hinzu.

Ob man die Vorlesungspläne verglich, wenn man nicht an der gleichen Fakultät war oder bloß in einem anderen Fachbereich, war vollkommen egal. In Nolas Augen war es wertvoll genug, wenn man in dieser riesigen Stadt überhaupt Anschluss fand und sich mit diesen Leuten gut verstand. Mit jedem Tag, den sie hier verbrachte, verblassten ihre anfänglichen Bedenken, dass sie länger brauchen würde, um sich komplett einzufinden. Mit Liz und Oliver hatte sie die ersten Kontakte geknüpft, die zu einer Freundschaft reifen konnten und baute sich somit eine Basis auf.

Die restliche halbe Stunde ihrer Mittagspause genoss sie mit den beiden anderen und hatte einige Male wegen Olivers Sprüchen zu lachen. Als sie sich verabschiedete, um zu ihrem nächsten Seminar zu gehen, einigten Liz und Oliver sich gerade darauf, ein wenig durch die Stadt zu bummeln. Sie hatten nach den langen Semesterferien doch noch ein paar Themen aufzuholen.

Nola schaute über die Schulter zurück, während sie auf den Eingang des Gebäudes zuging und war der festen Überzeugung, dass sie einen mehr als gelungenen Neustart in London aufs Parkett gelegt hatte.

❦ Im Pub ❧

Die letzte Vorlesung der Woche war vorüber und Nola drängte neben den anderen Studenten nach draußen. Sie fand sich ganz gut zurecht, obwohl es viele Verwinkelungen und Verbindungen zu anderen Gebäuden gab. Bis sie den Campus gänzlich im Kopf hatte, würde es noch dauern, aber ihre Vorlesungssäle und Seminarräume fand sie mit Leichtigkeit.

»Das ging weit über die Grundlagen der Businessentwicklung hinaus, was der Professor da von sich gegeben hat, findest du nicht? Mir raucht der Kopf.«

Nola wartete gerade darauf, endlich den Raum verlassen zu können, doch vor der Tür hatte sich eine Menschentraube gebildet. Alle wollten möglichst zeitgleich hinaus und es staute sich zurück. Neben ihr stand der freundliche Student, mit dem sie am ersten Tag kurz gesprochen hatte. Der Blonde trug seine Haare sehr kurz und wirkte mehr wie ein Sportler als jemand, der Management studierte. Er strahlte ihr fröhlich entgegen. Er war im zweiten Jahr, musste aber zwei Vorlesungen und zwei weitere Seminare wiederholen. Weshalb, wusste sie natürlich nicht.

»Stimmt. Anfangs denkt man, dass man relativ langsam an die Inhalte herangeführt wird und dann allem gut folgen kann. Leider legen die Professoren ein ziemliches Tempo vor. Ich glaube, die Grundlagen haben wir heute abgehandelt und ab nächster Woche geht es ans Eingemachte«, stimmte sie seufzend zu.

Wie würden die weiteren Semester aussehen, wenn man schon in den ersten Wochen gefühlt alle Themen behandelte? Andererseits hatten ganz andere Leute studiert, die nicht halb so clever und fleißig gewesen waren.

»Man merkt sofort, dass man an einer renommierten Uni gelandet ist, wo man Leistung erbringen muss. Außerdem sieben die ohnehin im ersten Jahr ordentlich aus. Ist ja klar, dass sie nur die Studenten behalten wollen, die das hier wirklich wollen. So faule Leute wie ich, müssen dann halt nochmal ran.« Ernst blickte er sie an, lächelte ihr dann wieder gut gelaunt entgegen. »Keine Sorge. Ich will dir keine Horrorgeschichten erzählen, aber du kannst dir sicherlich denken, dass sie am Anfang mehr fordern und später etwas entspannter werden. Übrigens – ich bin Ben.«

Nola stellte sich ihm ebenfalls vor und konnte ihm anschließend nur recht geben, was das Verfahren der Universität anging. Die Studenten sollten es sich nicht zu leicht machen und deshalb wurde vermutlich gerade zu Beginn ein größeres Augenmerk auf die Leistung gelegt, mehr Druck erzeugt.

»Das kriegen wir schon hin. Aber gut zu wissen, dass es irgendwann etwas leichter wird.« Trotzdem hatte sie Angst, dass sie nicht gut genug war und in den Klausuren versagen würde. In einer neuen Stadt, umgeben von unbekannten, neuen Leuten, an einer Universität – ihr Leben war ein gänzlich anderes geworden.

Die Schlange vor ihnen löste sich endlich auf, sodass auch sie aus dem Saal hinaustreten konnten. Die meisten Studenten eilten zu ihren nächsten Vorlesungen oder wollten sich in der Zeit dazwischen einen Kaffee organisieren.

»So, das Wochenende ruft. Quälen wir uns lieber nicht weiter mit dem Professor herum. Wir dürfen das Studentenleben nicht vergessen! Wir sehen uns am Montag, Nola.« Kurz hob Ben die Hand, grinste ihr entgegen und verschwand dann in den Korridor zu ihrer Linken.

Sie schlenderte etwas langsamer nach rechts und ließ die Woche Revue passieren. Gedankenverloren suchte sie sich ihren Weg die Treppe hinab und in das nächste Gebäude, welches mit diesem verbunden war. Dort wollte Nola den Ausgang benutzen, der sie direkt gegenüber der Themse entließ. Sie eilte die letzten Stufen hinunter, sah zur breiten Tür hinüber, die ihr Ziel war, und rempelte in diesem Augenblick jemanden mit der Schulter an. Erschrocken wirbelte ihr Kopf herum.

»Pass bloß auf!«, zischte der braunhaarige Kerl und musterte sie abfällig von seiner erhöhten Position. Er war zwar ohnehin größer als sie, hatte aber zwei weitere Treppenstufen erklommen. Seine breiten Schultern und die muskulöse Statur trugen zu einem sehr einschüchternden Auftreten bei. Von oben sah er auf sie herab, ließ Nola sein ganzes Missfallen spüren. Sie hatte Blau immer für die kältere Augenfarbe gehalten, aber der eiskalte Blick seiner braunen Augen verursachte Nola eine unangenehme Gänsehaut. Seine Haare waren kurz geschnitten und mit perfektionierter Lässigkeit gestylt. Wäre er nicht so offensichtlich eingebildet, hätte sie ihn als verdammt gutaussehend bezeichnet.

»Entschuldige. Das war keine Absicht«, brachte sie perplex hervor und war von seiner Unfreundlichkeit überrascht. Konnte doch mal passieren! Kein Grund, so unfreundlich zu reagieren.

»Dämliche Erstsemester«, spie er verachtend aus und wandte sich um, ohne sie eines weiteren Blickes zu würdigen.

Ungläubig sah sie ihm noch wenige Sekunden nach, ehe sie sich aus der Starre löste. Da hatte wohl jemand einen ziemlich schlechten Tag. Aber gut, man konnte nicht nur nette Menschen treffen. Leicht kopfschüttelnd nahm Nola ihren Weg wieder auf und dachte an den bevorstehenden Abend mit Liz und Oliver.

***

Nachdem sich die beiden jungen Frauen für den Abend fertig gemacht hatten, waren sie gegen neun Uhr zum Pub aufgebrochen. Schon als sie um die Ecke kamen, standen einige Leute vor dem Pub und tranken ihr

Feierabendbier. Viele Studenten des University Colleges tummelten sich hier, da die Universität nicht weit entfernt war und alle genossen sie den relativ milden Abend.

Liz und Nola quetschten sich an ihnen vorbei ins Pub mit der schwarzen Fassade. Links vom Eingang befand sich die dunkle Holztheke, die bereits von Studenten belagert wurde. Die Luft war warm und drückend, weshalb Nola direkt ihre dünne Jacke auszog. Im hinteren Bereich entdeckten sie Oliver, der mit der ersten Getränkerunde auf sie wartete.

Fuump. Der Pfeil traf mit einem dumpfen Geräusch auf die Dartscheibe. Gerade so überhaupt auf die Scheibe. Nola ließ den Kopf hängen.

»Das ist echt nicht mein Spiel! Wieso hab ich mich von dir bequatschen lassen?!«, wollte sie von Oliver wissen, der sich köstlich zu amüsieren schien.

»Indem ich gewinne, hältst du mich bei Laune. Das ist doch auch nicht schlecht! Sieh es mal so, dass die Pfeile wenigstens steckenbleiben und du kein so hoffnungsloser Fall bist, dass sie direkt auf den Boden fallen.«

»Na danke.« Sie gab ihm einen leichten Schubs gegen die Schulter und räumte dann das Feld, damit er die nächsten drei Würfe machen konnte. Nach der dritten Runde Guiness hatte sie sich überreden lassen, mit ihm Darts zu spielen. Bisher war sie die herausragende

Verliererin. Liz unterhielt sich derweil mit einem Kumpel von Oliver, der sich vor einer halben Stunde zu ihnen gesellt hatte.

»Was sagst du denn so nach deiner ersten Uni-Woche?« Er warf ihr einen Seitenblick zu, kniff dann ein Auge zu, um die Dartscheibe anzupeilen.

Nola zuckte leicht mit den Schultern. »Es ist noch anspruchsvoller als ich dachte. Kann man absolut nicht mit Schule vergleichen, weil es eine ganz andere Welt ist. Es wird bestimmt anstrengend, aber ich werde mich nicht unterkriegen lassen«, sagte sie ehrlich. Bislang hatte sich Nola immer an neue Herausforderungen herangewagt und sich durchgebissen. Diesmal würde es nicht anders sein.

In seinem nächsten Wurf, der vorherige war natürlich im inneren grünen Kreis stecken geblieben, hielt Oliver inne und sah zu Nola. »Das legt sich. Wir werden dich regelmäßig ins Pub zerren, damit du deine Sorgen beim Spielen vergessen kannst.« Er grinste Nola breit an.

Ein paar Momente schwiegen sie und Oliver sah zu, wie Nola die nächsten drei Würfe minimal besser platzierte. »Und du bist in einer Verbindung? Ich dachte, sowas gibt es gar nicht mehr. Ist das dieser Alpha-Omega-Delta-Kram?« Sie hatte die Information aus Elizas Kommentar zu Beginn der Woche aufgeschnappt.

»Was?« Er begann zu lachen und schnappte sich sein Bierglas, um einen Schluck zu trinken. »Du hast ja Vorstellungen... Klar gibt es noch Verbindungen. Vor allem sind wir an alten, elitären Universitäten gelandet, liebste Nola. Da gehört das zum guten Umgangston. Wobei sich fast nur die Amis am griechischen Alphabet vergreifen«, sagte Oliver.

Nola wusste, dass Studentenverbindungen ähnlich wie Vereine waren. Man knüpfte dort Kontakte zu anderen Mitgliedern, unternahm in der Freizeit etwas gemeinsam und vernetzte sich zudem mit Mitgliedern über Jahrgänge hinweg. Das klang interessant, aber sie wusste nicht, was eine Verbindung überhaupt machte. Da konnte man ebenso gut eine Arbeitsgruppe gründen oder direkt einen Verein.

Das Bild, das sie ansonsten von Studentenverbindungen hatte, war durch amerikanische Filme geprägt. Die Studenten einer Verbindung schmissen dort eine Party nach der anderen und lebten gemeinsam in einem großen Verbindungshaus.

Mit seiner lockeren Art hätte Oliver da problemlos reingepasst. Gleichzeitig war er ehrgeizig genug, um sich für eine Studentengruppe zu engagieren. Liz hatte erzählt, dass er im vorletzten Jahr war und sein Studium bald abschließen würde. Oliver hatte große Pläne für seinen Start ins Berufsleben und wollte bei einer der großen IT-Firmen in London Fuß fassen.

»Was ist das denn für eine Verbindung? Ich hab echt keine Ahnung davon. Was macht ihr da?«, sprach sie die ersten Fragen aus, die ihr in den Sinn kamen.

Oliver übernahm die Pfeile und sprach währenddessen weiter. »Wir nennen uns die Goldene Mitte, etwas stilvoll Lateinisches. Ist nicht so wichtig. Jedenfalls sind wir eine Gruppe von Leuten, die an Technik interessiert sind. Wir picken uns die besten Studenten heraus und die werden gefördert. Wenn du eine gute Idee für eine Erfindung oder einen Prototyp hast, dann setzt die Verbindung oftmals mehr Hebel in Bewegung, damit du daran experimentieren kannst, als es der Fonds der Fakultät tut«, erklärte er bereitwillig.

»Also wird nicht jeder aufgenommen?«

»Nein, denn dann wären wir ja bloß wie jeder ins Leben gerufene Arbeitskreis von Studenten. Unsere Verbindung wird von Ehemaligen finanziert und gefördert. Einige haben auch eine lehrende Position innerhalb der Verbindung, stehen uns Studenten zur Seite. Ist eine feine Sache.«

Nola reagierte nicht, als er die Pfeile auf den Tisch legte und ihr somit signalisierte, dass sie an der Reihe war. Sie hielt ihr Glas umklammert und schaute ihn an. »Das klingt… gut. Irgendwie habe ich etwas anderes erwartet. Ich weiß auch nicht, aber ich denke bei Studentenverbindungen direkt an viele Partys. Bei euch ist es eher unspektakulär und so bodenständig.« Nola lächelte zaghaft und zuckte leicht mit den Schultern, um ihm nicht vielleicht mit ihrer Aussage auf den Fuß zu treten.

Gruppen, die nicht jeden aufnahmen, hatten einen gewissen Beigeschmack für sie. Solche Clubs hatten etwas Geheimnisvolles. Vor ein paar Jahren hatte Nola zudem eine äußerst merkwürdige und heftige Reaktion auf solche Universitätsclubs miterlebt. Anscheinend war es doch falsch gewesen, so zu denken.

»Du hast echt zu viele Filme geguckt. Du kannst in unsere Mitgliederliste schauen, da ist nichts Geheimes dran. Tut mir leid, dich zu enttäuschen. Aber…« Oliver wackelte mit den Augenbrauen und hob einen Zeigefinger in die Höhe, um sich ihre Aufmerksamkeit zu sichern. »… vielleicht findest du es ja spannend, dass es noch weitere Verbindungen an den Universitäten gibt und jede Menge alte Geschichten. Da herrschen so einige Konkurrenzkämpfe untereinander.«

»Na! Was erzählt er wieder für einen Schwachsinn?!« Liz platzte in das Gespräch hinein und lehnte sich mit ihren Unterarmen auf Nolas Schultern. »Können wir gleich mal weiterziehen? Wir wollten doch noch woanders hin.«

»Klar können wir weiter. Nola muss nur die restliche Pfütze aus ihrem Glas wegkippen. Das mit dem Darts spielen wird heute sowieso nichts mehr bei ihr«, antwortete Oliver neckend, was Nola dazu veranlasste, ihm die Zunge herauszustrecken.

Sie ließ sich nicht lange bitten und leerte ihr Glas, damit die kleine Gruppe weiterziehen konnte. An ihr sollte es nicht liegen.

ଔ Einbruch ଓ

Er presste sich mit dem Rücken an die kalte Steinmauer und warf einen Blick um die Ecke. Niemand zu sehen. Er sah sich weiter um. Wo stand die nächste Laterne und bis wohin fiel ihr Licht? Wo konnte er sich im Schatten bewegen und wie gelangte er über die Mauer? Rasch hatte er seinen weiteren Weg ausgekundschaftet und wollte sich schon von der Mauer abstoßen, als sich ein Motorengeräusch näherte. Am liebsten hätte er die Augen verdreht, doch er blieb konzentriert. Ein schwarzes Taxi kroch auf die Kreuzung zu und fuhr geradeaus an ihm vorbei. Lautlos atmete er aus und linste ein weiteres Mal um die Ecke. Kein weiteres Auto in Sicht.

Nun hielt ihn nichts mehr und er lief geduckt los, an der Mauer entlang und sprang auf Höhe einer bewachsenen Mauerstelle katzengleich ab. Seine Schuhspitze fand minimal Halt in den Efeuranken, aber es reichte aus. Schnell hatte er sich über die Mauer gehangelt und kam auf der anderen Seite auf beiden Füßen auf.

Von seinen sorgfältigen Recherchen wusste er, dass der Mann, den er besuchen wollte, zwar keine Kameras an der Rückseite seines Hauses angebracht hatte, dafür jedoch ein paar Bewegungsmelder. Vor ihm erstreckte sich der sorgsam gepflegte und gestutzte Rasen bis zu einer Terrasse, die im Dunkeln lag. Nur vereinzelte Büsche würden ihm Sichtschutz bieten.

Er setzte sich wieder in Bewegung und rannte nach links. Sein Ziel war nicht die Terrasse, die sonst jeder drittklassige Einbrecher ins Visier genommen hätte. Im Schutz der Mauer näherte er sich der linken Hausseite, ohne einen Bewegungsmelder zu aktivieren. Schließlich überbrückte er ein schmales Stück Rasen, um an die Hauswand zu gelangen. Sein Blick richtete sich nach oben zu den Fenstern im ersten Stock.

Prüfend fuhr seine Hand über die alten Steine, aus denen das Haus gebaut war und er begann triumphierend zu grinsen. So schön alte Gebäude waren, die Fassaden luden zum Klettern ein und boten genügend Halt.

Die Hände musste er sich nicht erst an der Hose abwischen, denn sie waren trocken. Er wusste, was er tat. Die kleinen Vorsprünge und Fugen nutzend, schob er sich langsam an der Wand hinauf. Schwieriger wurde es erst, als er am Fenstersims angelangte und mit einer Hand versuchte, das Fenster zu öffnen. Er verkniff sich ein verächtliches Schnauben, als er erkannte, dass es ein alter Holzrahmen war. Er angelte nach dem dünnen Draht in der Seitentasche seiner schwarzen Hose und schob diesen dann unter dem Rahmen durch. Mit ein wenig Geduld konnte er die Drahtschlaufe, die nun im Hausinnern war, um den Haken legen der das Fenster verschlossen hielt. Der alte Mechanismus war leicht zu knacken. Er zog den Draht einfach in die andere Richtung, nachdem er die Schlaufe um den Haken geschlungen hatte.

Dann brauchte er bloß noch den Rahmen hoch zu drücken und schob das Fenster somit nach oben auf. Es klemmte ein wenig und knarrte, was ihn erstarren ließ. Er hörte jedoch keine weiteren Geräusche. Nach wenigen Sekunden hatte sich Shane Zutritt zum Haus verschafft.

Das Arbeitszimmer lag nach hinten in Richtung Terrasse. Er musste den Flur finden, denn auf der richtigen Etage war er schon. Mit einer kleinen Taschenlampe beleuchtete er kurzzeitig den Raum, in dem er gelandet war. Ein verstaubtes Gästezimmer.

Er lauschte an der Zimmertür, dann griff er in die Innenseite seiner Jacke, zog eine dunkle Stoffmaske hervor und streifte sie sich über das Gesicht. Langsam drückte er die Klinke hinunter.

Nur, weil das Haus von außen still ausgesehen hatte, bedeutete das nicht, dass der Besitzer schlief. Im Gegenteil. Oft saß Frederick bis in die Nacht über seinen Aufzeichnungen.

Der Flur war leer und dunkel. Shane wandte sich nach rechts und am Ende des Flurs wieder links. Nun lagen drei Türen zu seiner Rechten. Alle hatten ihre Fenster zur Rückseite des Hauses. Nur unter einem Türspalt schimmerte Licht. In zwei Sätzen war er an der Tür und lauschte. Er hörte ein Kratzen, das er nicht direkt zuordnen konnte. Dazu drang immer wieder ein

Murmeln durch die Tür. Shane wollte nicht noch mehr Zeit verstreichen lassen und öffnete die Tür. Stück für Stück. Gerade so weit, dass er sich in das Zimmer schieben konnte.

Gegenüber der Tür befanden sich die Fenster, von dunklen Vorhängen verhüllt, weshalb er draußen im Garten kein Licht gesehen hatte. Rechts standen hohe Bücherregale und ein abgewetzter Sessel, links nahm ein großer Holzschreibtisch die meiste Fläche in Beschlag. Ein übergewichtiger Mann mit schütterem Haar saß dort mit dem Rücken zur Tür, schrieb kratzend vor sich hin und schien nichts um sich herum wahrzunehmen. Lautlos näherte sich Shane dem Mann. Dann ging alles ganz schnell.

Mit einer Hand drückte er dem Mann die Klinge eines Dolches an die Kehle, mit der anderen Hand fasste er nach dem Kopf des Mannes, damit dieser der Klinge nicht entkommen konnte. Erschrocken, überrumpelt und voller Angst begann Frederick zu schnaufen.

»Was… was wollen Sie?«

»Halt die Klappe, Freddie«, befahl Shane und überflog nebenbei die Notizen, die der Mann bis eben gemacht hatte. »Was schreibst du da? Gedichte? Wo sind die Aufzeichnungen des Ordens?«

Langsam schien dem Mann zu dämmern, worum es hier ging und dass es sich nicht um einen normalen Einbruch handelte. Schweiß trat auf seine Stirn, was

Shane angeekelt bemerkte. »Bist du einer von ihnen? Auf welcher Seite stehst du?«

»Das geht dich nichts an, Freddie. Wenn du mir bei drei nicht gesagt hast, wo ich deine Unterlagen finde, war es das sowieso mit dir. Eins… Zwei…« Er verstärkte den Druck der Klinge. Blut trat aus einem feinen Schnitt am Hals. Frederick begann zu zittern.

»Im Regal… Sie sind im Regal. In einem Fach hinter dem Buch *Das Bildnis des Dorian Gray*.«

Trocken lachte Shane auf. »Weil du dich für so jung und gut aussehend hältst? Hast du mal in den Spiegel geguckt?« Die Klinge hielt er weiterhin fest an Fredericks Hals gepresst. »Finde ich dort alles?« Endlich nahm er den Dolch weg, zog dafür ein dünnes, robustes Seil hervor, mit dem er Frederick um den Oberkörper herum am Stuhl festband. Er zog absichtlich fest. Shane drehte den Bürostuhl so, dass Frederick zusehen konnte, wie er an das Regal trat und das Buch von Oscar Wilde suchte. Ungeduldig zog er gleich mehrere Bücher heraus und ließ sie achtlos auf den Boden fallen. Ein kaum zu erkennendes Fach war an der Rückseite des Regals und eben dieses öffnete er nun.

»Du machst dir die Mühe die Unterlagen zu verstecken und schließt das Fach dann nicht ab? Wie dumm bist du eigentlich?!«

Shane zog eine Mappe hervor und begann durch den Inhalt zu blättern. Offizielle Mitgliedslisten und ein paar Pläne, Formulare. Sehr schön. »Hast du die aktuellen Pläne des Ordens schon weitergegeben oder noch nicht erhalten?«, verlangte er zu wissen. Leider schaltete sein Opfer auf stur. Genervt holte Shane Luft. »Ich will wissen, ob du eure nächsten Schritte dokumentiert hast. Was führt ihr gegen uns im Schilde? Was habt ihr geplant? Du bist doch der Verwahrer und müsstest alle wichtigen Unterlagen haben.«

Keine Antwort.

Shane griff nach dem Dolch, den er in die andere Seitentasche der Hose gesteckt hatte und warf ihn, ohne mit der Wimper zu zucken, auf Frederick. Der schrie auf, als die Klinge sich in dessen rechte Schulter bohrte.

»Ja… ja, ich bin der Verwahrer, aber ich habe nicht immer alle Akten hier. Nur die Mitgliedsliste, ein paar der aktuellen Missionen. Die… die weiteren Pläne werden im Hauptgebäude aufbewahrt. Die ältesten Schriften unseres Ordens sind dort«, japste er, als er die erste Schmerzwelle überstanden hatte.

Lauernd näherte Shane sich dem gefesselten Mann und baute sich vor ihm auf. »Du kennst die Pläne. Sag mir, was ihr konkret vorhabt.« Wieder erhielt er keine Antwort. Wie dumm war Freddie überhaupt? Shane fasste an den Griff der Waffe und drehte diesen in der Wunde herum. Frederick schrie erneut gepeinigt auf.

»Wir… wir werden…«

Shane vernahm ein Geräusch von der Tür, drehte sich sofort um und sah, wie der Neuankömmling ein Messer warf. Shane versuchte, die Flugbahn zu beeinflussen, doch Sekunden später traf es mitten in Fredericks Herz. Freddies Kopf sackte nach vorn.

»Du riesengroßer Idiot! Dass sie dich überhaupt aufgenommen haben, grenzt an ein Wunder. Ich frage mich ernsthaft, wie du dir mehr Intellekt zusammenkratzen kannst, als eine Eintagsfliege besitzt«, beschimpfte Shane den schlaksigen Kerl, der den Raum betreten hatte und ebenfalls eine Maske trug. »Was ist daran so schwer: du wartest draußen, hältst alles im Blick und warnst mich, wenn jemand auftaucht?«

Verdammt! Durch die dicken Vorhänge hatte er das Licht nicht angehen sehen, das durch den Bewegungsmelder ausgelöst worden war.

Shane war stinksauer und ging auf den anderen Mann zu. Wütend presste er ihn mit dem Unterarm am Hals gegen die Wand. »Wir haben nichts! Er wollte mir gerade sagen, was die Pläne sind und du hast es vermasselt. Jetzt können wir hier nur noch aufräumen.«

»Ich habe Schreie gehört und dachte, dass etwas schiefläuft.«

»Seit wann läuft bei mir etwas schief? Und dann stürmst du Blödmann hier rein, siehst unser Opfer gefesselt am Stuhl, was für dich wohl der Inbegriff einer Bedrohung ist und tötest ihn. Das wird Konsequenzen haben«, knurrte Shane bedrohlich. »Verpiss dich in die anderen Räume. Such nach Wertgegenständen. Wir müssen es nach einem Einbruch aussehen lassen. Die Einbrecher waren hinter Schmuck und Geld her, wurden überrascht und haben sich gewehrt. Na los!« Er schubste den anderen zur Tür.

Shane eilte seinerseits zu Frederick, löste das Seil und zog ihn in Richtung Tür, damit alles möglichst realistisch nach Einbruch aussah. In Windeseile sammelte er die Bücher wieder ein, um sie zurück ins Regal zu stellen. Er wollte die Tür des Geheimfaches schließen, als ihm etwas entgegenfunkelte. Mit einer hochgezogenen Braue sah er genauer hin und förderte ein schmales Stück Metall zu Tage. Er schob es in die Hosentasche, schloss das Fach und räumte das Regal auf.

Dann galt es, die restlichen Spuren zu verwischen, eine falsche Fährte zu legen und zu verschwinden. Dave würde für seine Aktion später geradestehen müssen.

War er denn nur von Dilettanten umgeben?

❧ Alte Geschichten ❧

Nola hatte sich auf dem Sofa ausgebreitet und las lustlos in einem längeren Text für die Uni. Es klang nach trockener Theorie, die man im späteren Arbeitsalltag niemals brauchen würde und doch musste sie sich damit auseinandersetzen. Der lustige Freitagabend schien Wochen her zu sein, dabei war heute erst Sonntag.

Die quäkende Nachrichtenstimme aus dem Radio, die über einen ungeklärten Mord bei einem Einbruch in London berichtete, lenkte sie zusätzlich ab. Scheinbar gab es keinerlei Hinweise auf den oder die Täter. Der Einbrecher hatte das Haus, auf der Suche nach Wertgegenständen und Geld, verwüstet. Besonders erschütternd war dabei die Brutalität des Mordes am Hausbesitzer, der den Täter vermutlich lediglich hatte verjagen wollen.

Nola schüttelte den Kopf, als sie den Bericht hörte und konnte eine solche Tat nicht im Geringsten nachvollziehen. Welche Menschen waren zu so etwas fähig?!

Sie ließ den Blick durch den Wohnbereich streifen und blieb an ein paar Fotos hängen, die an der Wand hingen. Ein Lächeln breitete sich auf ihren Zügen aus, als sie das Foto von Liz mit einigen ihrer Freunde im Hyde Park betrachtete. Ein Foto von Nola und Liz hing ebenfalls schon an der Wand.

Gegenüber der Couch stand der kleine Fernseher auf einer leicht ramponierten niedrigen Kommode mit zwei breiten Schubladen. Nola liebte die zusammengewürfelten Möbel, die der Wohnung einen ganz eigenen Charme verliehen. Die Räume waren zwar allesamt nicht besonders groß, dafür aber geschickt aufgeteilt. So war der Esstisch zum Beispiel nicht mehr in die Küche gequetscht worden, sondern fand im Bereich davor seinen Platz.

Riesig war die Wohnung nicht, aber definitiv größer als es sich andere Studenten leisten konnten. Nola war sich im Klaren darüber, dass sie die Wohnung in Bloomsbury nur wegen ihres Vaters bekommen hatte, denn er zahlte die Miete für sie. Eine Ecke wie Kensington hätte sie sich hingegen niemals leisten können oder wollen. Nola wäre ohne ihren Vater garantiert in einem Studentenwohnheim gelandet, was für sie aber nicht tragisch gewesen wäre.

Liz stammte aus einer Arztfamilie, weshalb es für ihre Eltern kein Problem darstellte, eine Wohnung in diesem Stadtteil zu bezahlen. Allein ihr eleganter Kleidungsstil ließ darauf schließen, dass sie aus gutem Elternhaus stammte und sich die Abstecher in teure Boutiquen leisten konnte.

Seufzend gab Nola auf, den Text lesen zu wollen, und streckte sich ein Stück nach vorne, um die Blätter auf den niedrigen Couchtisch zu schieben.

»Was schnaufst du denn so?«, fragte Liz belustigt, die gerade aus der Küche schwebte und zwei Teetassen zum Wohnbereich balancierte.

»Sonntagsblues. Ich mag nichts mehr lesen.«

»Dann lass es. Das Wochenende ist zum Erholen da.« Mit diesen weisen Worten ließ Liz sich in den verknautschten Sessel fallen, nachdem sie die Tassen abgestellt hatte. »Ich hätte auch zu tun, aber man soll genügend Pausen einbauen. Warst du in der Schule schon so ehrgeizig und fleißig?«

Nola wog den Kopf ein wenig hin und her. »Geht so. Ich bin gerade nur sehr motiviert. Du weißt ja, dass ich im vergangenen Jahr ein Praktikum in Birmingham gemacht habe. Von *Montgommery Industries* hast du bestimmt gehört? Entwicklung, Planung und Bau von Immobilien, Verkauf von Grundstücken und so weiter. Die Firma gehört meinem Vater und er hat mir die Stelle angeboten. Mir hat das Jahrespraktikum unglaublich viel Spaß gemacht und deshalb habe ich mich letztlich für diesen Studiengang entschieden.«

Elizas Augen wurden größer und sie nickte anerkennend. Die Firma war sehr bekannt und hatte sich über die ganzen Jahre seit der Gründung kontinuierlich vergrößert. Immer wieder kamen Tochtergesellschaften und neue Geschäftsbereiche dazu, um die Dienstleistungen noch breiter aufzustellen.

»Und du willst dann später dort einsteigen?!«

»Eventuell. Ich könnte es mir gut vorstellen, aber jetzt kommt erst einmal das Studium.« Nola hatte es aus dem vergleichsweise kleinen Ipswich gezogen. Sie wollte in einer großen Stadt leben und sich eine gute Grundlage für das weitere Leben erarbeiten. Sie hatte ihre Kindheit in Ipswich genossen, aber sie wollte noch mehr.

Nola war bei ihrer Mutter und dem Stiefvater aufgewachsen. Ihr leiblicher Vater hatte ihre Mutter bereits verlassen, da war Nola noch nicht auf der Welt gewesen. Deshalb war ihr Stiefvater Paul derjenige, der sie großgezogen hatte und den sie von ganzem Herzen liebte. Ihre Mutter hatte nie ein Geheimnis daraus gemacht, dass Nola nur die Halbschwester des jüngeren Bruders war. Ihren leiblichen Vater hatte sie erst mit sechzehn kennengelernt.

Er hatte den Kontakt zu ihr gesucht und sie um ein Treffen gebeten. Was sollte sie sagen? Sie war enttäuscht und verletzt, dass er sich niemals zuvor gemeldet und ein so deutliches Desinteresse an den Tag gelegt hatte. Ihre übliche Neugier hatte letztlich gewonnen und sie hatte einem Treffen zugestimmt.

Der vollkommen fremde Mann, dem sie erstaunlich ähnlichsah, war extra nach Ipswich gekommen und hatte seine Version der Vergangenheit dargelegt. Mit verschränkten Armen hatte sie in einem Café gesessen und ihm zugehört.

Ich kann nicht erwarten, dass du es verstehst oder mir verzeihst, denn ich hätte mich in all der Zeit bei dir melden können. Ich war in deine Mutter verliebt, aber ich wusste nicht, ob es die große Liebe war. Ich war überfordert, als sie mir gestand, mit dir schwanger zu sein. Und leider hatten meine Eltern zu der Zeit noch einen großen Einfluss auf mich. Ich komme aus einer wohlhabenden Familie, Nola. Sie wollten nicht, dass ich mir meine Zukunft verbaue und mir – wie sie es ausdrückten – einen Klotz ans Bein binde. Es ist keine Entschuldigung, aber ein Erklärungsversuch. Ich wusste es nicht besser und habe auf sie gehört. Mit jedem Jahr, das verging, hätte ich aber nach dir fragen müssen und das habe ich nicht getan. Es tut mir so unfassbar leid. Die gemeinsamen Jahre, die wir verloren haben... Das Bild, das du von mir haben musst und auch die Wut, die vermutlich zu Recht in dir kocht...

Du fragst dich sicher, weshalb ich ausgerechnet jetzt auftauche und Kontakt zu dir suche. Nun, mein Vater hatte einen schweren Herzinfarkt und diese ganze Situation hat mich sehr zum Nachdenken gebracht. Über das, was wirklich wichtig ist im Leben...

Nola hatte lange nicht gewusst, was sie von seiner Geschichte halten sollte und ob sie ihm glauben konnte. Meinte er es ehrlich mit ihr? Würde er wieder verschwinden? Bereute er, sie verlassen zu haben? Der Gedanke, dass er sechzehn Jahre nicht auf sie zugegangen war, hatte an ihr genagt. Man konnte ihm nicht vorwerfen, dass er zu jung gewesen war, aber er hätte anders handeln können.

Sie hatte sich zunächst für einen lockeren Kontakt entschieden, um ihren leiblichen Vater nicht sofort wieder zu verlieren. Für sie stand jedoch fest, dass Paul ihr richtiger Vater war. Er hatte sich ihre Sorgen angehört, hatte sie getröstet, wenn sie hingefallen war und ihr das Fahrrad fahren beigebracht. Pauls Platz würde in Nolas Augen unantastbar bleiben, was sie ihrem Stiefvater genau so gesagt hatte.

Nach und nach hatte sich der Umgang mit ihrem leiblichen Vater schließlich entspannt und sie hatte Anthony Montgommery mittlerweile ins Herz geschlossen. Durch den Kontakt zu ihm, hatte sie letztlich auch ihre Großeltern väterlicherseits kennengelernt. Sie lebten gut eine Stunde von London entfernt in einem überwältigenden großen Haus. Ihr Großvater hatte die Firma *Montgommery Construction* gegründet, aus der ihr Vater letztlich einen internationalen Konzern gemacht hatte.

So war es dann zu ihrem Jahrespraktikum gekommen, das Anthony ihr angeboten hatte und er war es, der ihren Anteil dieser schönen Wohnung im Herzen Londons bezahlte, von der sie sonst nur hätte träumen können. Wenn sie also irgendwann vielleicht in seine Firma einsteigen würde, wäre das keine schlechte Zukunftsaussicht.

»Naja, jedenfalls kommt mein derzeitiger Ehrgeiz noch von dem tollen Praktikum und der Tatsache, dass ich mich für den richtigen Studiengang entschieden habe. Lange wusste ich nämlich gar nicht, was ich machen will. Da mein Vater auch hier studiert hat, konnte er mir viele Tipps geben«, fügte sie an.

»Bei mir war es ja mehr oder weniger vorprogrammiert, wobei ich auch etwas anderes hätte machen können. Meine Eltern sind da nicht so engstirnig, dass ich Medizin studieren *muss*. Es war für mich aber, wie bei dir, das Richtige. Jeder in unserer Familie hat eine andere Fachrichtung. Mein Großvater war zum Beispiel ein wirklich guter Augenarzt. Okay, Onkel Wilbert wird ein bisschen gehänselt, weil er Tierarzt ist, aber du erkennst das Muster. Medizin ja, aber Fachrichtung individuell.«

Nola rührte den Zucker unter, den sie in den Tee gegeben hatte und angelte nach der Milch. »Tierarzt zu sein ist doch nicht schlecht. Die werden auch gebraucht«, reagierte sie auf Elizas Erzählung und grinste ihrer Freundin entgegen. »Deine Schwester ist ja mit ihrem Studium soweit durch, oder? Was für eine Fachrichtung hat sie? Und glaubst du, dass dein Bruder auch den gleichen Weg gehen wird?«

»Meine Schwester ist Kinderärztin und ich glaube, mein Bruder würde lieber etwas anderes machen. Er scherzt manchmal, dass er Pathologe wird. Wäre auch kein schlechtes Gebiet, aber wenn er etwas komplett anderes macht, ist das auch in Ordnung. Mal abwarten.« Liz musste über ihren Bruder lachen, der eventuell mit der Familientradition brechen würde.

Irgendwie war es schön, wenn sich ein Berufszweig in einer Familie etabliert hatte und zur Tradition wurde. Das hatte den gewissen Charme einer alten Zeit, in der die Söhne in die Fußstapfen der Väter getreten waren. Schlecht war es jedoch, wenn die Eltern nichts anderes duldeten. Nola würde ihren Vater mal fragen, ob es in ihrer Familie Traditionen gab, denn immerhin kam er, wie Liz, aus gutem Hause.

***

Der restliche Sonntag war an Gemütlichkeit kaum zu übertreffen gewesen. Sie hatten eine ganze Weile über ihre Familien gesprochen und abends zusammen gekocht. Genau so hatte Nola sich ihre Studentenzeit vorgestellt.

Da war die Vorlesung um acht Uhr am Montagmorgen nur noch halb so schlimm. Zudem hatten sich die Freundinnen mit Oliver für die Mittagspause verabredet, da er wohl montags keine Veranstaltungen an seiner Uni hatte.

Nola hatte einen der Tische im Schatten gegenüber des King's Gebäudes in Beschlag genommen und streckte gerade genüsslich die Beine aus, als Oliver mit großen Schritten auf sie zueilte. Er hatte den Campus durch den großen Torbogen betreten, der Richtung Themse zeigte. Gut gelaunt winkte Nola ihm zu.

»Wenn das nicht meine neue Freundin vom Land ist«, grüßte er und umarmte sie kurz, ehe er sich auf den freien Stuhl setzte. Seine Haare standen in alle Himmelsrichtungen ab, als würde er sie partout nicht gebändigt kriegen. »Liz ist wohl mal wieder spät dran, mhm?«

»Sie wollte kurz in der Verwaltung vorbei, noch irgendetwas klären. Dürfte nicht allzu lange dauern. Hast du Freitagabend gut überstanden?«

»Natürlich! Ich bin da etwas feierfester als ihr. Wir waren Samstag noch mit den Jungs unterwegs, was auch deutlich länger ging als Freitag.« Als hätte er etwas Außerordentliches geleistet, blickte Oliver stolz in ihre Richtung, was Nola zum Lachen brachte.

»Dann konntest du Samstag ja alles nachholen, was du Freitag mit uns verpasst hast«, sagte sie grinsend und schüttelte den Kopf über seinen zufriedenen Gesichtsausdruck.

»Das klingt jetzt, als wäre es langweilig mit euch gewesen. Das habe ich selbstverständlich nicht gemeint. Ich habe mir sogar schon überlegt, wohin wir nächstes Wochenende gehen können. Wir müssen dringend an deinen Darts-Fähigkeiten arbeiten. Das war ein Trauerspiel, was du da abgeliefert hast«, neckte Oliver sie.

»Weiß ich längst. Du konntest dich nicht zurückhalten und hast so um die hundert Mal an dem Abend erwähnt, wie unterirdisch ich gespielt habe. Vielleicht testen wir als nächstes Billard aus und ich bin ein Meister darin?!«

Oliver begann schallend zu lachen, als hätte sie den Witz des Jahrhunderts gemacht. Na, der traute ihr ja viel zu. Nola musste schmunzeln. Wenn sie daheim ausgegangen waren, dann hatten sie und ihre Freundinnen meist Cocktails getrunken und den Jungs Darts und Billard überlassen. Olivers Einschätzung war daher nicht so verkehrt, aber Nola konnte sich ja noch verbessern.

»Ich hoffe, ich habe mich verhört!«

Automatisch wanderte Nolas Blick zu Oli, der aber gar nichts gesagt hatte. Suchend blickte sie sich um und sah drei junge Männer gegenüber am Eingang zum Gebäude stehen. Sie hatten sich etwas abseits der drei Eingangstüren gestellt und einer von ihnen hatte die anderen gerade halblaut angefahren, dass man es über die wenigen Meter bis zu den Tischgruppen hatte hören können. War das nicht…? Doch natürlich! Das war der Kerl, der ihr vergangene Woche schon so mies gelaunt über den Weg gelaufen war. Das war aber mal ein Sonnenschein!

Das restliche Gespräch konnte man nicht mithören, wobei Nola auch nicht erpicht darauf war. Sie bückte sich zu ihrer Tasche und zog eine Colaflasche hervor.

»Der Schnösel gehört garantiert zu den Adlern.«

»Was?«, entfuhr es ihr etwas heftiger und ihr Herz schlug einen Takt schneller. Dieses Mal hatte Oliver gesprochen. Nola sah von ihm wieder zu dem Charmebolzen gegenüber. Mittlerweile gestikulierte er heftig und sah ziemlich wütend aus. »Zu welchen Adlern?« Sie schraubte die Flasche auf und nahm einen Schluck des zuckrigen Getränks. Adler? Merkwürdig, jemanden so zu betiteln und doch kam es Nola ungemein bekannt vor, sodass ihr Körper sogar zu kribbeln begann.

Oliver lehnte sich ein Stück zu ihr. »Im Pub hast du mich doch verhört, was es mit meiner Studentenverbindung auf sich hat. Obwohl es bloß halb so spannend ist, wie du erhofft hast, dachte ich, dass du dich weiter informierst. Du hast doch getönt, dass du total neugierig bist«, sagte er ein bisschen stichelnd.

Mit dem Zeigefinger deutete er auf den braunhaarigen Kerl, der weiterhin auf seine Begleiter einredete. »Der Typ da ist der Inbegriff eines Mitglieds einer geheimen Studentenverbindung des King's College. Guck dir seine Klamotten an, seine Uhr. Überteuerte Markensachen. Arrogantes Auftreten, als würde die Welt ihm gehören.«

»Hä? Und die nennt man Adler, oder wie? Ich kann dir gerade nicht folgen.« Er hatte ja Recht, dass sie das ganze Thema mit den Verbindungen spannend fand, aber er hatte ihr klar gemacht, dass es nicht annähernd so spektakulär war, wie sie gedacht hatte. Wieso sollte sie sich dann weiterhin damit beschäftigen?!

»Es gibt mehrere Studentenverbindungen am King's College, so wie an meiner Uni auch. Ist ja eine verbreitete Sache. Man sagt sich aber, dass es unter anderem eine geheime Gruppe am King's gibt und dass nur Söhne aus reichen Familien dort aufgenommen werden. Deshalb meinte ich, dass er dazu passen würde, weil ihm sein elterlicher Reichtum schon aus dem Hintern strahlt. *Sword & Eagle* soll sich die Gruppe nennen – also Schwert und Adler. Es ist generell sehr wenig über sie bekannt. Gibt es sie immer noch? Gab es sie überhaupt jemals? Wer ist da Mitglied? Der Verein ist ein Mythos.«

Und schon war ihre Neugierde lodernd entflammt. Zumal sie das Gefühl hatte, unmittelbar nach dem Gedanken greifen zu können, der nach der Erwähnung der Adler bei ihr aufgekommen war. Sie hasste es, wenn ihr ein Wort auf der Zunge lag, sie aber nicht darauf kam. Ähnlich ging es ihr jetzt.

»Das klingt ja cool! Die können doch kein Mythos sein, wenn man so viel darüber spekuliert. Wer soll sich denn den Namen ausgedacht haben und wieso sollte man so tun, als würde es diese Gruppe geben, wenn dem nicht so ist?« Mit großen Augen sah sie Oliver an, der sie total geplättet hatte. Eine geheime Gruppe – das klang wirklich wie aus einem Film.

Oli zuckte mit den Schultern. »Ich weiß auch nur das, was man sich so erzählt. Die Universitäten sind ziemlich alt und es passt in die geheimniskrämerische Zeit von damals, wenn sich Clubs und Verbindungen gebildet haben, die lieber unter dem Radar bleiben wollen. Aber Informationen können sehr schnell an Außenstehende gelangen, wenn eine Person etwas mitbekommen oder jemand aus dem Club austritt.«

»Was machen die denn? Wieso sind die geheim?«, bohrte Nola weiter.

»Hey Sherlock, mach mal langsam. Ich weiß es echt nicht. Ich würde einfach mal behaupten, dass sie wegen ihrer Herkunft so ein Geheimnis daraus machen, wenn es sie denn wirklich gibt. Die Reichen haben sich immer gerne abgegrenzt und als etwas Besonderes gesehen. Wenn man aus einer Gruppe eine Art Geheimbund macht, klingt das doch viel spannender. Dass du so darauf abgehst... Vielleicht hättest du besser Journalismus studiert.« Wieder begann er zu lachen.

»Ich war damals bei der Schülerzeitung und außerdem finde ich das wirklich total interessant. Als du sagtest, du bist in einer Studentenverbindung, habe ich halt direkt an die amerikanischen Verbindungen gedacht. Da gibt es meist ein Verbindungshaus, in dem die Mitglieder günstig oder kostenfrei wohnen können. Wenn du jetzt aber Geheimbund sagst, dann denke ich an verrauchte alte englische Hinterzimmer, wo die Mitglieder wichtige Dinge besprechen. Das ist wie in einem Krimi.« Konnte man ihr doch nicht verübeln, wenn sie dann Feuer und Flamme war und ihn mit Fragen löcherte.

Nola sah noch einmal zu dem *reichen Schnösel*. Die zwei Begleiter hatten sich abgewandt und eilten davon. Er atmete nach dem Gespräch erst einmal durch, um sich zu beruhigen. Schien ihn ja sehr aufgeregt zu haben, worum es auch immer gegangen war.

Eigentlich konnte Oli ihr gerade einen Bären aufbinden und würde gleich laut rufen, dass er sie veräppelt hatte. Vielleicht war es bei dem Streitgespräch der drei Kerle nur um eine belanglose Sache gegangen, aber durch Olivers Worte sah man das Geschehne in einem ganz anderen Licht. Mit einem anderen Hintergrund konnten die banalsten Gespräche einen Hauch Spannung und Geheimniskrämerei erhalten.

Ein blonder Typ näherte sich dem Kotzbrocken, wie Nola den schlecht gelaunten Kerl insgeheim getauft hatte. Die jungen Männer unterhielten sich, aber scheinbar auf einem friedlichen Level. Der Neuankömmling lachte wegen irgendetwas und in einer Gesprächspause schaute er sich um. Als er Nola erblickte, begann er zu lächeln und winkte ihr doch tatsächlich zu! Oliver gab ein undeutliches Brummeln von sich und erst dann machte es bei Nola *Klick*. Sie hob die Hand und winkte ebenfalls. Der Blonde war Ben, der ein paar ihrer Vorlesungen und Seminare besuchte. Dass der freundliche Student, mit dem sie sich am Freitag unterhalten hatte, mit einem solchen Griesgram zu tun hatte, war nicht gerade verständlich.

Als müsste er seinem Ruf gerecht werden, kniff der Kotzbrocken die Augen missgelaunt zusammen, sobald er Nola sah. Ob er sich an den kleinen Vorfall auf der Treppe erinnerte?

»Du kennst den?«, holte Oliver sie in die Gegenwart zurück.

»Nein. Also doch. Nicht den Schnösel, sondern den anderen. Ben ist in einigen meiner Seminare und ein netter Kerl. Scheinbar finden hier die unterschiedlichsten Charaktere zusammen.« Mit gerunzelter Stirn sah sie erneut hinüber.

Obwohl die beiden jungen Männer langsam davon schlenderten, kreisten Nolas Gedanken weiterhin um Olivers Worte. Ob man irgendwo über diese Sword & Eagle nachforschen konnte? Sie wusste zwar nicht, was sie mit dem Wissen anfangen sollte, aber wer würde nicht gerne mehr über einen Geheimbund erfahren? Vielleicht würde das nagende Gefühl in ihrer Erinnerung dann wieder Ruhe geben.

Sie hatte letztens noch daran gedacht, wie viele Geschichten die alten Gemäuer des Somerset House oder auch des King's College erzählen könnten. Das war eine dieser Geschichten und es reizte sie ungemein, mehr darüber zu erfahren.

৻ Nachforschungen ৶

Ihre Nase kribbelte. Sie rieb mit dem Zeigefinger über den Nasenrücken, aber nichts änderte sich. Nola hob den Kopf und schaute in das unnatürliche Licht der Deckenlampe, damit sie endlich niesen konnte. Erst danach konnte sie sich wieder auf den Text konzentrieren, der vor ihr lag. Das dicke Buch war vermutlich nicht einmal schuld, sondern der Staub, der in der Maughan Bibliothek herumschwebte. Es führte kein Weg an ein paar Recherchen vorbei, wenn sie die erste kleine Hausarbeit gut abschließen wollte.

Nach dem Seminar heute Vormittag hatte sie sich zur Bibliothek begeben und nach passenden Büchern zu ihrem Kurs gesucht. Seitdem machte sich Nola fleißig Notizen und Anmerkungen, hatte noch weitere Bücher aus den hohen Regalen gezogen und sie neben sich aufgestapelt. Sie wollte es mit der Arbeit allerdings nicht übertreiben und lehnte sich auf dem Stuhl zurück.

Nola dachte an die Unterhaltung mit Ben, als er ihr ein wenig Angst gemacht hatte, wie streng die Professoren angeblich waren. Eigentlich kam es ihr nicht so vor, als wäre einer der Professoren unfair oder würde etwas verlangen, das nicht zu leisten war. Natürlich musste sie anders lernen und vorgehen als zu ihrer Schulzeit. Das war allerdings nichts Unmögliches. Nola wollte die Zeit als Studentin jedoch auch genießen, sich nicht nur Stress machen. Liz und Oliver waren ebenfalls fleißige Studenten, denn sonst wären sie nicht so weit in ihren Studiengängen gekommen und dennoch gingen sie regelmäßig aus.

Sie schaute gedankenverloren auf das bunte Bild, das die verschiedenen Buchrücken bildeten. Eine angenehme Ruhe wurde von den Regalreihen ausgestrahlt und trotzdem fühlte Nola sich in Bibliotheken nie besonders wohl. Für sie war es eine unnatürliche Stille, die hier herrschte und ihr ein unschönes Bauchkribbeln verursachte.

Wie viele Studenten hier wohl schon gesessen und gelernt hatten? Zwar hieß das Gebäude erst seit 2001 Maughan Bibliothek, war aber bedeutend älter und schon früher als Bibliothek genutzt worden. Nola fand vor allem den runden Leseraum beeindruckend, an dessen Wänden sich die Regale in mehreren Etagen nach oben schraubten und mit einem Kuppeldach abgeschlossen wurde.

Der Geruch nach alten Holzregalen und gebundenen Bücher erfüllte alle Räume. Da konnte man sich in ein anderes Jahrhundert zurückversetzt fühlen und sich schon fast die Gründungszeit des Colleges vorstellen. Wie die Studenten alter Jahrgänge hier umher geschritten waren. Wie sie gemeinsam gelernt hatten, wie die Sportclubs für Wettkämpfe trainiert hatten. Wie sich durch diese Clubs Freundschaften gebildet hatten.

Moment mal! Nola runzelte prompt ihre Stirn und ärgerte sich, dass sie nicht schon früher daran gedacht hatte. Plötzlich kam wieder Bewegung in die junge Studentin. Sie klappte die zwei aufgeschlagenen Bücher zu und machte sich daran, die zuvor benötigen Bücher wieder an die korrekten Stellen im Regal zurückzustellen. Es konnte ihr nicht schnell genug gehen. Hektisch klappte sie den Block zu, schob die losen Seiten grob hinein und eilte dann durch die Gänge zu einer der Informationsstellen.

Endlich war ihr wieder eingefallen, in welchem Zusammenhang sie schon einmal von einem Club des King's College gehört hatte. Waren es die Adler gewesen? War damals deshalb so ein Geheimnis daraus gemacht worden?

Ein sonnendurchflutetes Arbeitszimmer kam ihr in den Sinn, Fotos auf dem Kaminsims. Links daneben ein kleiner Servierwagen mit bauchigen und eckigen Kristallflaschen, gefüllt mit Bourbon und Whiskey. Auf dem geschwungenen Sims eine Holzfigur in Form eines Adlers und ein altes, vergilbtes Foto. Über alle Fotografien auf dem Kaminsims hatte der alte Mann ihr etwas erzählt, nur bei diesem Foto war die Antwort karg ausgefallen. Bloß ein altes Clubfoto vom College, nicht weiter wichtig.

»Entschuldigen Sie bitte. Finde ich hier Aufzeichnungen zu den unterschiedlichen Arbeitsgemeinschaften und Clubs der Universität? Mich interessieren vor allem die älteren Arbeitsgruppen oder auch Studentenverbindungen.« Nola musste sich zusammenreißen, um nicht zu ungeduldig zu wirken. Innerlich sah es ganz anders aus und sie brannte darauf, eine Antwort zu erhalten.

Wenn Oliver ihr nicht mehr zu der angeblichen Studentenverbindung sagen konnte, dann musste man doch hier etwas finden können. Die Frage war: Wenn es diese Gruppe gab, wie geheim war sie wirklich? Gab es eventuell Details zur Gründung und hatte sich die Studentenverbindung erst danach aus der Öffentlichkeit zurückgezogen? War sie vielleicht irgendwann zu einem normalen Club geworden? Sich darüber zu informieren, erschien Nola mit einem Mal viel interessanter als die Recherche für ihren Marketingkurs.

»Werke über die Gründung der Universität und deren erste Jahre finden Sie unter anderem in diesen Bereichen«, wurde ihr endlich mit monotoner Stimme mitgeteilt. Die ältere Dame schob einen Zettel über den Tisch, auf dem sie den Bereich und die Regalreihen notiert hatte.

Schnell bedankte Nola sich und eilte davon. Hoffentlich fand sie etwas Nützliches. Hätte sie direkt nach einem Geheimbund gefragt, hätte man sie bestimmt angeschaut, als wäre sie von allen guten Geistern verlassen. In dem Begriff schwang immerhin automatisch mit, dass es keine Unterlagen darüber gab.

Sie wusste leider nicht genau, wo sie ansetzen sollte. Direkt im Gründungsjahr würde man wohl kaum Vereine und Clubs auflisten, sondern erst ab dem zweiten Jahr oder später. Zumal sie nicht einmal wusste, wann sich der angebliche Studentenbund gegründet haben könnte. Suchend schritt sie die Regalreihe ab, die auf dem Zettel stand. Nola überflog die kleinen Schilder, die angaben, in welche Kategorien und Themen man die Bücher einordnen konnte.

Eine Geschichte des King's College. Die Entwicklung des King's College. König George IV – Schirmherr des King's College.

Schön und gut, aber wo fand man etwas zu den Clubs, die den Studenten angeboten worden waren? Früher hatte es doch auch schon universitäre Sportclubs gegeben, denen man sich anschließen konnte, um auf Wettkämpfen Siege für die eigene Universität zu erlangen. Ebenso Politikclubs, Debattierclubs, Theatergruppen. Dadurch sollten den Studenten weitere Freizeitaktivitäten ermöglicht werden, außerdem wurde die Kontaktaufnahme untereinander vereinfacht. Verrannte sie sich in der Idee, hier etwas über diese Adler herausfinden zu können? Dabei war sie sich ihrer Erinnerung so sicher!

»Was für ein Mist!«, flüsterte Nola vor sich hin. Sie sah auf den Zettel, den sie in der Hand hielt. Okay, auf zum nächsten Bereich! Zielstrebig steuerte sie den runden Lesesaal an und erklomm die Treppe in den ersten Stock.

Was, wenn sie etwas finden würde? Dann wüsste sie, dass es diese Studentenverbindung gab. Toll. Dann kannte sie aber noch lange keine Details oder wusste, ob es sich tatsächlich um einen Geheimbund handelte. Wieso wollte sie das überhaupt wissen? Sie kannte die Antwort. Weil sie das ungute Gefühl nicht abschütteln konnte, welches sie seit dem Besuch in dem sonnendurchfluteten Arbeitszimmer hatte und das durch Olivers Erwähnung von den Adlern wieder verstärkt aufgekommen war.

Sportclubs des King's College. Erfolge der Sportclubs in den ersten Jahren der Universität. Super. Das klang doch schon eher nach dem, was sie suchte. *Gesellschaften des King's College.*

Nola zog das Buch heraus und schlug das Inhaltsverzeichnis auf. Kurz lächelte sie, als sie tatsächlich von einem Debattierclub und einer Theatergruppe las. Darunter listeten sich einige Gruppen auf, aber keine nannte sich Sword & Eagle.

»Das kann doch nicht wahr sein. Muss ich erst hundert Bücher durcharbeiten?«, murmelte sie vor sich hin.

Hatte die Verbindung früher einen anderen Namen gehabt? Grob blätterte sie durch das Buch und stoppte immer wieder, um eine kurze Vorstellung der Gesellschaft zu überfliegen.

Angenommen es gab die Gruppe tatsächlich und sie war von Anfang an ein Geheimbund gewesen, dann würde sie hier nichts finden. Unter welcher Beschreibung sollte sie suchen? Was eine Theatergruppe machte war ja wohl klar. Was tat ein Geheimbund? Die trafen sich bestimmt nicht zum Tee und diskutierten über die aktuelle Politik. Immerhin gäbe es dabei keinen Grund, außerhalb der Öffentlichkeit zu agieren.

Seufzend schob Nola das Buch zurück und sah sich nachdenklich um. Einige Meter entfernt stand ein Computer, der mit dem Katalogsystem der Bibliothek verbunden war. Zielstrebig ging sie darauf zu. Sie loggte sich ein und suchte nach verschiedenen Begriffen, die mit Sword & Eagle zu tun hatten. Es wurden ihr zwar diverse Kombinationen vorgeschlagen, aber sobald Nola auf die Buchbeschreibung ging, war klar, dass sie nicht zum Gesuchten passten. Schließlich gab sie die Begriffe sogar als Nachnamen ein, falls es sich um die Gründer des Bundes handelte. Fehlanzeige. Frustriert schlug sie mit der flachen Hand auf den Tisch, was bloß ein leichtes Klatschen erzeugte. Schien so, als hätte sie sich von Olivers Erzählungen mitreißen lassen.

Es gab nur zwei Möglichkeiten: Es gab diese Gruppe überhaupt nicht oder aber es gab sie und sie war definitiv geheim.

Aufgeben wollte sie dennoch nicht. Nola spürte, dass sie es wirklich wissen wollte. Es ärgerte sie schon bei weniger spannenden Themen, wenn sie nicht alles herausfinden konnte. Aber wie konnte sie das nun angehen? Leise trommelte sie mit dem Fingern auf der Tischplatte herum, bis sie schlagartig aufhörte und stattdessen nach ihrem Handy angelte. Sie musste ihr Wissen über Geheimbünde auffrischen, denn wenn sie ehrlich war, wusste sie nicht besonders viel darüber.

Der Empfang war mies, aber wenigstens funktionierte das Internet. *Geheimbund*. Sie drückte auf Enter und las sich dann den Eintrag durch. Vielleicht verfolgten die Adler ja esoterische Ziele? Mhm, klang eher etwas abgehoben und albern. Klar, dass auch die Illuminaten und Freimaurer aufgeführt wurden. Interessant war aber, dass die Mafia und Triaden ebenfalls zu Geheimbünden zählten. Das hätte sie nicht unbedingt miteinander verknüpft, machte aber trotzdem Sinn. Und nun? Diese Gruppen wollten ihre Tätigkeit vor der Öffentlichkeit geheim halten, die internen Regeln, die Mitglieder. Aber wieso? Immerhin war es nicht immer etwas Verbotenes, mit dem sich die Gruppe beschäftigte. Vermutlich hatte Oliver sogar Recht, dass die Reichen sich damit abgrenzen wollten.

Gut, über Geheimbünde war sie jetzt grob im Bild. Über Sword & Eagle sagte ihr das noch lange nichts. Als nächstes gab sie Sword & Eagle in Verbindung mit dem King's College in der Suchmaschine ein. Es gab selbstverständlich keine offiziellen Webseiten, aber es hatte Beiträge in der Campuszeitung gegeben. Es war also kein absolutes Märchen, das Oliver ihr aufgetischt hatte. Stumm begann Nola den Text zu lesen.

Geheimgesellschaften in der Nachbarschaft.

Geheimgesellschaften existieren bereits seit Jahrtausenden und sind in allen Kulturen zu finden. Bekannte Gruppen, von denen wohl jeder schon einmal gehört hat, sind die Templer, Freimaurer und Illuminaten. Doch obwohl sich diese Gesellschaften für uns so weit weg anhören und wir wohl niemals wissentlich in Kontakt mit einem ihrer Mitglieder kommen, gibt es auch Geheimgesellschaften in unserer unmittelbaren Nähe.

Schon seit Jahrzehnten wird hinter vorgehaltener Hand über die Existenz von „Sword & Eagle" diskutiert. Diese geheimnisvolle Studentenverbindung soll sich in den Anfangsjahren der Universität gegründet haben und nur ausgewählten Mitgliedern Zugang gewähren. Niemand weiß, ob es sie wirklich gibt oder sie reine Erfindung eines phantasievollen Studenten sind. Tatsächlich findet man in den Aufzeichnungen über das King's College keinen einzigen Eintrag über diese Studentenverbindung. Und doch scheint die studentische Mehrheit an ihre Existenz zu glauben.

Zahlreiche Vermutungen drehen sich um die Räumlichkeiten der Adler. Der Eingang zu ihrem Geheimsitz soll in einem Teil des Somerset House sein. Oder aber der Eingang führt über die Two Temple Gardens, wenige Meter neben dem Somerset House. Wiederum andere vermuten, dass der Treffpunkt gar am Guy's Campus sein soll. Es gibt zahlrei-

che Möglichkeiten, deren Wahrheitsgehalt nie geprüft werden konnte. In der Vergangenheit wurde jedoch oft versucht, ein Mitglied der „Sword & Eagle" zu finden und somit die Existenz der Verbindung zu beweisen.

Weiterhin wird angenommen, dass es sich um eine elitäre Gruppe handelt, deren Zusammenhalt über die Zeit als Student hinausgeht. Sollte es die Adler tatsächlich geben, so haben sie sich über die Jahre ein Netzwerk aus reichen und gebildeten Personen aufgebaut, das seinesgleichen sucht. Ob man den Mitgliedern trauen kann, ist fraglich. Denn ist jemand vertrauenswürdig, der einen großen Teil seines Lebens vor anderen verschweigt? Sind die Bedenken vor einer geheimen Studentenschaft nicht berechtigt, wenn niemand weiß, was sie hinter verschlossenen Türen tun?

Langsam ließ sie ihr Handy sinken und schüttelte leicht den Kopf. Damit war zwar nicht bewiesen, dass es diese Verbindung wirklich gab, aber es war eine sehr verbreitete Vermutung am Campus. Nola konnte davon ausgehen, dass es einen Funken Wahrheit an dieser Geschichte gab. So war es doch immer! Gut, es kam durchaus vor, dass Kleinigkeiten ein Eigenleben entwickelten und dann zu solch einem Mythos wurden, aber sehr wahrscheinlich war es in diesem Fall nicht.

Nola hatte für heute genug von der Bibliothek und griff nach ihrer Tasche, um sich auf den Weg zu machen. Ihr Kopf brummte. Welches Bild wurde von diesen Adlern gezeichnet? Wenn man sich an den Zeitungsartikel hielt, wirkten sie nicht sehr vertrauenswürdig. Bestimmt hatten schon einige Leute versucht, mehr darüber herauszufinden. Es war ein Artikel von mehreren gewesen, aber vielleicht machte es Sinn, sich direkt an die Campuszeitung zu wenden. Dort könnte Nola ein wenig nachbohren, obwohl der Text ein paar Jahre alt war. Hinzu kam, dass Nola dringend ihre Erinnerung an das Foto aus dem Arbeitszimmer auffrischen musste.

***

Nach einer weiteren Vorlesung war Nola auf der Waterloo Bridge über die Themse spaziert. Obgleich ein grauer Wolkenschleier über der Stadt hing, war es wenigstens trocken und relativ warm für Ende September. Die Motoren der Fahrzeuge summten in ihren Ohren und man spürte jede Erschütterung unter den Füßen, sobald einer der Busse oder ein LKW vorüberfuhr. Sie hätte mit der U-Bahn fahren können und Liz zog sie immer wieder gerne damit auf, dass Nola so viel zu Fuß lief, aber manchmal tat es ganz einfach gut, ein Stück zu laufen. Bis zum Guy's Campus, wohin Nola gerade wollte, war es sowieso nicht allzu weit.

Bislang war sie noch nicht an diesem Campus gewesen, denn hier wurden ganz andere Fachrichtungen unterrichtet. Dafür würde sie hier aber Liz finden.

Begeistert sah sie sich im Innenhof um, der zum Hodgkin Gebäude gehörte. Ein Großteil der Fassade des rotbraunen Baus war von Efeu bewachsen. Zahlreiche Holzbänke boten den Studenten eine Sitzgelegenheit und ansonsten hielt die Rasenfläche dafür her. Hier war es viel gemütlicher, als am Hauptcampus, wo Nola ihre Vorlesungen hatte. Man sah den Unterschied sofort und sie wünschte, es würde mehr grüne Flecken an ihrem Campus geben. Man konnte die Vorlesungen oder den Stadtlärm viel besser ausblenden und vergessen, dass man in einer Großstadt war. Mit einem Lächeln auf den Lippen schlenderte sie weiter.

»Nola?«, ertönte es einige Minuten später erstaunt. »Was machst du denn hier?« Liz kam auf sie zu und umarmte sie herzlich. Die helle Seidenbluse über einer dunklen Jeans, die Markentasche locker über eine Schulter gehangen, stand Liz mal wieder im völligen Kontrast zu Nolas lässigen Jeans und ihrem Shirt.

»Ich wollte mir mal ansehen, wo du dich normalerweise herumtreibst. Du hast mir verschwiegen, wie schön euer Campus ist!«, tadelte Nola gespielt empört.

»Meistens hat man davon doch nichts, weil man drinnen sitzt. Für die Pausen ist es aber schön, sich in den kleinen Park setzen zu können, da haben wir euch tatsächlich was voraus. Soll ich dir ein paar Ecken zeigen?«

Selbstverständlich wollte Nola mehr vom Guy's Campus sehen und folgte Liz bereitwillig über die Wege. Ab und zu grüßte ihre Mitbewohnerin ein paar andere Studenten.

»Ich habe gelesen, dass hier eventuell irgendwo der geheime Treffpunkt der Sword & Eagle sein soll«, ließ Nola ihre neuen Erkenntnisse wie zufällig einfließen.

Liz begann zu lachen. »Wo hast du denn das her? Gehörst du jetzt zu den Leuten, die an die Sache glauben und ihr auf den Grund gehen wollen?«

Nola hatte in den letzten Tagen versucht, mehr aus ihren vagen Erinnerungen herauszuziehen, wenn sie sich nicht gerade um Sachen von der Uni gekümmert hatte. Das war auch der Grund, weshalb sie mit Liz noch nicht intensiv über die mysteriöse Gruppe gesprochen hatte. »Also hast du von der Studentenverbindung gehört? Oliver hat den Club mir gegenüber erwähnt.«

Liz seufzte frustriert. »Manchmal ist Oli so ein Dummschwätzer. Er hat zwar Recht, dass es am King's College einige Studentenverbindungen gibt und die Spekulationen über die Adler nicht abreißen, aber es gibt keine Fakten. Das sind alles nur Mutmaßungen und ich persönlich finde ja, dass du ebenso gut Yeti hinterherjagen könntest. Das sind Geschichten, um den Alltag an der Uni spannender zu machen. Guck dir doch die Studentenverbindungen an, die es gibt. Da ist nichts Geheimes dran. Genau wie die, in der Oli selbst ist. Ich kenne seine Freunde und die ticken alle normal, verheimlichen nichts und haben keinen geheimen Treffpunkt.«

»Meinst du nicht, dass ein Funken Wahrheit in der Geschichte stecken muss, wenn sie sich schon seit Gründung der Uni gehalten hat? Überleg doch mal, wie viele Geheimbünde es tatsächlich gibt. Weshalb sollte sich nicht eine Studentenverbindung in die Aufzählung einreihen können?«, gab Nola zu bedenken. Sie wollte ihren Standpunkt zwar nicht vehement vertreten, aber ihre Argumente waren auch nicht zu verachten.

Liz nahm sich einen Moment Zeit, um darüber nachzudenken. Ihre Stirn war leicht gerunzelt. »Aber es hat nie jemand beweisen können, dass es sie gibt. Es wird erzählt, dass vor einigen Jahren die Vermutung aufkam, man hätte ein Mitglied der Adler entdeckt. Was meinst du, wie der Student unter Druck stand? Die sind ihm auf Schritt und Tritt gefolgt, haben ihm aufgelauert und eine Gruppe anderer Kerle ging auf ihn los, um endlich die Wahrheit zu erfahren. Am Ende war es bloß ein Student aus reichem Hause, der kein Geheimnis hatte. Solche mysteriösen Storys sind spannend und passen zu einer alten Universität, aber man darf es nicht übertreiben und damit Unschuldige in Gefahr bringen. Wieso interessiert dich das Thema überhaupt so?«

Nola hatte noch nicht darüber nachgedacht, dass in diesem Fall falsche Anschuldigungen Schlimmes nach sich ziehen konnten. Es war, als würde man einem Phantom hinterherjagen und potentiellen Mitgliedern der Verbindung unterstellen, dazuzugehören. Wie bei einer Hexenjagd. Das konnte total nach hinten losgehen.

»Das ist ja krass, dass die einem Studenten aufgelauert und ihn bedroht haben. Nur, weil sie erfahren wollten, ob dieser Mythos stimmt oder nicht. Verrückt. Soweit würde ich natürlich nicht gehen, aber ich finde das Ganze schon sehr spannend. Ich bin neugierig und würde gerne wissen, ob das Gerede stimmt. Würde es dich nicht reizen, die Wahrheit herauszufinden?«, antwortete Nola auf die Frage ihrer Freundin. Dass es noch etwas gab, was sie antrieb, wollte sie nicht sagen. Erst, wenn sie sich sicher sein konnte, richtig zu liegen. Momentan war ihr eigener Zweifel viel zu groß, was die verschwommene Erinnerung anging.

»Und was machst du dann mit der Wahrheit? Geheimnisse haben immer ihren Reiz und sind gleichzeitig gefährlich. Ich wollte nie Nachforschungen anstellen, bloß weil ich über fünf Ecken erzählt bekommen habe, dass es diese Verbindung vielleicht gibt.«

Einsichtig nickte Nola. Worauf die Theorie der Studenten fußte, war eine dünne Eisschicht, mehr nicht. Keine Beweise, keine Fakten, nur Erzählungen über Generationen hinweg. Trotzdem blieb die kleine Stimme in ihrem Kopf stur und konnte das Interesse nicht sofort löschen.

»Es wäre cool gewesen, mehr darüber zu erfahren. Andererseits geht das eben nicht. Das haben schon viele Leute vor mir versucht und waren erfolglos. Irgendjemand hätte in all den Jahren sonst einen Hinweis entdeckt«, lenkte Nola ein. Etwas enttäuscht verzog sie den Mund.

»Ich kann dir dafür die Gespenstergeschichten vom Guy's Campus erzählen. Hier ist auch Einiges über die Jahre hinweg passiert«, schlug Liz grinsend vor und hakte sich bei Nola ein, um sie mit sich zu ziehen.

∝ Die Loge ∾

Heute fand er sich direkt vor der Loge wieder. Keines der anderen Ratsmitglieder war anwesend. Die fünf Männer, die die Loge bildeten, hatten nicht warten wollen, bis alle anderen einberufen und versammelt waren.

Der von Sonnenlicht durchflutete Raum passte nicht zu den schwerwiegenden Entscheidungen, die hier üblicherweise getroffen wurden. Das Kaminzimmer der Loge hatte hohe Decken und war prunkvoll einge- richtet. Schwere Vorhänge ruhten an den Seiten der Fenster. Beim Eintreten lagen die Fenster rechts, links standen ein alter, reich verzierter Schreibtisch und ein paar kleine Kommoden.

Auf den Kommoden waren allerlei altmodische Ge- genstände aufgereiht. Ein Astrolabium, ein scheiben- förmiges Instrument aus der Astronomie, bei dem man Datum und Uhrzeit einstellte und dann die Position der Sterne ablesen konnte. Antike Pistolen auf samte- nem Grund. Ein großer drehbarer Globus aus dem sechzehnten Jahrhundert, wie Shane bei einem frühe- ren Besuch im Kaminzimmer erfahren hatte.

Direkt gegenüber der Tür befand sich der Kamin. Es roch ein wenig nach Zigarrenrauch und altem Leder. Die fünf Herren saßen in gemütlich gepolsterten Ses- seln, die forschenden Augen unnachgiebig auf ihn ge- richtet. Shane hatte die Hände hinter dem Rücken verschränkt, stand den Männern mit geradem Rückgrat gegenüber und wartete darauf, dass einer von ihnen den Anfang machte.

»Nun. Wir haben die Unterlagen gesichtet, die du von deinem Auftrag mitgebracht hast. Es war nicht ganz das, was wir uns erhofft haben, aber es war dennoch ein guter Einsatz. Frederick hatte Mitgliedslisten in seinem Haus, ebenso Steckbriefe über potentielle neue Mitglieder des Ordens, zwei Formulare für Patentanmeldungen und zuletzt einen Entwurf einer Einladung zu einer Spendengala. Die Mitgliedslisten haben uns keine neuen Erkenntnisse geliefert. Eines der Schreiben, das in den Unterlagen zu finden war, bestätigt unsere Vermutung, dass sie gerade kurz davor waren, einen Schlag gegen uns auszuführen. Sie wollten eine unserer großen Finanzfirmen in die Luft sprengen. Das konnten wir vereiteln. Wir müssen jedoch auf der Hut sein, denn es ist durchaus möglich, dass sie noch weitere Pläne griffbereit haben und durchführen werden. Ist dir noch etwas zu dem Auftrag in den Sinn gekommen?«, sprach einer der Männer schließlich an Shane gewandt.

Shane nahm sich Zeit, ging noch einmal alles durch, obwohl er das bereits in den letzten Tagen getan hatte. Dann schüttelte er den Kopf. »Wie schon im Bericht angegeben…«, begann er leicht genervt, da die Berichte zwar gefordert wurden, aber scheinbar nie jemand darin las. »Im Arbeitszimmer war sonst nichts zu finden, das mit dem Orden zu tun hatte. Selbst die Sachen, an denen Frederick gearbeitet hat, waren nicht relevant für uns. Er war gerade dabei mir zu sagen, was sie geplant haben, als Dave den Einsatz vermasselt hat. Ich möchte noch einmal nachdrücklich darum bitten, ihn aus meinem Team zu nehmen. Ich kann mit solch unzuverlässigen Leuten nicht arbeiten.«

Ihm war bewusst, dass man Dave nicht einfach rauswerfen konnte. Er wusste zu viel über andere Mitglieder und diverse Vorgänge. Warf man ihn raus, wäre er eine Gefahr für sie alle. Er würde Mitglied bleiben, aber er würde in einen anderen Bereich versetzt werden. Shane hatte sich während seiner Zeit hier einen guten Namen gemacht und so hatte sein Wort viel Gewicht.

Das schmale Metallstück, das er bei seinem nächtlichen Auftrag in Fredericks Haus gefunden hatte, hatte er den fünf Herren verschwiegen. Shane wusste noch nicht, womit er es zu tun hatte und wollte zunächst herausfinden, was dieser Metallstift war. Folglich gab es momentan nichts weiter hinzuzufügen.

»Über Daves Fehltritt haben wir uns bereits besprochen. Er wird aus deinem Team abgezogen. Es steht dir frei, ein anderes, verlässliches Mitglied zu wählen. Beschränke dich dabei bitte auf die bereits ausgebildeten Mitglieder.«

Shane bedankte sich mit einem kurzen Nicken. Er konnte nicht abstreiten, dass die Einschränkung der

Loge Sinn machte und es besser war, jemand Erfahrenen zu wählen. Sein Team hatte den guten Ruf und die hohe Erfolgsquote nicht bekommen, weil sie Däumchen drehten. Sie waren das effizienteste Team seit einigen Generationen und somit konnte Shane sich nicht leisten, einen Grünschnabel auszuwählen. Er selbst hatte dadurch eine bedeutende und gewichtige Position erhalten, auf die er sich etwas einbilden konnte.

»Dann wähle ich Bleu.« Er sprach den Namen wie das englische Blau aus. Denn obwohl es die französische Variante war, war Bleu ein Engländer und somit sprach man seinen Namen dementsprechend aus. Bleu war im Jahrgang nach Shane Mitglied geworden. Seine Ausbildung war beendet und er führte ebenfalls äußerst erfolgreich Aufträge für die Loge aus.

»Wir werden mit ihm sprechen.«

»Außerdem möchten wir, dass du weitere Nachforschungen anstellst, was der Orden gegen uns geplant hat. Durch Daves Fehler haben wir eine wertvolle Informationsquelle verloren, die wir nicht annähernd ausschöpfen konnten. Wir müssen auf anderem Wege an Details gelangen. Wir setzen in dieser Angelegenheit voll und ganz auf deine… Art, die Aufträge auszuführen. Koste es, was es wolle.«

»Darüber hinaus gibt es noch einen weiteren Auftrag, den du ausführen sollst.«

Sein Blick war von einer Person zur nächsten gewandert. Da hatten sich die fünf Männer anscheinend abgesprochen, ehe sie Shane zu sich gerufen hatten. Nicht immer herrschte diese Einigkeit zwischen den Männern.

Skeptisch zog Shane eine Augenbraue in die Höhe, als einer der Männer ihm einen Umschlag reichte. Er machte drei langsame Schritte nach vorne, um den Umschlag entgegenzunehmen. Die Anweisungen würde er später in Ruhe durchgehen. Er wusste, dass er für den Augenblick entlassen war.

Derzeit störte ihn die Uneinigkeit in der Loge, die man immer deutlicher spüren konnte. Nicht jeder Auftrag machte Sinn und Shane bemerkte, dass seine geäußerten Bedenken nicht ernst genommen wurden. Das war vor einer Weile noch anders gewesen, zumal er oft als Joker der Loge fungierte.

Dann gab es die Spannungen von außen. Sie wurden vom Orden bedroht, der ihnen einen empfindlichen Schlag versetzen wollte. Es war ein großes Risiko für sie alle und sie würden vor nichts zurückschrecken, um sich selbst zu retten. Menschlich gesehen war Freddie kein großer Verlust gewesen, aber er hätte ihnen mit den Informationen einen Vorsprung sichern können. Shane würde alles tun, um seine Stellung zu verteidigen. Er stand hinter dem, was sie hier taten, selbst wenn man dafür hin und wieder Grenzen überschreiten musste. Musste man für die wichtigen Dinge im Leben nicht immer wieder Opfer bringen?!

Die Gruppen hatten sich untereinander schon immer bekriegt und um die Vormachtstellung in London gekämpft, aber der Orden hatte nicht so gute Kontakte wie die Loge und deren Anhänger.

Man konnte sagen, dass ihre Wurzeln nicht so weit zurückreichten und somit besaßen sie auch kein ausgeprägtes Blätterwerk, wie es die Gruppe tat, der Shane angehörte. Das Bild des Baumes war seit Generationen weitergetragen worden und versinnbildlichte sehr gut, was sich abseits der Öffentlichkeit in London abspielte. Hier herrschte das Gesetz der Eiche.

***

Shane hatte sich zurückgezogen und überflog erstmals den neuen Auftrag. Es ging lediglich um eine Kleinigkeit. Dennoch würde er das persönlich übernehmen. Ein paar Recherchen über die Zielperson, um keine böse Überraschung zu erleben und dann ein Besuch irgendwann in dieser Woche.

Es war nicht das erste Mal, dass er einen solchen Auftrag übernahm und derzeit war es eine gute Ablenkung von der großen Bedrohung, die da draußen lauerte. Ablenkung vom Orden, der gerade Pläne schmiedete, wie man die Loge und deren Mitglieder ihrer Macht berauben konnte.

Der Orden hatte in den vergangenen Jahren immer wieder versucht, Shanes Gruppe zu schaden und die eigene Macht im Königreich auszubauen. Sie hatten Anhänger der Loge verhört und getötet. Sie versuchten immer wieder die Börse zu ihren Gunsten zu beeinflussen und hatten sich vor ein paar Jahren sogar mit einem Drogenkartell eingelassen. Dennoch war der Orden nie stark genug gewesen, die Loge zu besiegen. Nicht gewitzt genug, nicht skrupellos genug. Trotzdem durfte man die Gefahr nicht ausblenden oder gar auf die leichte Schulter nehmen. Dieses Mal fühlte es sich anders an. Vielleicht ergab sich endlich die Gelegenheit, den Orden für immer zu zerstören. Aus diesem Grund war es so wichtig, mehr über ihre Pläne zu erfahren.

Gedankenverloren spielte Shane mit dem gefundenen Metallstück herum. Es war circa fünf Zentimeter lang und relativ dünn. Er fühlte über die Kanten und sah es sich genauer an. Sechseckig. Am oberen Ende war eine kleine Öse angebracht. Ein Kettenanhänger? Aber weshalb sollte Frederick so etwas in seinem Geheimfach verstecken? War es etwas wert?

Für einen Datenspeicher war es zu schmal und konnte nicht an einen Rechner angeschlossen werden. Selbst wenn, dann hätte man zuerst den Mechanismus finden müssen, um das Metallstück zu öffnen. Die Oberfläche war glatt und ohne jegliche Einkerbung. Wofür war das Teil gut? Immer wieder drehte und wendete er den

Metallstift und versuchte, daraus schlau zu werden. Welches Material war es? Wen konnte er fragen, jetzt, da Freddie das dramatische Schicksal von *Dorian Gray* teilte und nicht mehr unter den Lebenden weilte?

Vielleicht war es sinnvoll, ein Mitglied des Ordens zu entführen und ihm ein wenig auf den Zahn zu fühlen. Mitgliedslisten lagen ihnen vor. Da brauchte man nur jemanden auszuwählen, der schon länger dabei war und bei dem die Wahrscheinlichkeit relativ hoch war, dass er etwas über die Pläne des Ordens wusste. Shane würde es der Loge vorschlagen.

Solange blieb für ihn die Frage, was er mit dem Metallstück machte. Er hätte es den Männern vorlegen können, aber dann kam er nicht weiter, weil sie es einkassieren würden. Er wollte herausfinden, was das Ding zu bedeuten hatte und womöglich verhalf es ihm dazu, wieder einmal vor der Loge zu glänzen. Hätte er des Rätsels Lösung direkt zur Hand, wäre es erfreulicher für die Loge. Shane würde sich ein paar Wochen Zeit geben und sollte er keine Antworten finden, konnte er der Loge immer noch von dem Metallstück berichten.

Er legte den dünnen Gegenstand auf den Schreibtisch und fuhr sich mit beiden Händen über das Gesicht. Ehe er sich seinem nächsten Auftrag widmen würde, musste er sich dringend um die Hausarbeit kümmern, die ihm abverlangt wurde. Die Welt blieb nicht stehen, weil er nebenbei wirklich wichtige Dinge zu tun hatte.

Auch er musste sich an die Regeln halten, die ihm von der Fakultät auferlegt wurden. Obgleich das Semester erst begonnen hatte, musste er eine Hausarbeit schreiben und ein Thesenpapier zur Abgabe nächste Woche fertig machen.

***

»Du hast die Loge schwer enttäuscht, Dave. Dein übereiltes Handeln hat den Auftrag nicht nur gefährdet, sondern misslingen lassen. In deiner Ausbildung hast du dich noch so gut gemacht«, verkündete Richard mit großem Missfallen.

»Hören Sie, lassen Sie es mich bitte erklären. Ich bin mir vollkommen im Klaren darüber, dass ich Mist gebaut habe und nicht hätte einschreiten dürfen. Ich bin davon ausgegangen, dass Shane in Schwierigkeiten steckt und wollte ihm lediglich helfen«, verteidigte Dave sich, während er ängstlich zu dem dunkelhaarigen Logenmitglied sah.

»Hat Shane dir jemals Anlass dazu gegeben, an seinen Fähigkeiten zu zweifeln?«

Dave schüttelte hängend den Kopf. Ihm war klar, dass er versagt hatte. Er war zu voreilig gewesen und hätte abwarten müssen. Insgeheim musste er zugeben, dass er sich hatte profilieren wollen. Er hatte zuvor noch nie mit auf einen Außeneinsatz gedurft und hatte gehofft, sich besonders gut anstellen zu können. Eindruck schinden, um in der Gunst der Loge zu steigen. Das Gegenteil war nun der Fall.

»Du wirst mit sofortiger Wirkung aus dem Team abgezogen. Die Loge hat bereits darüber entschieden, dass du unserem internen Team zugeteilt wirst.«

Erschrocken blickte er auf. Das war das Ende seiner Karriere! Das interne Team saß im Hauptgebäude und kam niemals vor die Tür. Keine Außeneinsätze, keine Aufträge, nichts. Das waren die Leute, die nur ein paar unwichtige Informationen auf dem Schreibtisch von links nach rechts schoben. Er würde niemals aufsteigen können. »Erhalte ich keine Chance, um meinen Fehler wiedergutzumachen? Ich bin mir meiner Schuld bewusst, aber ich habe bislang alle Schritte tadellos durchlaufen.«

Die Augen seines Gesprächspartners blitzten verärgert auf. »Nein, du erhältst keine Chance. Bis auf weiteres wird das dein Einsatzgebiet sein. Dass du überhaupt gegen die Entscheidung der Loge angehst, zeigt, dass du die Regeln nicht verstanden hast. Sei froh, dass es nur das interne Team ist«, wurde er nochmals zurechtgestutzt, ehe Richard Dave einfach stehen ließ.

So hatte er sich seine Mitgliedschaft nicht vorgestellt.

⚝ Ein Mythos am College ⚝

Genervt schüttelte sie ihr Handy. Der gewünschte Effekt blieb aus und so stand Nola auf, um ans Fenster zu gehen. Nichts. Sie streckte den Arm in die Höhe und linste aufs Display. Immer noch kein Empfang. Was war denn heute Morgen nur los? Leise grummelnd ging sie in die Küche, in der Liz gerade einen Kaffee trank.

»Kannst du mal nachschauen, ob mein Anbieter heute früh Probleme hat?«, bat sie ihre Mitbewohnerin und erntete ein Kopfschütteln.

Liz verzog kurz den Mund. »Scheint eine allgemeine Störung zu sein. Ich habe auch kein Netz. Wahrscheinlich haben die es bis Mittag wieder repariert.« Da sprach die pure Hoffnung aus Liz, denn sie hing ziemlich viel an ihrem Handy, was heute somit nicht möglich sein würde.

»Mhm, okay. Dann mache ich mich jetzt auf den Weg. Wir sehen uns später?« Beide hatten heute Uni, wollten aber am Abend zusammen kochen. Liz bestätigte ihr den Plan und Nola machte sich anschließend auf den Weg, damit sie rechtzeitig zur Vorlesung ankam.

Eigentlich hatte sie den Weg zum Somerset House nutzen wollen, um mit ihrem Vater zu telefonieren und ihn über die Adler auszufragen. Das würde dann bis zum Nachmittag warten müssen, wenn die Netze wieder stabil waren. Das Handy war zwar nicht lebensnotwendig, aber man war immer etwas aufgeschmissen, wenn es nicht funktionierte.

Dafür war es amüsant zu sehen, wie viele Studenten plötzlich in der Vorlesung aufpassten und sich Notizen machten, weil sie nichts Besseres zu tun hatten. Selbst Ben schrieb fleißig mit. Es hatte sich in den letzten zwei Wochen eingespielt, dass sie in den Vorlesungen nebeneinandersaßen.

Dass Nola sich viele Notizen machte, würde ihr später helfen, weil sie die Vorlesung nicht nachbereiten musste. Zwar gab es immer ein paar Texte zu lesen, aber sie würde die Präsentation nicht durchgehen müssen, um sich Anmerkungen zu machen. Mit jedem Tag klappte das Leben an der Fakultät ohnehin besser und ihre anfänglichen Zweifel waren verschwunden.

»Ich glaube, seit das Semester angefangen hat, habe ich noch nicht so viel aufs Papier gebracht wie jetzt«, raunte Ben ihr leise zu.

»Ist wohl die heutige Ausnahme«, stichelte sie grinsend gegen ihn, da er sonst nie mitschrieb.

»Ich habe ja schon Unterlagen zu der Vorlesung, aber ich will sie ungern ein drittes Mal wiederholen. Da muss ich wohl den Hintern hochkriegen. Hab das im ersten Versuch zu locker gesehen und zu spät mit dem Lernen angefangen vor der Prüfung.« Er zuckte mit den Schultern, als wollte er verdeutlichen, dass es eben jedem passieren konnte.

»Übrigens sind ein paar Leute aus unserem Studien-gang und ich am überlegen, uns am Wochenende mal abends zusammenzusetzen. In der Vorlesung kommt man nicht so richtig zum Reden und wenn ich hier eins gelernt habe, dann, dass Kontakte echt was bringen. Irgendjemand hat immer Notizen von den Seminaren oder hat irgendwo was gehört, das nützlich sein kann. Du kommst dann bestimmt auch mit, oder?«, flüsterte Ben.

Die Idee war gut und Nola würde sich das nicht ent-gehen lassen. Sie hatte sich schon mit einigen Mitstu-denten unterhalten, aber es stimmte, dass der Kontakt sich noch auf ein paar wenige Leute beschränkte. Je mehr Studenten man aus dem Studiengang kannte, desto eher fand man Ansprechpartner für Themen und Unterlagen. Man konnte zusammen lernen oder sich leichter für Projekte zusammenschließen.

»Natürlich komme ich mit! Sag mir einfach Bescheid, wenn ihr was ausgemacht habt. Ist eine super Idee, mal mit allen was trinken zu gehen. Hier…« Nola schrieb ihre Handynummer auf eine freie Ecke seines Notiz-blocks. »Du kennst bestimmt so einige Leute«, meinte sie.

»Schon, aber nicht in dieser Vorlesung oder den Se-minaren, die ich wiederholen muss. Ich habe dir ein ganzes Jahr voraus, wäre schlimm, wenn ich da nicht ein paar Leute kennen würde«, gab er zu bedenken.

Da nicht alle Seminare jedes Semester angeboten wurden, hatte Ben länger mit der Wiederholung warten müssen. Es war also verständlich, dass er jetzt Studenten in seinem Semester und bei den Erstsemestern kannte. Bei seiner sympathischen Art war es sowieso kein Problem mit ihm ins Gespräch zu kommen.

Ben schien in Plauderlaune zu sein, denn er fragte gedämpft, ob sie bereits Anschluss gefunden hatte. Soweit er an ihrem Dialekt heraushören konnte, stammte sie nicht aus London.

»Richtig gehört. Ich komme aus Ipswich. Wobei du auch keinen typischen Londoner Akzent hast... Jedenfalls habe ich eine kleine WG gefunden und über meine Mitbewohnerin habe ich die ersten Kontakte geknüpft. Wir verstehen uns blendend und haben in den Semesterferien viel unternommen«, antwortete Nola möglichst leise, damit sie die Vorlesung nicht störte, welche noch immer in vollem Gange war.

»Das ist doch optimal. Wenn du kein Zimmer im Studentenwohnheim bekommst, kannst du dir eine Wohnung alleine sowieso nicht leisten. Ist echt extrem hier. Außerdem finde ich WGs immer klasse, weil man direkt Leute hat und zusammen weggehen kann.« Nebenbei kritzelte Ben auf seinen Block und lehnte sich dann wieder etwas in ihre Richtung. Beide waren auf den unbequemen Holzsitzen weiter nach unten gerutscht.

Ben erzählte ihr, dass er aus Brighton stammte und schon vorher viel in London unterwegs gewesen war, weshalb er sich schnell eingelebt hatte. Er konnte nach Hause fahren, wann immer ihm danach war. Er tat es aber nicht, weil seine Eltern viel arbeiteten und er keine Geschwister hatte. Seine Freunde waren in London. Da konnte er seine freie Zeit hier deutlich besser nutzen.

Nola würde auch nicht so häufig zu ihren Eltern fahren, obwohl es keine Weltreise war. Sie brauchte höchstens etwas über eine Stunde mit der Bahn. Nola wollte die Wochenenden nicht permanent im Zug verbringen oder für die gesamten Ferien zu ihren Eltern fahren. Sie liebte ihre Familie und sie freute sich, wenn sie alle drei sah, aber sie wollte sich in London ein eigenes Leben aufbauen, selbstständig werden.

An dem Thema blieben sie hängen und erzählten leise von ihren Familien. Nola verriet, dass sie einen Halbbruder hatte, der momentan neidisch war, weil sie allein in der Hauptstadt lebte und er daheim gefangen war. Mike wollte so bald wie möglich zu Besuch kommen, am besten über ein Wochenende. Ben hatte sich das Lachen verkneifen müssen, denn er konnte ihren Bruder voll und ganz verstehen.

Es war richtig schade, als die Vorlesung schließlich zu Ende ging. Nola hatte zwischendurch geschwiegen und ein paar weitere Notizen gemacht, die meiste Zeit hatte sie jedoch mit Ben gequatscht und sich amüsiert. So kurzweilig könnten die Vorlesungen gerne immer sein. Wenn Ben seine Idee mit dem Weggehen bald umsetzte, würden sie eine weitere Gelegenheit haben, um sich zu unterhalten – dieses Mal nicht im Flüsterton.

Es dauerte noch zwei Seminare lang, ehe das Handynetz wiederkehrte und Nola ihren Vater anrufen konnte. Sie wollte ihn unbedingt zu den Adlern befragen, denn immerhin war er selbst auch Student am King's College gewesen. Sobald sie im Freien war, wählte sie seine Nummer. Es dauerte lange, bis er dranging.

»Nola! Hallo. Wie geht es dir?«

»Hey Dad. Mir geht's gut. Läuft bisher alles gut an der Uni. Die Grundlagen hatten wir in der ersten Woche durch. Jetzt kommen die Sachen, die ich bei dir in der Firma zum Teil mitbekommen habe.«

»Das klingt ja wunderbar! Ich hab dir doch gesagt, dass du das hinkriegst. Wichtig ist, dass es dir Spaß macht, selbst wenn du mal viel zu tun hast. Das King's College ist wirklich gut und bildet euch bestens aus. Hör mal, ich habe leider nicht viel Zeit. Bei uns geht es heute drunter und drüber. Wir haben einen Großteil des Firmengeldes in Aktien angelegt und die sind heute früh in den Keller gesunken. Jetzt ist hier helle Aufregung darüber, wie der Zahlungsfluss beibehalten werden kann, ohne uns in Schwierigkeiten zu bringen.«

Nola wusste über einige Vorgänge Bescheid. Zum einen war sie ein volles Jahr in der Firma gewesen und zum anderen hatte ihr Vater offen mit ihr über diese Dinge gesprochen. Es erschrak sie, dass anscheinend solch ein Durcheinander herrschte, das sogar die Existenz der Firma bedrohen konnte. Jedes Unternehmen bildete Rücklagen, aber wenn diese falsch angelegt wurden, konnte man schnell sehr schlecht dastehen.

»Aber wie konnte das denn passieren? Du hast mir doch mal erklärt, dass ihr das Geld anlegt und kein Risiko damit eingeht«, fragte sie nach.

Ihr Vater seufzte am anderen Ende der Leitung. »Mit Aktien kannst du immer was riskieren, aber es war eine sichere Sache. Das war stabil und hätte nicht einbrechen dürfen. Ich kann mir das überhaupt nicht erklären. Jedenfalls versuche ich das momentan zu lösen. Lass uns einfach die nächsten Tage noch einmal telefonieren. Ich melde mich bei dir, wenn es etwas ruhiger geworden ist. Pass auf dich auf und genieß die Zeit. Bis bald, Nola.«

Sie verabschiedete sich von ihrem Vater und blieb dann leicht besorgt zurück. Leider konnte sie ihm nicht helfen, weshalb sie nur die Daumen drücken konnte, dass er bald eine Lösung für das Problem fand oder aber die Aktienwerte wieder in die Höhe gingen. Wenn sie ehrlich war, verstand sie die Welt der Aktien überhaupt nicht. Blöd war auch, dass sie jetzt nicht nach der ominösen Studentenschaft hatte fragen können. Dabei brannte es ihr unter den Nägeln.

***

Nola hatte sich für diesen Tag noch ein weiteres Ziel gesetzt, ehe sie nach Hause gehen würde. Das Gespräch mit Liz über den Geheimbund hatte sie zum Nachdenken gebracht.

Ehemalige Studenten hatten energisch nach der Wahrheit gesucht. Sie hatten einen Unschuldigen bedrängt und in Gefahr gebracht, bloß weil er aus reichem Hause gekommen war. Es hatte sie erschüttert, aber ihre Neugier war noch nicht verschwunden.

Nola hatte sich jedoch eine Grenze gesetzt. Sie wollte heute bei der Campuszeitung nachfragen, ob derzeit jemand an einem Artikel über diese Studentenverbindung schrieb oder ob jemand generell etwas zu wissen glaubte. Wenn sie damit nicht weiterkam, wusste sie sowieso nicht, an welcher Stelle sie noch graben sollte.

Dann musste sie das Thema, so spannend es war, ruhen lassen. Es brachte nichts einem Gespenst hinterherzujagen und alles andere ins Abseits zu schieben. Es hatten viele Studenten vor ihr versucht, das Rätsel zu lösen und waren letztlich gescheitert.

Sie blickte in den kleinen Raum, der ihr in der Verwaltung als Büro der Campuszeitung genannt worden war. Ein paar Drucker und Rechner waren aufgestellt, an denen zwei Studenten fleißig tippten oder recherchierten. Etwas abseits an einem Schreibtisch saß ein weiterer Student.

Nola klopfte gegen den Türrahmen, um auf sich aufmerksam zu machen. Alle drei Köpfe hoben sich, aber nur der junge Mann, der gerade nicht am Computer saß, stand von seinem Schreibtisch auf.

»Ja, bitte?« Er sah sie abwartend an, einen Bleistift hinter das Ohr geklemmt und leicht verdeckt von seinen etwas längeren Haaren. Sein Pullover war zerknittert und abgewetzt. Seine Augen hinter den Brillengläsern blickten sie freundlich an, doch er machte keine Anstalten sich vorzustellen. Vermutlich bekam er nicht sehr häufig Besuch. Ob er dachte, dass sie der Zeitung als Redakteurin beitreten wollte?

Nola trat ein und lächelte ihm entgegen. »Hallo. Mir wurde gesagt, dass hier die Campuszeitung ist?«

»Genau. Kann ich dir irgendwie weiterhelfen?«

»Das hoffe ich jedenfalls. Ich bin online über ein paar kürzere Artikel von der Campuszeitung gestolpert. Sie handeln von dem Mythos rund um Sword & Eagle, nur leider sind die Artikel einige Jahre alt. Ich wollte nachfragen, ob sich aktuell jemand bei euch damit beschäftigt oder Einblick in dieses Thema hat. Ich würde gerne mehr darüber erfahren«, brachte Nola ihr Anliegen vor.

Ein wissendes Grinsen trat auf die Züge ihres Gesprächspartners und auch die zwei Zeitungsmitarbeiter sahen noch einmal auf. »Du bist vermutlich neu am

King's?! Es gibt immer wieder Studenten, die den Erst-semestern von den alten Geschichten erzählen. Wie du schon richtig sagst, ist es ein Mythos und das fasziniert viele Leute am Campus.« Er machte eine einladende Geste zum Stuhl vor seinem Schreibtisch, was Nola zum Anlass nahm, sich ihm gegenüber zu setzen.

»Im Grunde hat jeder, der bei der Zeitung anfängt, die Motivation, mehr über die Adler herauszufinden. Jeder würde gerne derjenige sein, der den Durchbruch schafft und endlich Licht ins Dunkel bringt. Sword & Eagle ist schon fast wie ein Maskottchen, das es zu finden gilt. Seit ich Leiter der Campuszeitung bin, hat es keinen Artikel mehr über sie gegeben. Ganz einfach, weil wir keine neuen Informationen ausgegraben ha-ben und ich nicht wollte, dass wir Wiederholungen drucken«, sagte ihr der Chefredakteur.

»Also ist niemand seit Gründung des King's College auf handfeste Beweise gestoßen, dass es diese Gruppe gibt oder nicht? Wie kann es denn sein, dass sich so ein Mythos hartnäckig hält, wenn jede Grundlage fehlt?«, wollte Nola wissen und spielte nebenbei an ihrer Kette herum, drehte das filigrane Blatt zwischen den Fingern hin und her.

Ihr Gegenüber rückte seine Brille zurecht und zuckte leicht mit den Schultern. Er wirkte nicht wie jemand, der für seine Recherchen viel riskierte oder häufig vom Schreibtisch wegkam. »Es gab immer wieder Phasen, in denen man Studenten nachgesagt hat, ein Mitglied der

Adler zu sein. Nicht nur wegen teurer Klamotten und dem dazugehörigen Auftreten, sondern auch wegen sehr guter Kontakte zu einflussreichen Personen und plötzlichen Karriereschüben. Darauf angesprochen, haben viele dieser Studenten nicht reagiert. Sie haben es auch nicht abgestritten. Es gab hier wirklich einige richtig gute Journalisten, die der Sache auf den Grund gegangen sind und sich dahintergeklemmt haben. Selbst die intelligentesten Köpfe konnten keine Beweise vorlegen.«

»Und was, wenn sie doch Informationen gefunden haben und dann von den Adlern beeinflusst wurden? Wenn die Adler angeblich so gute Verbindungen haben, werden die von den Recherchen erfahren haben und wollten sich schützen«, schlug Nola zaghaft als Möglichkeit vor.

»Das würde bedeuten, dass sich die Mitarbeiter der Campuszeitung bestechen lassen würden. Das kann ich mir nicht vorstellen.« Natürlich wehrte er das sogleich ab.

»Ich will dich nicht vor den Kopf stoßen, aber glaubst du das wirklich? Würde nicht der ein oder andere das Angebot annehmen und lieber Stillschweigen bewahren, wenn er dafür einen Posten bei einer renommierten Zeitung bekommt, noch ehe das Studium abgeschlossen ist?«, versuchte Nola es ein wenig diplomatischer.

Wenn es die Adler gab und wenn ihr Netz so weitreichend war, dann durfte man diese Aspekte nicht ausblenden. Nicht alle jungen, aufstrebenden Journalisten würden an ihrem Kodex festhalten.

»Wo haben sie denn immer angesetzt mit den Recherchen? Von irgendwo müssen doch Details bekannt gewesen sein«, hakte sie nach.

»Ich hoffe sehr, dass dem nicht so war. Das Bild, das du da gerade gezeichnet hast, wäre ziemlich niederschmetternd für uns«, sagte der Chefredakteur zunächst und schien leicht verstimmt. Wirklich abstreiten konnte er den Gedanken allerdings nicht. »Manch einer hat sich in die alten Wappen hineingesteigert. Sobald man irgendwo ein Schwert oder einen Adler gesehen hat, sind sie der Sache nachgegangen. Haben sich bestimmt überall auf die Lauer gelegt, wo sich die Kerle aus den reichen Familien getroffen haben. Drüben beim *Two Temple Garden* gibt es einen verwitterten Stein, den ein Adler ziert und wenn man viel Einbildung hat, könnte da auch ein Schwert drauf sein. Deshalb wird gemunkelt, dass dort der Eingang zu ihren Räumen sein muss. Wenn du mich fragst, konnte ich nie zu hundert Prozent bejahen, dass es ein Schwert ist. Naja, und dann gibt es noch die Erzählung, dass ein ehemaliger Student – das ist wirklich schon Jahrzehnte her – angeworben werden sollte, aber abgelehnt hat. Damals wurde ein Redakteur hingeschickt, aber viel wurde ihm nicht erzählt. Nur, dass eine Studentenverbindung auf den Studenten zugekommen war. Ich gehe davon aus, dass er den Namen kannte, ihn uns aber nicht gesagt hat. Das ist schon äußerst merkwürdig und verwundert niemanden, wenn es den Mythos wieder anstachelt.«

Nolas Gedanken rasten. Sie versuchte, schnell Ordnung in das beginnende Chaos zu bringen. Keine Beweise, aber trotzdem neue Details. »Man kann also sagen, dass es immer wieder neue Informationen gab. Leute, die etwas wussten und verschwiegen haben. Ein angebliches Wappen der Verbindung. Vielleicht haben die Redakteure sogar Gesprächsfetzen mitbekommen, aus denen man sich zusammenreimen oder einbilden konnte, dass es um die Adler ging. Trotzdem lässt sich nichts beweisen. Man kann niemanden dazu befragen«, fasste sie zusammen und klang dabei sehr unzufrieden.

Es hatte clevere Leute vor ihr gegeben, die sich in die Suche hineingesteigert hatten. Gut möglich, dass sie etwas herausgefunden hatten oder Mitgliedern auf der Spur gewesen waren. Belauschte Gespräche, diese überraschenden Karrieresprünge. Nur niemals konkrete Beweise.

»So kann man das zusammenfassen, ja. Du könntest höchstens die ehemaligen Redakteure kontaktieren, die über die Adler geschrieben haben. Doch ich bezweifle, dass du etwas von ihnen erfährst. Das, was sie zu sagen hatten, haben sie aufgeschrieben und sollten sie tatsächlich mehr wissen, werden sie es für sich behalten«, kam es von dem Studenten.

»Vermutlich wird es so sein. Trotzdem vielen Dank für deine Zeit und das, was du mir erzählen konntest. Scheint so, als wird es ein Mythos bleiben.« Nola erhob sich von dem Besucherstuhl und lächelte ihrem Gesprächspartner noch einmal dankbar entgegen.

»Keine Ursache. Viel Erfolg mit deinem Studium.«

Somit verließ sie das kleine Büro wieder und fragte sich, ob sie etwa auch den reich aussehenden Studenten folgen oder das Fakultätsgelände nach verwitterten Wappen absuchen musste. Das ginge dann doch zu weit, fand Nola.

Hatte sie sich ihre Erinnerung falsch zusammengebastelt? Es war zu lange her, um sich ganz sicher zu sein. Dabei war Nola davon ausgegangen, dass die Holzfigur zu dem Foto auf dem Sims in dem Arbeitszimmer gehörte. Und das Foto gehörte zu einem Club des King's Colleges.

Für sie hatte die Nachforschung harmlos begonnen. Reine Neugierde, die sich enorm gesteigert hatte und zu etwas Persönlichem geworden war, nachdem Nola nicht nur an das Foto zurückgedacht hatte, sondern ihr längst vergessenen Gesprächsfetzen in den Sinn gekommen waren.

Es muss endlich ein Ende haben. Du musst dich von ihnen distanzieren. Dort hat doch jeder Blut an den Händen. Es ist mir ganz gleich, aber ich dulde es nicht länger! Niemals hättest du Mitglied dieses Clubs werden sollen.

So waren die aufgebrachten Worte gewesen, die Nola damals nicht hatte einordnen können. Sie hatte die wenigen Sätze verdrängt und vergessen. Es musste mit dem Foto zu tun haben! Die jungen Männer darauf, die ihre Arme über die Schultern der anderen gelegt und wie eine eingeschworene Einheit in die Kamera gelächelt hatten. Eine Gruppe von Freunden aus der Studienzeit, ein Club – oder vielleicht die Adler? Verdammt! Wenn sie es doch nur wüsste.

Nola beschloss, ein oder zwei Nächte über das Gespräch zu schlafen und sich dann Gedanken darüber zu machen, ob und wie sie weitermachen konnte. Im Freien schaute sie auf die höheren Stockwerke zurück.

»Seid ihr da draußen, Adler?«, murmelte sie vor sich hin.

❧ Der Auftrag ❧

Automatisch fuhr seine Hand zur Krawatte, um diese noch einmal zu richten. Der Eingangsbereich war gut besucht. Teuer gekleidete Leute wurden zu ihren reservierten Tischen geleitet oder warteten noch darauf, ein wenig Glück zu haben, dass sie ohne Reservierung hier zu Abend essen konnten.

Shane ging an ihnen vorbei in den angrenzenden Barbereich und setzte sich an die Theke. Binnen weniger Augenblicke war der Barkeeper bei ihm und nahm die Bestellung auf. Unauffällig blickte Shane den Tresen entlang. Seinen heutigen Auftrag hatte er bereits beim Eintreten gesehen. Jetzt machte er sich lediglich ein Bild von den restlichen Gästen. Shane war in dieser Woche zweimal hier gewesen, um etwas zu trinken und die Räumlichkeiten auszukundschaften. Es war ein vergleichsweise kleiner Auftrag, aber er wollte nichts dem Zufall überlassen. Auch Bleu war unabhängig von ihm hier gewesen. Da sich bei ihm allerdings Tattoos über die Arme und ein Stück am Hals hinauf schlängelten, blieb er den Leuten generell eher im Gedächtnis als Shane.

Es war riskant, das Gespräch an einem so gut besuchten Ort zu führen. Sie könnten dabei jeden Moment unterbrochen werden. Shane hatte sich jedoch bewusst dafür entschieden, da seine Zielperson häufig in diesem Restaurant aß und es zu schwierig wäre, unbemerkt in dessen Haus einzudringen.

Shane sah auf die teure Armbanduhr und nahm in aller Ruhe einen Schluck von seinem Getränk. Ein kurzer Blick über die Schulter bestätigte ihm, dass sein Zielobjekt beim vierten Drink war und sich köstlich mit seinen Geschäftspartnern zu amüsieren schien. Shane leerte sein Glas und bedeutete dem Barkeeper, dass dieser ihm nachschenken sollte.

Dann erhob sich Shane und steuerte am Eingangsbereich vorbei zu den Toiletten. Er nickte Bleu zu, der an einer Seitentür stand und überwachen würde, wer die Herrentoilette betreten durfte. Shane schlüpfte in eine der Kabinen, nachdem er überprüft hatte, dass niemand hier war.

Lange musste er nicht warten. Er hatte die Ohren gespitzt und lauschte auf die Schritte, die sich der Toilette näherten. Nach knapp fünf Minuten öffnete sich die Haupttür quietschend. Unmittelbar danach würde Bleu ein Schild aufstellen, dass die Herrentoilette aufgrund eines technischen Defekts kurzzeitig nicht benutzt werden konnte.

Shane konzentrierte sich auf das, was nun geschehen würde. Durch den schmalen Türspalt, den er in der Kabine gelassen hatte, sah er, wie der andere Mann ans Waschbecken trat, die Hände wusch und sie anschließend abtrocknete.

Bevor der Mann den Raum verlassen konnte, stieß Shane die Kabinentür auf und trat hinter den Mann. Die wenigen Sekunden hatten nicht ausgereicht, dass dieser sich hätte umdrehen können. Shane gab dem Mann einen derart heftigen Schubs, als er die Hand auf dessen Schulter krachen ließ, dass der Mann mit seiner Wange schmerzhaft auf die geflieste Wand schlug. Der Mann wollte sich umdrehen, sich wehren, aber das Klicken der Pistole, die Shane entsicherte und ihm an den Kopf hielt, brachte ihn zur Ruhe.

»Schönen guten Abend, Richter Taylor. Wie schön, Sie hier zu treffen«, eröffnete Shane fröhlich das Gespräch.

»Wer sind Sie? Glauben Sie wirklich, Sie kommen damit durch? Sie greifen hier gerade einen Richter des obersten Gerichtshofs an, Sie Narr.«

Wie lächerlich unberechtigte Arroganz doch war! Glaubte Taylor wirklich, dass er solch eine Macht besaß und sein Amt ihm Schutz gewährte?!

»Natürlich komme ich damit durch. Ich möchte Sie nicht unnötig lange von Ihrem netten Plausch fernhalten, also kommen wir zur Sache. Sie haben morgen über eine Straftat zu urteilen, die viel von sich reden gemacht hat. Sie werden den Freispruch wählen«, forderte Shane ungerührt.

Der Richter schnaubte verächtlich, was ihm einen Schlag gegen den Hinterkopf einbrachte. »Das kann ich nicht tun. Die Beweislage ist eindeutig.«

»Ist sie das? Wer hat die Beweise denn zusammengestellt? Ich schätze viel eher, dass die Beweise manipuliert worden sind. Wenn Sie sich die Berichte durchlesen, werden Sie ebenfalls darüber stolpern. Ganz gleich, ob Sie meiner Meinung sind oder nicht – Sie werden es tun!«

»Und wenn nicht?« Die Frage war rhetorisch, denn der Richter hatte nicht vor, sich dieser kleinen Drohung zu beugen. Damit hatte Shane gerechnet. Alles andere hätte ihn schon fast enttäuscht. Er seufzte, als würde er den Richter tadeln.

»Richter Taylor, wir haben zwei Möglichkeiten. Ich kann Ihnen jetzt sagen, dass ich sehr wohl weiß, dass Sie Ihren Sohn auf ein Internat im Ausland geschickt haben und ich ebenso weiß, wo er ist und wie ich an ihn herankomme. Da es jedoch nicht gerade die nette Art ist, Sie mittels Ihres Sohnes zu erpressen, habe ich noch eine andere Lösung. Ich habe Emails und Telefonmitschnitte, die beweisen, dass Sie sich Ihre Stellung im Gericht erkauft haben. Wie schnell so etwas heutzutage an die Medien geraten kann! Nicht auszudenken! Sie können also Ihre Karriere und Ihre Familie verlieren. Ich an Ihrer Stelle finde einen kleinen Freispruch im Gegenzug gar nicht so schlimm. Haben wir uns verstanden?«, erhöhte Shane den Druck.

Der Richter unternahm einen weiteren Versuch, sich aus der schmerzhaften und unvorteilhaften Position zu befreien. Erneut gelang es ihm nicht. Währenddessen schien er über seine Optionen nachzudenken.

»Ja, okay, verdammt. Schicken Sie die Sachen nicht an die Medien«, presste er wütend zwischen den Zähnen hervor. »Ich verlange als Gegenleistung, dass Sie mir die Unterlagen geben, die Sie über mich haben.«

»Sie sind nicht in der Position eine Gegenleistung zu fordern, Richter Taylor. Ich bin auf Ihr morgiges Urteil gespannt.« Shane konnte es sich nicht verkneifen, den Arm, den er Taylor auf dem Rücken festhielt, ein wenig nach oben zu verdrehen. Dann ließ er dem Mann mehr Spielraum, sodass dieser sich von der Wand lösen wollte. Mit einer schnellen Bewegung schoss Shanes Hand ein letztes Mal nach vorn. Die Wange des Richters schlug gegen die Wand. Dann war Shane zur Tür hinaus. Bleu eilte aus dem Schatten der Seitentür, nahm die Pistole entgegen, entfernte das Schild und verschwand nach draußen.

Um keine Aufmerksamkeit auf sich zu ziehen, schlenderte Shane gemütlich zur Theke zurück. Für den Fall, dass sich der Barkeeper über seine längere Abwesenheit wunderte, hatte er sich ein Taschentuch präpariert mit Lippenstift eingesteckt. Er fuhr sich damit grinsend über die Mundwinkel, als er seinen Platz wieder einnahm und begegnete dem fragenden Blick des Barkeepers. Als der eins und eins zusammenzählte, grinste er Shane entgegen und nickte kurz.

Shanes Drink war schon halb leer, als der Richter in die Bar zurückkehrte. Vermutlich hatte er sich beruhigen müssen und vor dem Spiegel erkannt, dass er die lädierte Wange nicht verbergen konnte. Shane hörte nicht, was gesprochen wurde, aber die Geschäftspartner von Richter Taylor fragten wohl überrascht nach, was geschehen war. Taylor war sichtlich aufgewühlt.

Nachdem Shane seinen Drink seelenruhig geleert und einen Schein auf die Theke gelegt hatte, sah er aus der Entfernung, dass Taylors Hände leicht zitterten. Dann verließ Shane das Nobelrestaurant durch den Haupteingang.

Er brauchte nur um die nächste Ecke zu biegen, da dort der Wagen stand, in dem Bleu auf ihn wartete. Geschmeidig ließ sich Shane auf den Beifahrersitz gleiten.

»Und?«

»Er wird den Freispruch machen«, verkündete Shane zufrieden.

»Du bist dir sicher?«

»Wir haben die zwei wichtigsten Dinge in seinem erbärmlichen Leben bedroht. Er will weder seine Karriere noch seinen Sohn verlieren. Ihm bleibt nichts anderes übrig. Wenn er so um Gerechtigkeit bemüht wäre, hätte er die Position als Richter gar nicht erst bekommen. Gute Arbeit!«

»War nur das Schild…«, winkte Bleu ab.

Shane warf dem neuesten Mitglied in seinem Team einen Seitenblick zu, die Augenbraue ein wenig in die Höhe gezogen. »Plus die Vorarbeit und deine Idee, wie wir ihn von den anderen Gästen isolieren können.« Kam nicht oft vor, dass Shane zufrieden war. »Und wir gehen jetzt noch einen trinken«, legte er fest.

Während der Wagen beschleunigte, sah er hinaus auf die dunklen Umrisse seiner Stadt. Die Lichter von London glitzerten in der Nacht.

»Wurde schon das Sicherheitsleck gefunden, durch das die Hacker ins System kommen konnten?«, fragte Bleu, sah aber weiterhin auf die Straße.

Es hatte einen schwerwiegenden Angriff auf ihre Server gegeben. Sie hatten schnell genug reagieren können, damit die Hacker nicht allzu viele Daten hatten abgreifen können.

»Ja, das konnte schnell behoben werden. Unsere Leute haben den Angriff sofort bemerkt und blockiert. Die Hacker haben versucht, an Mitgliedsdaten heranzukommen. Als das nicht funktioniert hat, haben sie anschließend ein paar unserer Firmen angezapft. Du hast das mit den Aktiencrashs mitbekommen? Da waren einige unserer Aktien dabei.«

Das hatte so manche Firmen im Land kalt erwischt und durchgerüttelt. Noch immer waren Mitglieder dabei, das Chaos zu beseitigen und die Aktien wieder zu stabilisieren. Durch den Hackerangriff war auch das

Mobilfunknetz abgeschmiert. Die hatten echt alles lahmgelegt.

»Das sind doch miese kleine…«, begann Bleu grummelnd. »Verstecken sich hinter ihren Rechnern, können sich nicht einmal richtig zur Wehr setzen und programmieren einen Virus nach dem anderen. Das Problem ist, dass sie uns mal das Genick brechen können, wenn sie mit einer ihrer Attacken erfolgreich sind. Die brauchen nur eine Lücke zu finden und ziehen uns das Geld ab.«

Da konnte selbst Shane nichts schönreden. Dieses Mal hatte ihre Gruppierung Glück gehabt und konnte die Schäden einigermaßen reparieren. Wer wusste schon, wie es beim nächsten oder übernächsten Mal aussehen würde? Der Krieg zwischen ihnen lief schon lange auf mehreren Ebenen ab und spitzte sich immer weiter zu. Deshalb war es so wichtig, einen Schritt voraus zu sein und den anderen Einhalt zu gebieten. Nur so konnte man diesen Krieg endlich beenden.

∽ Entspanntes Wochenende ∾

»Was machen wir denn hier?« Fragend sah Nola zu Liz, die für heute ein kleines Highlight versprochen hatte.

Es war Samstag und die Freundinnen waren in der Stadt einkaufen gewesen. Da es schon Mitte Oktober war und immer frischer wurde, brauchten sie ein paar dickere Klamotten. Wohin Liz jetzt wollte, wusste Nola allerdings nicht. Sie waren ein Stück an der Themse entlanggelaufen, hatten freien Blick auf die Tower Bridge gehabt und waren dann in die nördlichen Straßenschluchten eingetaucht. Hier standen glitzernde Hochhäuser neben alten Kirchen, die nur gefühlte drei Meter breit erschienen.

»Ich habe uns Freitickets gebucht.«

»Für was denn? Ich dachte, wir wollten was trinken gehen und dann nach Hause fahren. Ich bin doch nachher noch verabredet«, rief Nola ihrer Freundin ins Gedächtnis. Ben hatte sich gemeldet und tatsächlich ein Treffen mit einigen Erstsemestern aus ihren Kursen organisiert.

Gleichzeitig war sie jetzt unglaublich gespannt, was Liz ausgeheckt hatte. Nola hob den Blick zum Himmel, der sich schon langsam verdunkelte und somit den Abend einläutete. Kühl glitt ihr der Wind über das Gesicht.

»Wart's ab. Wir müssen um die Ecke und in das Gebäude rein.« Liz wusste, wie sie die Spannung aufrechterhalten konnte.

Nola ahnte sowieso nicht, wo sie waren. Sie sah an dem etwas unförmigen Gebäude nach oben und bemerkte dann die kleine Menschentraube vor dem Eingang. Die jungen Frauen gesellten sich dazu und wurden nach den Tickets gefragt. Mit der restlichen Gruppe wurden sie im Innern zu einem Aufzug geführt und wenige Sekunden später hatten sie einen atemberaubenden Ausblick auf die englische Hauptstadt. Wenigstens wurde das Rätsel ziemlich schnell gelöst, denn Nola hätte die Neugier nicht länger ertragen.

»Tada!!«, sagte Liz und strahlte ihr entgegen. Sie zog Nola zu der übergroßen Fensterfront. »Der Sky Garden ist einer der tollsten Aussichtspunkte. Viele wollen ja unbedingt mit dem London Eye fahren, aber mir ist das zu langweilig. Von hier hat man eine ganz tolle Aussicht und jetzt zum Sonnenuntergang sowieso.« Liz schien mindestens genauso zappelig und begeistert zu sein wie Nola.

Überall auf der Etage standen Palmen und Blumen. An den Seiten waren Treppen, die nach oben führten, näher an die Pflanzen heran. Man konnte sich auf Bänke setzen oder zwischen den angelegten Beeten entlangschlendern. Vor der Fensterfront standen Stühle und in der Nähe gab es eine rundlich gebaute Bar. Durch eine Drehtür gelangte man auf die Terrasse.

Sie sahen von hier oben direkt auf die Themse. Auf der linken Seite lag die Tower Bridge, direkt gegenüber war das Hochhaus *The Shard* und nach rechts war der Blick frei bis zum bekannten Riesenrad.

»Das ist der Wahnsinn«, bekam Nola endlich raus. Es hatte ihr die Sprache verschlagen, denn die Aussicht war phänomenal. Es hing nicht allzu viel Dunst über der Stadt, sodass sich die Sonnenstrahlen auf den glatten Oberflächen der Gebäude spiegelten. Der Himmel wurde leicht rötlich, da die Sonne immer weiter unterging und das London Eye in ein besonderes Licht tauchte.

»Und ausgerechnet heute habe ich meine Kamera nicht dabei! Ich muss unbedingt nochmal herkommen.« Nola konnte ihren Blick kaum von dem Fenster nehmen. »Lass uns nach draußen gehen!«

Sie drängten an anderen Besuchern vorbei ins Freie. Der Wind wehte ihnen um die Nase und ließ sie kurz nach Luft schnappen. Dann lehnten sie sich gegen das Geländer, um den Sonnenuntergang ohne störende Fensterscheibe zu bewundern.

»Das war eine wundervolle Idee von dir! Danke für die tolle Überraschung«, bedankte sie sich euphorisch und sah zu Liz.

Oft gab es verzauberte Ecken in großen Städten, in die man normalerweise nicht kam, weil man einfach nicht davon wusste. Zwar war der Sky Garden durch die Freitickets ganz leicht für Touristen zugängig, wie

Liz erzählte, aber Nola wäre wohl von alleine nicht auf diese Idee gekommen. Schweigend blieben sie stehen, bis die Sonne zu tief hinter die Hochhäuser gesunken war und der Zauber ein wenig nachließ.

»Ich muss das mal fotografieren! Aber heute war es umso schöner, erstmal den Ausblick zu genießen.« Das Fotografieren war eines von Nolas Hobbys und hier in London gab es so einige Motive, die sie einfangen konnte. Sie wollte ihre Umgebung allerdings nicht ständig nur durch die Kameralinse wahrnehmen, sondern direkt erleben. »Es ist zwar kein Sonnenuntergang an einem traumhaften Strand, aber es verfehlt seine Wirkung trotzdem nicht«, sagte sie lachend.

»Dann hat sich der Besuch gelohnt! Freut mich, dass es dir gefallen hat. Ich muss meinem Ruf als gute Stadtführerin doch gerecht werden«, scherzte Liz, als sie im Aufzug nach unten standen. »Ich dachte mir, dass wir hier in der Nähe in ein Pub gehen könnten. Die haben leckere Burger und es liegt direkt an der Tower Hill Station, dann können wir von danach von dort zur Wohnung fahren.«

Nola hatte nichts dagegen einzuwenden und der Hunger wurde langsam größer. Sie hakte sich bei Liz ein und sie gingen in südöstliche Richtung, um zu dem Pub zu kommen. Es lag direkt an einer Ecke und gegenüber war der Platz, unter dem die Tower Hill Station war. Beide bestellten sie einen Burger an der Theke und setzten sich dann an einen freien Tisch. Sie unterhielten sich über den tollen Tag und das restliche Wochenende, bis die Leute am Nebentisch so laut sprachen, dass man es nicht länger ignorieren konnte.

»Worüber regen die sich denn so auf?«, fragte Liz mit gedämpfter Stimmte und war leicht verwirrt von dem hitzigen Gespräch. Aus den verschiedenen Wortfetzen konnte man sich ein grobes Bild zusammenbasteln. Irgendein Urteil war gefällt worden, mit dem die Leute nicht einverstanden waren.

»Ach, na klar! Das stand heute früh in der Zeitung. Ich habe die Schlagzeile gesehen, als wir am Zeitungsstand vorbeikamen. Gestern wurde jemand vom Gericht freigesprochen, obwohl die Beweise ganz eindeutig gegen ihn waren. Irgendein Politiker, der anscheinend korrupt ist und Verbindungen zu kriminellen Banden hat?« Zumindest hatte sie sowas im Sinn. Verständlich, wenn sich die Leute aufregten. Wenn es so offensichtlich war, dass dieser Politiker Geschäfte mit Kriminellen machte, gerne ein Auge zudrückte, um selbst Gewinn durch die Aktionen einzufahren, dann hätte er keinen Freispruch bekommen dürfen.

»Mhm. Da fragt man sich, wie das passieren kann. Wenn das doch glasklar ist, dass er da mit drinsteckt, wie kann ich ihn freisprechen? Ob das wieder einmal der Politikerbonus ist? Wir Normalos wären doch schon dreimal verurteilt worden. Bringt aber nichts, sich aufzuregen. Wir können daran sowieso nichts machen.« Liz schüttelte ungläubig den Kopf, ließ sich ebenso wenig wie Nola die Laune verhageln.

Kurz darauf kam das Essen, welches beide wieder ablenkte. Sie blendeten die anderen Personen aus und begannen über die Zeit vor der Uni zu reden. Außerdem hatte Liz von ihrem neuen Schwarm Ethan zu berichten, den sie kennengelernt hatte und mit dem sie bald auf ein Date gehen würde. Bei solchen Themen verging die Zeit wie im Flug und alles andere war vergessen.

***

Liz und sie waren nach dem Essen zurück in die Wohnung gefahren, um die Einkäufe abzuladen und sich umzuziehen. Liz würde mit ein paar Freunden ausgehen, während Nola sich mit Leuten aus ihrem Studiengang traf. Sie hatte sich fertiggemacht und war dann zu der Bar gefahren, die Ben ihr in der Nachricht genannt hatte.

Schon als sie die Bar betrat, die sehr gut besucht war, erkannte sie Studenten aus der Vorlesung. Nola wurde begrüßt, als wäre sie eine alte Freundin und quatschte sich fest. Da dies Sinn und Zweck des Treffens war, trank sie die ersten Drinks mit den Kommilitonen und amüsierte sich prächtig. Die meisten hatte sie bislang nur vom Sehen gekannt. Nun kamen Namen und ein paar Informationen hinzu, die ersten Nummern wurden ausgetauscht. Nola fühlte sich in der Runde sehr wohl. Immer wieder änderte sich die Konstellation, weil neue Leute hinzukamen und sich andere absetzten, um sich einer anderen Gruppe anzuschließen. Sie schätzte, dass rund dreißig Leute aus ihrem Studiengang anwesend waren.

Bis sie Ben entdeckte, verging weit über eine Stunde. Er saß weiter hinten an einem erhöhten Tisch. Als er sie sah, winkte er ihr grinsend zu und sprang von seinem Hocker, um sie zu begrüßen.

»Hey! Da bist du ja. Ich dachte schon, du kommst nicht mehr«, sagte er fröhlich und umarmte sie herzlich.

»Ich bin schon eine ganze Weile da. Beim Eingang habe ich die anderen getroffen und ewig mit ihnen gequatscht. Außerdem habe ich doch zugesagt!« Sie würde nicht zusagen und dann abspringen. Ganz davon abgesehen, dass Nola sich auf den Abend gefreut hatte.

»Gut siehst du aus. Komm, setz dich zu uns«, lud er sie ein, ehe er einen Schritt zur Seite trat und den Blick auf den Tisch freigab.

Fast wäre ihre Laune schlagartig in den Keller gesunken. Ausgerechnet der Kotzbrocken saß am Tisch. Die braunen Augen musterten sie kalt. Sein Blick lag unangenehm auf ihr, als er langsam an ihr hinabschaute. Passte ihm die ausgewaschene Jeans nicht? Oder die

Chucks, die sie heute trug? Seine einzige Regung kam von einem kleinen Zucken am Mundwinkel.

»Wäre sie mal besser bei den anderen Grünschnäbeln geblieben«, gab der Typ verstimmt von sich und hob sein Glas an, als wäre es der einzige Weg, Nola loszuwerden.

Ben lachte amüsiert und schlug dem unfreundlichen Kerl auf die Schulter. »Du mit deiner Phobie vor Erstsemestern. Ich hab das Treffen geplant, eben weil ich mit den Grünschnäbeln in Kontakt kommen will. Mach dir nichts draus, der ist immer so«, wandte Ben sich mit dem letzten Satz an Nola und zeigte auf den freien Hocker.

Sie war sich nicht sicher, ob sie in der Gesellschaft dieses charmanten Kerls sein wollte, egal wie gut er aussah. Sie freute sich, Ben zu sehen, aber auf den Kotzbrocken hatte sie keine Lust. Er warf ihr nämlich gerade einen Seitenblick zu, als würde er sie gerne einen Kopf kürzer machen. Was war sein Problem? Fast ließ sie sich davon einschüchtern. Aber eben nur fast.

»Sieh mal einer an. Die, die keine Treppen runtergehen kann und stattdessen Leute über den Haufen rennt. Auch das Elend noch. Scheint so, als würde mir heute nichts erspart bleiben«, spielte der Braunhaarige auf die erste, sehr kurze Begegnung an. Wie schön, dass er sich erinnerte…

»Die, die anscheinend keine Treppen gehen kann, ist Nola. Wir sitzen in den Seminaren zusammen und haben uns in der einen oder anderen Vorlesung schon gegenseitig vor der Langeweile gerettet. Sie ist nett, also sei auch nett«, warnte Ben ein wenig. Ansonsten schien er sich an der miesepetrigen Stimmung seines Kumpels nicht zu stören. »Nola, das ist Shane. Ein Kumpel von mir.«

»Der, der lauthals Leute auf dem Hof anmotzt und mit einem Gesicht herumläuft, als würde er nicht wissen, dass der Begriff *gute Laune* existiert? Freut mich«, gab Nola zurück, die sich von ihm nicht einschüchtern oder beleidigen lassen wollte. Wenn sein Tag mal wieder so mies gewesen war, dann hätte er zu Hause bleiben sollen. Besonders gesellig schien Shane sowieso nicht zu sein. Während Ben zu lachen begann, verzog Shane keine Miene wegen ihres Konters.

»Und sie denkt, sie sei lustig.«

»Du musst zugeben, es war lustig«, meinte Ben an seinen Kumpel gewandt und konnte noch nicht aufhören zu grinsen. »Ich hol uns was zu trinken. Was möchtest du haben, Nola?«

Er wollte sie mit Shane alleine lassen? Na super. Sie bat ihn um einen Cocktail und wollte ihm schon das Geld geben, aber Ben winkte ab. Dann bahnte er sich den Weg zur Theke. Nola war Shanes durchdringendem Blick ausgesetzt. Die Stille legte sich unangenehm zwischen sie.

»Was?«, fragte sie schließlich.

»Wie: was?«

»Du starrst mich an. Also was ist?«

»Ich habe mir nur angeschaut, wie die Erstsemester dieses Jahr aussehen und wie ihnen der Pioniergeist aus jeder Pore dringt. Wie sie denken, dass sich die Welt um sie dreht und wie wichtig sie doch sind, dass sie an einer Elite-Universität angenommen worden sind«, kam es fast tonlos von ihm.

»Du warst auch irgendwann Erstsemester und studierst an einer Elite-Universität. Würde man hier anhand des Charakters angenommen werden, hätten sie dich höchstens an einer drittklassigen Provinz-Universität akzeptiert. Was ist dein Problem? Ich bin dir gerade das erste Mal begegnet.« Nola konnte es nicht fassen, wie der Kerl drauf war. Der meinte seine Worte bitterernst.

»Ja, genau das ist mein Problem. Ich hatte nicht das Bedürfnis, deine Bekanntschaft zu machen. Nichts Persönliches. Leider ließ es sich nicht umgehen, weil ich heute mit Ben unterwegs bin und er unerträglich kontaktfreudig ist.«

Glücklicherweise musste sie nichts mehr darauf erwidern, weil Ben mit den Getränken zurückkam. Dafür stand Shane auf und verschwand zu den Toiletten.

»Danke für den Cocktail! Wo hast du Shane denn überhaupt aufgegabelt? Der ist ja nicht gerade gesprächig, geschweige denn nett«, tastete sie sich vor. Sie konnte nicht verstehen, wieso Ben mit einem solchen Typen befreundet war. Man musste im besten Fall Gemeinsamkeiten haben, damit man etwas unternehmen konnte oder Dinge hatte, über die man sprach.

»Shane ist kein übler Kerl. Er hat heute noch nicht mal schlechte Laune, er wirkt nur ständig so. Zugegeben, seine Kommentare sind nicht besonders freundlich, ich weiß. Du hast gut darauf reagiert! Es ist seine Art, weil er eben nicht gerne mit jedem redet und sich so die Leute vom Hals hält. Zu mir war er genauso. Dann hat er gemerkt, dass ich mich davon nicht einschüchtern lasse und es ist besser geworden.«

Erstaunt sah Nola zu Ben. Shane war eigentlich in Ordnung?! Das konnte sie sich kaum vorstellen. »Was ist das für ein Ding mit den Erstsemestern? Er fühlt sich wohl als was Besseres?!«

»Ich glaube, er hat gar kein Problem mit Erstsemestern. Nur mit Leuten, die sich etwas auf Dinge einbilden, die nicht gerechtfertigt sind. Shane mag generell keine Leute, die heiße Luft von sich geben und nichts erreicht haben, aber eingebildet sind«, klärte Ben auf.

»Er ist doch selbst unglaublich eingebildet«, entfuhr es Nola und ihr Gesprächspartner nickte verstehend.

»Ja, das ist er wohl. Ein bisschen darf er das sein, weil sein Familienstammbaum ziemlich weit in die britische Geschichte zurückreicht und mit dem Adel verknüpft ist. Er ist ein Cavendish. Außerdem hängt er sich echt ins Studium rein und liegt nicht auf der faulen Haut.

Alles, was er erreicht hat, hat er selbst geschafft. Er benutzt seinen Familiennamen nicht als Türöffner«, erklärte Ben das Verhalten seines Kumpels.

Nola zögerte, ehe sie darauf antwortete. Man konnte verstehen, dass Shane auf eine solch alte und angesehene Familie stolz sein konnte. Gleiches galt wohl für seine Leistungen an der Uni. Rechtfertigte das, wie er mit anderen Leuten umging?! Nein, sicherlich nicht.

»Naja, wir haben wohl alle unsere Macken. Trotzdem ist es nicht okay, wie er mit anderen umgeht.«

Ben lächelte sie an. »Kommt darauf an, ob man ihn kennt. Ich sage ja, er ist kein übler Typ. Ich kann mich auf ihn verlassen und es macht Spaß mit ihm abzuhängen. Aber sag nicht, dass ich dir das verraten habe.« Damit prostete er ihr zu, gerade als Shane wieder an den Tisch kam.

»Sieht aus als hätte ich nichts verpasst.« Mit einem gleichgültigen Blick auf Nola fuhr sich Shane durch seine dunklen Haare, die ohnehin schon verwuschelt aussahen.

»Wäre ja auch nicht so tragisch gewesen, oder? Wir wollen doch nicht, dass du zu gesellig wirst oder noch das Lachen lernst«, konnte Nola sich nicht verkneifen zu sagen. Fast hätte sie sogar über ihren eigenen Kommentar gelacht. War schon lustig, wenn Shane keine Miene verzog und alles augenscheinlich an sich abprallen ließ.

»Benjamin!!«

Alle drei drehten sich zu der Stimme um, die Ben gerufen hatte. Der schien das Mädchen zu kennen und winkte ihr zu.

»Ihr entschuldigt mich kurz?! Bin gleich wieder da, ehe ihr euch zerfleischt«, witzelte er.

»Da ist Mr. Perceval ja heute richtig gefragt«, brummte Shane halblaut.

»Ekelhaft, nicht wahr? So gefragt und kontaktfreudig.« Irgendwie fand sie Spaß daran, gegen Shane zu sticheln. Wenn er so eine unsoziale Art an den Tag legte, konnte man schon fast nicht anders, als ihn zu provozieren.

»Du bist auch gefragt. Oder hast du den Kerl noch nicht gesehen, der dir gerade zuwinkt?«

Nola blickte suchend umher, bis sie tatsächlich sah, wen Shane meinte. Sie begann zu lächeln und erwiderte das Winken, sobald sie Oli erkannte. Er war anscheinend mit ein paar Freunden unterwegs, die zusammen um einen Stehtisch standen.

»Saßt du mit dem nicht letztens vor dem Haupteingang vom King's? Wobei er nicht mal von unserer Uni ist.« Shane hatte seinen Blick wieder gesenkt und schwenkte das Glas in seiner Hand hin und her.

»Oli ist auf dem Imperial College. Er ist ein Freund meiner Mitbewohnerin.« Sie überlegte, ob sie hinübergehen sollte, entschied sich dann dagegen. So unfreundlich Shane war, würde sie ihn nicht sitzen lassen. Das war nicht ihre Art und sie würde sich nicht auf

Shanes Niveau herablassen. Später ergab sich bestimmt noch eine Unterhaltung mit Oli.

Außerdem trat Ben wieder neben sie und das Gespräch mit ihm konnte weitergehen. Shane hielt sich weitestgehend raus und gab nur ein paar unnötige Kommentare ab. Irgendwann sah Shane auf sein Handy, leerte das Glas in einem Zug und stand auf. Er sagte bloß an Ben gewandt, dass er losmüsse und schon war er verschwunden.

Ein ziemlich merkwürdiger Kerl. Ab diesem Zeitpunkt wurde der Abend wenigstens entspannter, da sie nicht ständig auf ihre Worte achten musste.

❧ Perspektiven ❧

Am Dienstagnachmittag hatte Nola keine Vorlesungen mehr und war mit ihrer Kamera losgezogen. Sie wollte die Gelegenheit endlich nutzen, um ihrem Hobby nachzugehen. Seit sie nach London gekommen war, hatte sie ihre Kamera noch nicht ausgepackt. Dabei hatte sie ein paar schöne Plätze rund um die Uni gesehen, die sie gerne einfangen wollte.

Sie war an der Themse entlanggeschlendert, nur wenige Schritte von der Universität entfernt. Nola war durch einen Torbogen in die Middle Temple Lane eingebogen. Die Straße war relativ schmal und wurde auf beiden Seiten von hohen Backsteingebäuden gesäumt. Kurz hinter dem Tor blieb sie stehen, um den Eindruck auf Foto zu bannen.

Middle Temple war ein Gebäude der Rechtsgelehrten. Insgesamt gab es vier Anwaltskammern, unter anderem Inner Temple und Middle Temple. Gemeinsam mit zwei weiteren Kammern formten sie die *Inns of Court*. Nola wusste das, weil sie etwas von den Tempelrittern gelesen hatte, die diesen Bezirk einmal in ihrem Besitz gehabt hatten. Dann hörte es mit dem Wissen auf.

Langsam ging sie weiter und blieb erst vor dem Gebäudekomplex Middle Temple für ein weiteres Foto stehen. Ein paar Schritte weiter machte sie eins aus einem anderen Winkel. Hinter den Gebäuden links ging es zu einem kleinen Hof mit Springbrunnen. Sie machte ein Foto und setzte sich dann erstmal auf eine der Steinbänke, um die Umgebung auf sich wirken zu lassen.

London hatte so viele Facetten. Das alte London mit Mysterien und Geschichten, das moderne und schnelllebige London und dann das nächtliche London, in dem feiernde junge Leute sorglos unterwegs waren. Nola begann zu lächeln. Sie fühlte sich hier unglaublich wohl. Gleichzeitig vermisste sie ihre Freunde und Familie.

Während ihres Praktikums in Birmingham war sie hin und wieder übers Wochenende nach Hause gefahren, um etwas mit den Freunden aus der Schulzeit zu unternehmen. Einige hatten zwar ein Studium begonnen oder waren verreist, aber man fand immer eine Gelegenheit, sich zu sehen. Oder sie hatte mit ihrem Vater die Großeltern besucht, die sie ja erst seit ihrem sechzehnten Lebensjahr kannte.

Von Ipswich nach Birmingham hatte sie länger gebraucht, als von London zu ihren Eltern. Dennoch wollte sie nicht mehr so häufig nach Hause, eben weil ihre Freunde sich über ganz England verteilt hatten und sie nicht das Bedürfnis hatte, ständig bei ihrer Familie zu sein. Vermissen tat sie ihre Eltern und ihren Bruder natürlich trotzdem, aber sie wollte sich hier ebenfalls einen Freundeskreis aufbauen und sich einleben. Das würde nicht funktionieren, wenn sie zurückschaute und permanent in die alte Heimat fuhr.

Nola kramte ihr Handy aus der Tasche und schrieb je eine Nachricht an ihre Mutter und ihren Bruder. Dann meldete sie sich bei ihren engsten Freundinnen, da sie den Kontakt auf keinen Fall einschlafen lassen wollte. Eine Freundin meldete sich prompt zurück, woraus ein Chat von einigen Minuten entstand. Schließlich warf sie das Handy wieder in die Tasche und streckte sich ein wenig auf der Bank. Nach weiteren zehn Minuten erhob sich Nola und spazierte gemütlich weiter.

Sehr weit war sie nicht gekommen, als ihre Aufmerksamkeit auf jemanden gelenkt wurde, der gerade die Stufen vom Eingang eines der Gebäude herunterkam. Nola wollte den Blick schon wieder abwenden, als sie das missgelaunte Gesicht erkannte. Shane steuerte geradewegs auf sie zu. Die braunen Haare wie üblich sorgsam gestylt, als wäre er soeben von einem Motorrad gestiegen, die wachsamen schmalen Augen unter den breiten Augenbrauen verengt, seine Mundwinkel genervt verzogen.

»Stalkst du mich jetzt, oder was?«

»Hallo Shane. Wie schön dich zu sehen, wenn auch überraschend«, begrüßte sie ihn ruhig.

Seine Antwort war ein abfälliges Schnauben. Schon kam er vor ihr zum Stehen und blickte auf ihre Kamera. Nola musste den Kopf leicht in den Nacken legen, um ihm ins Gesicht blicken zu können, da er gute zwanzig Zentimeter größer als sie war. »Da kannst du mal sehen, dass ich andere Personen durchaus überraschen kann. So hättest du mich positiv überraschen können, in dem ich dir heute nicht begegnet wäre. Aber wir können nicht immer alle richtig liegen«, gab er zuckersüß zurück.

»Ich wusste nicht einmal, dass ich dich in dieser Ecke finden würde. Deshalb muss ich dich leider schwer enttäuschen, denn ich bin nicht wegen dir hier.«

»Sondern?«

Sie musste lachen und schüttelte den Kopf über ihn. Seine Art war unnachahmlich. Wie konnte man so schlecht gelaunt und misstrauisch sein? Er verhielt sich, als würde die Welt ihm gehören. Provozierte alles und jeden und wollte dann noch Antworten geliefert bekommen. »Was geht dich das überhaupt an? Wenn du mal nett fragen würdest, würden die Menschen dir bereitwillig antworten. Stattdessen lässt du den arroganten, aufgeblasenen Gockel heraushängen, der du bist. Benehmen hat man dir wohl nicht beigebracht«, feuerte sie gelassen zurück.

»Das hat man mir sehr wohl beigebracht. Ich suche mir nur aus, wann ich darauf zurückgreife und wann nicht. Also, was treibt dich in diese Ecke?«

Erneut schüttelte sie den Kopf. Unfassbar. »Ich mache gerne Fotos. Und was machst du hier?« Nola drehte den Spieß um. Was er konnte, konnte sie erst recht.

»Das ist der Bereich der Juristen.«

Verständnislos sah sie ihn an, weil es in ihren Augen keine konkrete Erklärung war. Diese kryptischen Halbantworten schienen ebenfalls typisch für Shane zu sein.

»Ich studiere Jura«, schob er ungeduldig hinterher, als ihm aufging, dass Nola ihm nicht hatte folgen können und verdrehte die Augen. »Ich bin also ein aufgeblasener Gockel?«

»Ich hoffe, du fragst mich das jetzt nicht ernsthaft. Dir dürfte klar sein, dass dich niemand außer Ben leiden kann, bei der Art, die du an den Tag legst. Es würde nicht schaden, etwas freundlicher zu sein, aber wenn du alle Menschen vergraulen willst, dann mach ruhig so weiter.« Vielleicht war das sogar Sinn und Zweck seines Verhaltens. Ähnlich hatte Ben sich ausgedrückt. Sie wusste nichts über Shane, konnte nur die Sprüche als Grundlage nehmen. Ob das dann viel über ihn aussagte, wusste sie nicht. Sympathisch war er ihr jedenfalls nicht, aber es machte Spaß, ihn zu provozieren.

Shane sah sie richtig zufrieden an. »Sehr gut, dann funktioniert alles so, wie es soll. Bleibt zu hoffen, dass du schnell verstehst, dass ich mich nicht freundlich mit dir austauschen möchte.«

Nun war es an Nola, die Augen zu verdrehen. »Keine Sorge, Shane. Allerdings hat deine Logik einen kleinen Fehler. Ich wusste nicht, dass du Jura studierst oder dich hier in dieser Ecke aufhältst. Du warst es, der herauskam und mich angesprochen hat. Scheinbar willst du dich mit mir austauschen, nur eben nicht freundlich. Dann wünsche ich dir einen möglichst deprimierenden Tag, damit du dich wohlfühlst und ihn als Erfolg verbuchen kannst. Hoffentlich bis nicht allzu bald!« Sie hob die Hand und wandte sich dann um.

Der Kerl hatte definitiv nicht alle Tassen im Schrank. Ben hatte zwar erklärt, dass Shane sich etwas auf seine Familienwurzeln einbilden konnte, aber das rechtfertigte noch lange nicht, wie er mit anderen Leuten umging. Nola musste sich ihren freien Nachmittag nicht dadurch verderben, dass Shane an ihr herummeckerte. Sollte er sich jemand anderen suchen, wenn er ein Opfer haben wollte.

***

Nola war zu Fuß zurück zur Wohnung gegangen und hatte zwischendurch einige Fotos gemacht. Der Himmel hatte sich jedoch zugezogen, weshalb die Bilder nicht mehr so wurden, wie sie sich das vorgestellt hatte. Außerdem wollte sie dem möglichen Regenschauer entkommen, was ihr letztlich nicht ganz gelang.

Auf den letzten Metern öffnete der Himmel seine Schleusen und Nola begann zu rennen. Schnaufend eilte sie die Treppen hinauf und öffnete die Haustür. Munteres Lachen begrüßte sie in der angenehm warmen Wohnung und als sie um die Ecke blickte, sah sie Liz und Oli auf der Couch sitzen.

»Hey ihr beiden.«

»Naaa. Die Fotografin ist wieder da! Hast du was Gutes entdeckt?«, fragte Liz sogleich interessiert nach.

Nola hängte ihre Jacke auf, zog die Schuhe aus und antwortete nebenbei. »Ich war hauptsächlich in der Ecke der Uni und hab mich umgesehen. Es sind bestimmt ein paar gute Fotos bei rumgekommen.« Dann trat sie ganz um die Ecke des Eingangsbereichs zum Wohnzimmer. »Ich bring nur meine Sachen ins Zimmer, dann komm ich.«

Sie hörte, wie die anderen zwei weiter plauderten. Nach einem schnellen Abstecher in die Küche, kam sie mit einem Glas Wasser hinüber und setzte sich in den Sessel. Ein Seufzen kam ihr über die Lippen.

»So anstrengend? Also, wenn ich mal im Urlaub bin und mit dem Handy in der Gegend herumknipse, bin ich nicht so fix und fertig wie du«, stichelte Oliver grinsend.

Sie streckte ihm die Zunge raus. »Du sitzt hier drinnen gemütlich auf der Couch, während ich fast vom Regen durchweicht worden wäre. Da darf ich mal kurz schnaufen. Und ich hatte noch eine unliebsame Begegnung mit dem Kotzbrocken.«

»Der, den wir vor einer Weile fast schreiend an der Uni gesehen haben?«, hakte Oliver nach und sah nicht gerade begeistert aus.

Liz runzelte die Stirn und musterte Nola. »Hä? Mit wem?« Ihr Blick wechselte zwischen Oli und ihr, weil sie die einzige Person war, die nicht Bescheid zu wissen schien.

»Ach, das war ein Student vom King's College, der eine Meinungsverschiedenheit mit einem Kommilitonen hatte. Oli und ich haben auf dich gewartet und der Typ hat ziemlich laut herumgemotzt. Eben bin ich ihm über den Weg gelaufen und er hatte eine strahlende Laune.« Nolas Tonfall ließ keinen Zweifel aufkommen, dass die strahlende Laune komplett ironisch gemeint war.

»Letztens in der Bar hast du doch mit ihm zusammengesessen? Wobei ich nicht verstehen kann, wie du dich mit so einem abgeben kannst. Scheint extrem unsympathisch zu sein, der Kerl. Wenn er ein Adler ist sowieso!«, mischte Oli sich ein.

»Er ist mit Ben befreundet, deshalb saß er mit am Tisch«, stellte Nola klar, weil sie sich sonst nicht freiwillig zu Shane gesetzt hätte.

Liz schien überhaupt nicht mehr nachzukommen. Sie hob die Hände abwehrend in die Höhe. »Könnt ihr mal so reden, dass ich das auch verstehe? Der Kerl hat an der Uni einen Aufstand geprobt und ist nicht nett, korrekt? Wenn er mit Ben befreundet ist, kann Nola ja nichts dafür, wenn sie sich in einer Bar am gleichen Tisch mit dem Kerl wiederfindet. Wo ist das Problem? Und was hat das mit den Adlern zu tun? Bist du da immer noch dran?« Nach der letzten Frage schaute sie zu Nola.

»Es gibt kein Problem. Oli mag den Kerl halt nicht, obwohl er ihn nicht kennt. Oli meinte nur mal, dass er so aussieht, wie man sich jemanden der Adler vorstellen würde. Teure Uhr, teure Klamotten und all das. Ich bin an der Sache schon gar nicht mehr dran, weil ich nichts Verwertbares erfahren konnte«, sagte Nola wahrheitsgemäß.

Nach ihrem Besuch bei der Campuszeitung hatte sie nichts mehr unternommen. Ihre Gedanken hatten sich mehr um die Uni und ihre neuen Freunde gedreht, als dem scheinbaren Hirngespinst weiterhin zu folgen. Spannend war das Thema natürlich, aber es gab ja keinen konkreten Hinweis, dem man folgen konnte.

»Solche Schnösel sind mir grundsätzlich unsympathisch. Das, was wir von dem Typen mitbekommen haben, war nicht gerade ein positives Bild. Ihr könnt eure Zeit selbstverständlich verbringen, mit wem ihr wollt, nur wirkt der Kerl nicht wie jemand, auf den man sich verlassen kann«, vertrat Oli weiterhin seinen Standpunkt bezüglich Shane.

Liz begann zu kichern und schob sich ein paar blonde Haarsträhnen hinters Ohr. »Vielleicht hat der Kerl Oli mal ein Mädchen ausgespannt, abends im Pub. Seitdem hat er ihn gefressen«, orakelte sie und brachte auch Nola damit zum Lachen. Von Oli hörte man nur ein gemurmeltes ‚Ihr seid doch blöd'.

⊰ Im richtigen Licht ⊱

In der folgenden Woche hatte Nola am Freitagnachmittag mit zwei Kommilitonen an der Uni zusammengesessen und den groben Aufbau für eine Präsentation erarbeitet, die sie in zwei Wochen gemeinsam halten mussten. Sie verstand ihren Teil noch nicht komplett und würde sich im Laufe der nächsten Woche dahinterklemmen müssen.

Dann sagte ihr Liz für den Abend ab, da sie sich schon die gesamte Woche mit einer Erkältung herumplagte und deshalb lieber nicht ausgehen wollte. Die Freundinnen hatten ursprünglich geplant, sich Ben anzuschließen, der den Vorschlag überhaupt erst geliefert hatte. So kam es, dass Nola sich alleine auf den Weg zu dem Club gemacht hatte.

Sie trug trotz des kalten Wetters eine kurze Jeansshorts und ein mit glitzernden Pailletten besticktes, längeres Top. Für den Weg zum Club hatte sie sich eine warme Jacke mitgenommen. Um das Outfit abzurunden, durften die hohen Schuhe an diesem Abend nicht fehlen.

Vor dem Eingang hatte sie sich mit Ben getroffen und nachdem sie eingelassen worden waren, hatte sie ihre Jacke in der Garderobe abgegeben. Um Ben nicht in der Menge zu verlieren, hatte sich Nola anschließend mit einer Hand bei ihm untergehakt. Der Club hatte drei

Räume, in denen verschiedene Musikstile liefen. Es war viel los, die Tanzflächen füllten sich zusehends.

»Ich habe schlechte Nachrichten für dich. Als ein paar Freunde von mir mitbekommen haben, dass ich heute hier bin, haben sie angekündigt, ebenfalls aufzukreuzen. Das könnte auch auf Shane zutreffen«, wandte sich Ben an sie und verzog entschuldigend das Gesicht.

Nola zuckte mit den Schultern. »Das macht nichts. Er kann heute Abend gerne mal über andere Leute nörgeln.« Sie fand es nett, dass Ben sie vorwarnte, aber sie hatte keine Bedenken wegen eines weiteren Treffens mit Shane.

Zwar hätte sie gerne die Glückssträhne beibehalten, nicht auf den Kotzbrocken zu treffen, aber es war kein Weltuntergang. Zudem waren sie noch unter sich, weshalb sie sich beim ersten Getränk in Ruhe unterhalten konnten und dann gemeinsam zur Tanzfläche gingen. Nola genoss den Abend und ließ sich tanzend von der lauten Musik mitreißen.

Erst als sie nach einigen Songs eine Tanzpause einlegten und sich einen neuen Platz suchten, trafen sie auf drei Freunde von Ben. Diese waren auf dem Weg zur Bar, weshalb die Unterhaltung relativ kurz ausfiel. Nola entdeckte endlich einen freien Sitzplatz an der Längsseite der Tanzfläche, zu dem sie sich durchkämpften. Der Club war mittlerweile extrem voll und im Halbdunkel musste man aufpassen, dass man niemandem auf den Fuß trat oder zu stark anrempelte.

»Geschafft!« Nola rutschte auf der halbrunden Sitzbank weiter durch, damit Ben genug Platz hatte. Ihre frischen Getränke hatten sie direkt mitgebracht, um sich nicht wieder zur Bar prügeln zu müssen.

Nola hatte eine Weile überlegt, ob sie alleine mit Ben weggehen sollte. Der Abend in der Bar war für die Leute ihres Studiengangs gewesen, weshalb das keine konkrete Verabredung gewesen war und heute Abend hatte Liz eigentlich mitkommen wollen. Für Nola war das hier kein Date. Der Umgang mit Ben war entspannt und obwohl er ihr vorhin ein Kompliment für ihr Outfit gemacht hatte, flirtete er ansonsten nicht mit ihr.

»Es ist gar nicht so schlecht, wenn die anderen zu uns stoßen. Wir können uns zwar einen schönen Abend machen, aber mit mehreren Leuten macht es noch mehr Spaß. Deine Mitbewohnerin konnte ja leider nicht mitkommen. Beim nächsten Mal aber dann!« Gut gelaunt grinste Ben ihr entgegen und sie konnte ihm nur zustimmen.

In Ipswich war Nola auch mit der gesamten Clique ausgegangen, weil es mehr Spaß machte und nie jemand alleine herumsaß. So würde sie gleich wieder neue Leute treffen und beim nächsten Weggehen kannte man sich dann schon.

»Hey.« Shane schob sich auf den Platz neben Nola und hatte Ben bei seiner Begrüßung angeschaut.

Nola und Ben schauten etwas überrascht, da sie nicht so schnell mit Gesellschaft gerechnet hatten. In der Dunkelheit und bei der Menschenmenge musste man seine Bekannten erst einmal finden können. Immerhin ließ Shane sich dazu herab, Nola anzusehen und ihr minimal zuzunicken.

»Na! Da bist du aber früh unterwegs heute. Vor allem, dass du uns hier drin gefunden hast. Siehst du, Nola, so schnell kommst du in den Genuss zweier Tanzpartner«, sagte Benjamin.

Sie begann zu lachen. »Wenn ich Shanes Blick richtig deute, dann würde er sich lieber die Hand abhacken, als mit mir tanzen zu gehen. Wobei ich mich dann frage, weshalb er überhaupt in einen Club kommt. Eventuell kann ich dich ja dazu überreden, mal fünf Minuten Spaß zu haben, so wie jeder Normalsterbliche das für gewöhnlich tut«, sagte sie an Shane gewandt.

»Er kommt in einen Club, weil er gerne weggeht. Ob Bar oder Club ist dabei vollkommen egal. Und weshalb sollte er mit dir tanzen?«, fragte Shane mit einem nahezu entsetzten Blick.

Heute war er ätzend wie immer, aber es machte Spaß sich die Sprüche hin und her zu werfen. Es war mal eine ganz andere Art mit jemandem umzugehen. Nola nippte an ihrem Drink und sah dann kurz zu Ben, der vor sich hinlachte. »Wieso nicht? Du könntest mich einfach mal auffordern. Schadet dir nicht«, gab sie an Shane zurück.

Shane holte tief Luft und seufzte, als hätten sie diese Diskussion bereits zehn Mal geführt. »Ich könnte überhaupt nicht mit dir tanzen, weil dein Geplapper die Musik übertönen würde. Da kann kein Mensch die Melodie erkennen. Außerdem, wo sind wir denn bitte? Dich auffordern? Wir sind hier nicht mehr anno Siebzehnhundert-Irgendwas. Bei der breiten Auswahl an Kerlen in diesem Club wirst du doch eine Pfeife finden können, die Bock aufs Tanzen hat. Wieso soll ich das unbedingt sein?«

Nola versuchte, ernst zu bleiben, was schwierig war, da Ben neben ihr in Gelächter ausbrach. »Ich habe nicht gesagt, dass ich unbedingt mit dir tanzen muss, aber es würde deiner Sozialkompetenz guttun!« Sie drehte sich zu Ben um und sah ihn fragend an. »Wo hast du den noch gleich ausgegraben? Würdest du dann netterweise die Pfeife sein, die mit mir tanzen geht, während er auf die Getränke aufpasst?« Fröhlich grinste sie Ben entgegen.

Ben erklärte sich zu einer zweiten Runde bereit und so ließen sie Shane tatsächlich alleine am Tisch zurück. Nola war viel zu gut drauf und wollte feiern. Das war genau das, worum ihr kleiner Bruder sie beneidete und weshalb er möglichst bald zu Besuch kommen wollte.

Ausgelassen tanzten sie auf einige Lieder. Nola vergaß derweil alles um sich herum. Doch im Club war es durch die ganzen Menschen so warm, dass man es nicht sehr lange auf der Tanzfläche aushielt. Etwas außer Atem kamen sie wieder an ihren Platz zurück. Shane unterhielt sich mit einem Kerl, der an den Tisch gelehnt stand und dessen Arme komplett tätowiert waren. Das fiel ihr sofort ins Auge, weil das weiße T-Shirt einen deutlichen Kontrast bildete.

Neugierig sah sie zu Shanes Bekanntem. Er trug einen gestutzten Vollbart. Seine braunen Haare waren etwas länger, wurden aber weitestgehend von einer Kappe verdeckt. Dafür sah man am Hals die ersten Tattoos im Shirt verschwinden. Vom Oberarm schlängelten sie sich dann bis auf den Handrücken. Er trug eine teuer wirkende Uhr am Handgelenk. Für einen Moment sah er Nola direkt in die Augen. Weder er selbst noch Shane stellten ihn vor. Worum es auch immer gegangen war, sie schienen entweder fertig zu sein oder ihr Gespräch zu unterbrechen.

»Wir sehen uns später«, sagte der Kerl dann lediglich, zückte eine Zigarettenschachtel aus der Gesäßtasche seiner Jeans und tauchte in der Menge ab.

Schlagartig wurde es laut, als die anderen drei Freunde von Ben zu ihnen stießen. Sie hatten zwei Mädels getroffen, die sie anscheinend kannten. Perplex schaute Nola von dem Punkt, an dem der Tätowierte verschwunden war, zu Shane und dann zu den Neuankömmlingen. Ben stellte sie der Reihe nach vor, während sie sich daran machten, sich mit auf die Sitzbank zu quetschen. Shane stand bereitwillig auf und ließ die Gruppe alleine.

Bens Freunde bezogen Nola direkt mit ein. Vor allem die anderen Mädels unterhielten sich mit ihr und verdrehten hin und wieder die Augen, wenn die Jungs Sprüche vom Stapel ließen, die zu versaut waren.

Nolas Durst wurde größer und sie sagte den anderen, dass sie zur Bar gehen würde. Im Club verflog die Zeit wie im Flug. Da fühlten sich zwei Stunden schonmal an wie eine halbe Stunde.

Sie schob sich an den Leuten vorbei und musste dann jemandem ausweichen, der so viel Platz zum Gestikulieren brauchte, dass er ihr sonst den Ellbogen ins Gesicht gerammt hätte. Dabei stieß sie auf der anderen Seite gegen ein Mädchen, das jünger wirkte als Nola. Sie murmelte eine Entschuldigung und war froh, als sie an der Bar ankam.

Die nächste Hürde wartete, denn trotz hoher Schuhe schien keiner der Angestellten auf sie aufmerksam zu werden.

»Was willst du trinken?«

Sie starrte Shane an und überlegte, ob sie die Frage richtig verstanden hatte. »Ähm… eine Cola.« Der Kopf schwirrte ihr bereits ein wenig und sie wollte nachher ohne Totalausfall nach Hause. Nola sah zu, wie er im Nu eine Bestellung aufgab. Sekunden später hatte er ein Flaschenbier in der Hand, sie ihre Cola. »Danke.« Es klang eher nach einer Frage.

»Genug von der großen Runde?«, brummte Shane fragend.

»Es ist lustig und ich habe mich nett unterhalten, aber ich hatte Durst und ein paar Minuten Ruhe tun auch gut – soweit man hier drinnen von Ruhe reden kann«, antwortete sie ihm.

Die Musik dröhnte laut und nur in der Nähe der Bar musste man nicht direkt in das Ohr des Gesprächspartners schreien. Morgen würde sie das Dröhnen der Bässe als leichtes Summen im Ohr und womöglich eine raue Stimme haben.

Jetzt, da Shane normal mit ihr sprach, wusste sie gar nicht, was sie sagen sollte. Wie lange würde es anhalten, dass er regelrecht menschlich war?

»Du hast es nicht mit großen Gruppen?«

»Kommt drauf an. Bens Freunde sind okay, aber ich muss mich nicht mit dranhängen«, kam die zu erwartende Antwort von ihm.

Während Nola überlegte, was sie sagen konnte, wippte sie leicht im Takt des aktuellen Liedes mit. Von Shane erklang ein genervtes Schnaufen. Nola kam gar nicht dazu, ihn anzusehen, da hatte er seine Bierflasche weggestellt und ihr Handgelenk umfasst. Sie konnte nur noch das fast leere Colaglas auf die Theke stellen und hinter ihm her stolpern.

Seine Finger hatten sich vorsichtig, aber bestimmt um ihr Handgelenk geschlossen. Sobald ihr klar wurde, dass er sich wohl zum Tanzen aufgefordert gefühlt hatte, musste sie lachen. Wegen der lauten Musik hörte er das zum Glück nicht. Das war absolut nicht ihre

Absicht gewesen, aber wenn er schon zur Tanzfläche ging, würde sie seinen Irrtum nicht aufklären. Sie fand seine Geste sympathisch und das Bild, das sie bislang von ihm hatte, bröckelte ein klein wenig.

Sie begannen zu tanzen und Nola stellte erstaunt fest, dass Shane eine ziemlich gute Figur machte. Nur weil er wie ein Griesgram durch die Weltgeschichte lief und nicht hatte tanzen wollen, bedeutete das nicht, dass er es nicht konnte. Es machte ihr ebenso viel Spaß wie mit Ben und sie fühlte sich regelrecht wohl in Shanes Nähe. Er schob sich schützend vor sie, wenn zu viel Gedränge in die Menschenmenge kam, dass man sonst umgestoßen worden wäre. Ein paar Mal griff Shane nach ihrer Hand, um sie um sich selbst zu drehen, wenn es zum Lied passte. Er hielt ein zweites und drittes Lied durch. Ab und zu schielte sie unauffällig zu ihm, musterte sein Gesicht und seine Bewegungen. Ein gewisser Stolz, mit ihm zu tanzen, keimte in ihr auf. Die neidischen Blicke anderer Mädels entgingen ihr nicht und Nola musste ihnen insgeheim zustimmen, weil Shane rein optisch eine gute Partie war.

Gerade als ein Lied verklang und Nola zum Stehen kam, fiel ihr etwas ins Auge. Das Stroboskoplicht hatte aufgehört, stattdessen flimmerten blaue und rote Scheinwerfer über die Tanzfläche. Sie kniff die Augen etwas zusammen und trat auf Shane zu.

»Was hast du denn da?«, schrie sie ihm die Frage entgegen.

Er sah sie bloß fragend an. Sie schaute auf sein T-Shirt. Es musste schwarz, dunkelblau oder grau sein. Jedenfalls etwas Dunkles. Hier drinnen konnte sie die genaue Farbe nicht erkennen, aber da war eben noch etwas gewesen! Jetzt sah sie nichts. Zwei Sekunden später war es wieder da.

»Na, da!« Sie zeigte auf seinen Oberkörper. Da sie ihm so nahe war, sah sie die Kette um seinen Hals. Es musste also der Anhänger sein, der unter dem Shirt lag. Der Stoff war nicht durchgängig gleich dick, sodass ab und zu etwas darunter aufblitzte.

Shane schien nicht zu verstehen, wovon sie faselte. Spontan griff sie nach der Kette und zog daran, um den Anhänger freizulegen. Shane hob bereits verärgert die Hand, weil sie ihm bestimmt zu nahegekommen war, als er innehielt.

Der schmale Anhänger war höchstens fünf Zentimeter lang und schimmerte silbern. Nola schaute an die Decke des Clubs und musste die Augen prompt schließen, weil sie in einen sich bewegenden Scheinwerfer geblickt hatte. Blinzelnd wagte sie einen zweiten Versuch. Dann sah sie das typisch lilafarbene Aufblitzen von ultraviolettem Licht.

»Cool, der leuchtet unter UV-Licht. Deshalb habe ich das erst nicht gemerkt«, sprach sie aus und musterte den Anhänger erneut. Um sie herum tanzten die anderen ausgelassen weiter. Sie wurden beide immer wieder angerempelt, weil sie gänzlich stehen geblieben waren.

Shane riss ihr den Anhänger aus der Hand und hielt ihn sich vor die Augen. Nicht der gesamte Anhänger leuchtete, sondern lediglich ein paar Stellen auf der glatten Oberfläche. Er tat gerade so, als hätte er das nicht gewusst. Ohne sie vorzuwarnen, setzte sich Shane in Bewegung. Nola folgte ihm sofort zum Rand der Tanzfläche.

»Was ist los? Bist du davon jetzt so überrascht?«, fragte sie lachend.

»Könnte man sagen«, kam die erstaunlich ehrliche Antwort. Stirnrunzelnd schaute er auf den Anhänger, drehte ihn zwischen den Fingern hin und her.

Nola stand direkt neben Shane und besah sich das kleine Metallstück ebenfalls ein weiteres Mal. Es war sechseckig, auf jeder zweiten Seite glühte der Anhänger. Es waren Zahlen und Buchstaben. Sehr fein und klein gearbeitet. Keiner von ihnen wusste etwas damit anzufangen. Nola begann im Stillen durchzugehen, woher sie solche Kombinationen kannte. Uhrzeiten waren es nicht, Abkürzungen für eine U-Bahn-Station auch nicht. Ein Nummernschild vielleicht?!

Sie hatte nicht gesehen, ob es drei verschiedene Kombinationen waren oder jeweils die gleiche. Shane schien seinen Gedanken nachzuhängen und Nola gar nicht mehr richtig zu bemerken. Er war eine wirklich merkwürdige Person. Sein unsoziales Auftreten und die beleidigenden Sprüche, jetzt hatte er nicht mal gewusst, dass sein Kettenanhänger bemalt war.

Vielleicht ging es um ein Schließfach? Die hatten doch Kombinationen. Wobei man das üblicherweise mit Zahlen öffnete, nicht mit Buchstaben kombinierte.

»Sagt dir das denn was? Es ist immerhin dein Anhänger«, versuchte Nola mehr aus ihm herauszubekommen.

»Ich hab keine Ahnung. Mir kommt das vage bekannt vor, ich kann es aber gerade nicht greifen«, folgte die Antwort.

Konzentriert sah er auf das Metallstück. Seine braunen Augen hatten sich forschend daran fest gebrannt. Dass sie mitten in einem übervollen Club standen, schien er komplett auszublenden. Es lag ein verbissener Zug um seinen Mund.

»Lass mich mal sehen.« Ohne auf eine Reaktion zu warten, schnappte sich Nola den Anhänger, sodass Shane notgedrungen einen Schritt auf sie zu machen musste. Sie hielt die Enden zwischen Daumen und Zeigefinger und sah sich alle drei Seiten an.

Plötzlich war sie sich seiner Nähe intensiv bewusst, roch das Parfum, das er trug und spürte die Körperwärme, die von ihm ausging. Er lenkte sie ab. Nola hob langsam ihren Blick an und traf auf seine Augen. Für einige Sekunden sahen sie sich an, bis der Moment mit einem Knistern gefüllt wurde. Sie erwischte sich dabei, wie sie tatsächlich auf seine Lippen schaute. Nola blinzelte und brach den Bann mühevoll, um sich wieder dem Anhänger zu widmen. Fast hätte sie vergessen, dass er ein Kotzbrocken war. Gutes Aussehen hin oder her.

»Oh Mann! Na klar«, stöhnte sie nach ein paar Augenblicken auf. Dass sie so lange gebraucht hatte!

»Was?«, fragte Shane scharf.

»Manchmal ist das echt zu naheliegend. Guck doch hin! Das ist irgendein Bibliothekskürzel. Abteilung, Regal und Standort von Büchern werden so gekennzeichnet. Damit haben wir doch oft genug zu tun. Nur welche Bibliothek gemeint ist, sieht man nicht.«

Shane zog an der Kette und bekam den Anhänger wieder in die Hand. Er verbarg ihn unter seinem T-Shirt. »Ich muss los.«

Keine Verabschiedung, kein Dank. Er ließ sie eiskalt mitten im Club stehen. Er ging ganz einfach. Fassungslos sah Nola ihm nach und verstand kein bisschen, was da gerade geschehen war.

ᔥ Unerwartete Hilfe ᕉ

Wie hatte er so blind sein können? Die Antwort hatte die ganze Zeit vor ihm gelegen und er hatte sie nicht bemerkt! Die besten Verstecke waren diejenigen, die offensichtlich und simpel vor einem lagen. Ultraviolettes Licht. Shane hätte sich dafür ohrfeigen können. Da musste erst die plappernde Nola daherkommen, damit er die Besonderheit des Anhängers herausfand.

Sobald er in seiner Wohnung angekommen war, hatte er sich den Anhänger zum wiederholten Male genauestens angesehen. Wenigstens zählte eine kleine UV-Taschenlampe zu seinem Equipment, was das Vorgehen deutlich vereinfachte. Die Buchstaben und Zahlen, die auf drei der sechs Seiten standen, hatte er abgeschrieben. Dann hatte Shane Sinn in diese Kombinationen bringen müssen.

Nola hatte ihm hierfür einen konkreten Hinweis geliefert. Relativ schnell hatte er herausgefunden, zu welchem Ort die Abkürzungen gehörten. Allerdings hatte er sich dagegen entschieden noch in der Nacht dorthin zu gehen. Ihm standen in London zwar sehr viele Türen offen, doch er wollte die Aufmerksamkeit der Loge nicht auf sich ziehen, in dem er eine Nacht-und-Nebel-Aktion startete.

Noch vor dem Weckerklingeln war Shane wach geworden und sofort ins Badezimmer gegangen. Nach einer kurzen, erfrischenden Dusche war er in Shorts

141

und seine Jeans geschlüpft, hatte sich ein T-Shirt aus dem Schrank gezogen und auf dem Weg zur Tür überlegt, auf was er sich einstellen musste. Würde er irgendetwas brauchen?

Es war ihm lästig, dennoch nahm er Block und Stift zur Tarnung mit. Eine Tasche hätte er ohnehin nicht mit hineinnehmen dürfen. Shane schnappte sich seine Lederjacke, obwohl es Ende Oktober zu kalt dafür war, und verließ seine Wohnung mit eiligen Schritten.

Er wollte eigentlich die Tube nehmen, aber anscheinend gab es ein technisches Problem, weshalb Shane letztlich ein Taxi rufen musste. Die Fahrt konnte er wenigstens nutzen, um seine Nachrichten abzurufen. Ihm fielen fast die Augen aus dem Kopf, als er eine Nachricht von Bleu las, in der sein Kumpel informierte, dass der Orden es tatsächlich geschafft hatte, das U-Bahn-System von London lahm zu legen. Seit vier Stunden fuhren keine Züge mehr, was die zahlreichen Autos und Fußgänger erklärte, die das Vorankommen mit dem Taxi erschwerten. Shane konnte nicht fassen, was geschehen war. Die Gruppe, der Shane angehörte, besaß große Anteile der Londoner Bahn und war somit empfindlich getroffen worden. Sie verloren in jeder Minute Geld, in der die Bahn stand und technische Probleme hatte.

Shane würde sich mit der Loge kurzschließen müssen, ob es etwas für ihn zu tun gab. Doch zunächst wollte er sein ursprüngliches Ziel ansteuern.

Erst eine knappe Stunde später betrat er die British Library.

Den Bibliotheksausweis hatte er sich wegen seines Studiums zugelegt und war ein Jahr gültig. Er hatte noch nicht oft auf Bücher aus der British Library zurückgegriffen, doch zumindest heute lohnte sich die Mitgliedschaft. Die hohen Räume waren über und über mit Bücherregalen gefüllt und wurden dennoch von Licht durchflutet. Unbeeindruckt ging Shane weiter.

Am ersten Computer, den er fand, probierte er alle drei Kombinationen aus. Zwei schienen ihn in die gleiche Abteilung zu verweisen, die dritte Kombination lieferte keine Suchergebnisse. Nur wenige Minuten später schritt er die zahlreichen Korridore zur Abteilung alter Manuskripte entlang.

In der Abteilung angekommen, sah er sich um. Er wollte niemanden der Angestellten auf das Bibliothekskürzel ansprechen. Der erste Teil hatte ihn bereits in die Abteilung geführt und der Rest deutete normalerweise auf den Standort eines Buches hin. Shane suchte an den Regalen nach den richtigen Nummern.

Gerade trat er aus einer Regalreihe heraus, wollte über den breiten Hauptgang in die gegenüberliegende Reihe gehen, als er stockte. Wut brandete in ihm auf. Mit zwei Schritten war er bei Nola, packte sie am Arm und zog sie zwischen die Regale.

Da stand sie, noch etwas müde wirkend, vor ihm. Die haselnussbraunen Augen mit den grünen Sprenkeln darin unter ihren geschwungenen Brauen erschrocken geweitet. Ihre schmale Nase, die perfekt zu ihrem herzförmigen Gesicht und den vollen Lippen passte, leicht krausgezogen. Ihre langen braunen Haare, die sonst bis über die Schulterblätter fielen, hatte sie zu einem Zopf gebunden. Schnell besann er sich wieder auf das Wesentliche.

»Was zum Teufel machst du hier?«, fragte er zischend.

»Du hast mich ohne Antworten stehen lassen! Ich habe mir eine der Zahlenreihen gemerkt und online nachgesehen, in welcher Bibliothek diese Kürzel verwendet werden. Außerdem ist das eine öffentliche Bibliothek. Wir dürfen beide hier sein.« Gelassen begegnete sie seinem Blick.

Shane fluchte und schüttelte über ihr Verhalten den Kopf. Sie hatte absolut keine Ahnung, in was sie sich hier verstrickte. Für sie war das bestimmt nur ein spannendes Spiel. Er musste sich zusammenreißen.

»Ich gebe zu, dass es merkwürdig auf dich gewirkt haben muss, dass mein Anhänger beschriftet ist und ich mich zuerst nicht daran erinnert habe. Normalerweise sehe ich die Schrift ja nicht. Aber…«

»Aber ich kann dann jetzt gehen? Ich bin nicht blöd und dein Verhalten zeigt mir, dass es tatsächlich nicht dein Anhänger ist. Du bist gestern Abend von jetzt auf gleich verschwunden und ich will wissen, was hier in der Bibliothek sein soll«, sagte sie energisch und bohrte ihren Blick forschend in seinen.

Sie nervte ihn und es passte ihm gerade überhaupt nicht, dass sie hier war. Shane wusste allerdings nicht, wie er sie wieder loswerden konnte. Gut, Nola war nicht auf den Kopf gefallen und hatte etwas entdeckt, das ihm sonst noch lange entgangen wäre. Ihre Anwesenheit verkomplizierte sein Vorhaben jedoch gewaltig.

»Dann mach, was du willst. Lass mich dafür in Ruhe«, forderte Shane. Sein Griff um den Notizblock wurde fester. Es ärgerte ihn wirklich maßlos. Vor allem ärgerte ihn seine eigene Unachtsamkeit. Er wandte sich von ihr ab und wollte seine Suche fortsetzen, aber er spürte einen leichten Widerstand, da sie eine Hand auf seinen Unterarm gelegt hatte und ihn somit zurückhielt. »Meine Güte. Was, Nola?«

Schweigend sah sie ihn für ein paar Augenblicke an. Vielleicht überlegte sie, was sie ihm sagen sollte. Vielleicht dachte sie darüber nach, was genau hier vor sich ging.

»Was auch immer du suchst und was hier gerade abläuft, du wirst nicht in den Regalen fündig. Scheinbar hast du zu oberflächlich nachgesehen und bist zielstrebig zu den alten Manuskripten gegangen. Das Kürzel führt dahin.« Sie deutete an ihm vorbei auf einen abgesperrten Bereich.

Zwischen den hohen Regalen an der Wand gab es einen Durchgang, eine offenstehende dunkelbraune Tür, die fast nicht auffiel. Davor war ein dickes Band aus Samt gespannt und in unmittelbarer Nähe gab es einen Schreibtisch, an dem eine Bibliotheksmitarbeiterin saß.

»Was meinst du?«

»Das stand doch alles online. Hier gibt es unter anderem die Royal Manuscripts, die König George II damals an die Bibliothek gespendet hat. Verschiedene Manuskripte und Aufzeichnungen davon sind nicht frei zugänglich. Alles hier vorne kann man ausleihen oder mit in den Lesesaal nehmen. Der Buchstandort auf dem Anhänger befindet sich aber da hinten drin. Du kommst da nur dran, wenn du eine Genehmigung zur Einsicht eingeholt hast. Es ist Samstag und ich habe keine Ahnung, ob so eine Anfrage heute bearbeitet wird, geschweige denn, wie schnell man die Genehmigung erhält«, klärte Nola ihn mit gedämpfter Stimme auf.

Er starrte Nola an. Sie war besser vorbereitet als er. Was eine erschreckende Erkenntnis. Die Rädchen in seinem Kopf drehten sich. Shane sah genauer zu dem Durchgang und der Angestellten. Nola hatte keinen Grund ihn anzulügen. Soweit er von Ben wusste, war sie ganz neu in London und am King's College. Dass der Orden sie vielleicht geschickt hatte, war also unwahrscheinlich. Shane unternahm einen zweiten Versuch zu gehen. Erneut hielt Nola ihn auf.

»Ohne mich schaffst du das nicht. Es stört dich, dass ich hier bin. Schon klar. Aber ohne meine Hilfe kommst du da jetzt garantiert nicht rein«, sagte sie.

»Was willst *du* denn tun?« Immerhin sah Shane ein, dass er die Bibliotheksangestellte nicht einfach niederschlagen konnte.

»Na, was schon? Ich lenke die Frau ab.« Nola zuckte mit den Schultern, als wäre es die simpelste Erklärung.

Hatte er eine andere Wahl? Er konnte diese Genehmigung ganz offiziell beantragen und bestimmt würde es nicht ewig dauern. Eventuell wollte die Bibliothek einen triftigen Grund für seine Recherchen erfahren. Selbst das wäre machbar. Jedoch wollte Shane nicht warten und er wollte keine Spuren hinterlassen, bloß weil er ein Formular ausfüllen musste.

»Warte hier. Gib mir fünf Minuten. Ich versuche näher zum Eingang zu kommen.« Außerdem wollte er nach Kameras Ausschau halten. Nola nickte ihm zu und so verschwand er.

Worauf ließ er sich hier ein?!

Leichtfüßig ging er die Regalreihe hinunter und spähte am Ende nach rechts, wo sich die Tür befand. Er hob seinen Blick zur Decke und suchte nach Kameras. Ihm fiel keine ins Auge. Weiter vorne in den Lesebereichen gab es welche und in unregelmäßigen Abständen in den Regalreihen. Die Überwachung war wohl nicht zu hundert Prozent gewährleistet. Gut für ihn.

Shane kehrte auf dem Absatz um. Er ging zwei Regalreihen in die entgegengesetzte Richtung zur Tür, die sein Ziel darstellte. Er bog nach links, um wie in einem Rechteck um die Tür herumzugehen. Nur eben in einem großen Radius. Noch einmal nach links und er konnte sich der Tür wieder nähern. Er hatte diese Seite ausgewählt, da die Bibliotheksmitarbeiterin jetzt mit dem Rücken zu ihm saß und Nola sie ablenken wollte.

Die fünf Minuten waren um und er sah, wie Nola auf die Frau zuging. Sie lächelte ihr freundlich entgegen und begann etwas zu erzählen. Shane konzentrierte sich nicht weiter darauf, was genau Nola sagte. Für ihn war bloß wichtig, dass er eine Chance hatte, in den Raum zu kommen. Als Nola mit dem ausgestreckten Arm in eine Richtung von der Tür wegzeigte und die Frau ebenfalls dorthin sah, rannte er geduckt zu dem Durchgang und sprang über das Band.

Das Zimmer war relativ klein und es gab nur wenige Regale. Ein kleiner runder Tisch und ein Sessel standen in einer Ecke. Direkt daneben befand sich eine weitere Tür. Sie stand offen.

Die wertvollen Manuskripte waren garantiert unter Beobachtung. Shane wollte ungern nach oben sehen, um nach Kameras zu suchen, denn so würde er sich direkt zu erkennen geben. Er hatte aber weder eine Maske noch eine Kapuzenjacke dabei, um sich etwas zu schützen. Sollte man ihn entdecken, würde er spontan versuchen mit einem Studentenstreich durchzukommen. Er wollte nichts stehlen, wusste aber auch nicht genau, was am Ende dieser Spur auf ihn wartete. Was hatte Frederick in der British Library zu suchen gehabt?

Zügig ging Shane durch die zweite Tür. Die Regale waren hier nicht ganz so hoch. In der Mitte gab es ein breites Stehpult, auf dem man die alten Dokumente ablegen und ansehen konnte. Man sah sofort, dass sich nicht sehr viele Leute hierher verirrten. Shane musste schnell handeln, denn die Zeit drängte. Lautlos murmelte er die Buchstaben und Zahlen vor sich hin.

Endlich fand er das richtige Regal in der hintersten Ecke. Er musste sich hinknien, um den dicken Einband des Buches zu erkennen. Er hatte die richtige Zahl. Eilig zog er es heraus und drehte es in den Händen. Nichts Auffälliges. Dann sah er an der Rückwand des Regals ein kleines Zahlenschloss. Jeder, der zufällig das Buch herauszog, würde es nicht entdecken. Schlau.

Zuerst suchte er das zweite Buch. Immerhin waren auf dem Anhänger zwei Bücherstandorte zu finden gewesen. Das nächste Buch stand zwei Regalbretter darüber und versteckte einen kleinen Knopf an der Rückwand. Shane drückte ihn und vernahm ein kaum hörbares Klicken. Das zweite Buch stellte er zurück und sah sich dafür das untere Brett an, von dem das Klicken gekommen war. Er räumte ein paar der Bände runter und erkannte, dass sich das Regalbrett minimal angehoben hatte. Er versuchte es anzuheben, aber es klemmte.

Die dritte Folge auf dem Anhänger hatte nur aus Zahlen bestanden und eben die gab er jetzt der Reihe nach in das Zahlenschloss ein.

Irgendetwas stimmte nicht, denn es geschah nichts. Vielleicht musste er die Zahlen vertauschen? Von hinten nach vorne eingeben? Oder die Zahlen der Standorte dazurechnen? Shane probierte mehrere Varianten aus, doch nichts war von Erfolg gekrönt. Erst als er die Zahlen der Buchkürzel hinzuaddierte, klickte es ein weiteres Mal.

Nun ließ sich das Stück des Regalbrettes hochklappen.

Vier unterschiedlich dicke Hefter lagen darin, den Gummizug jeweils schützend um die Ecken gelegt. Shane hielt sich nicht lange auf. Er zog alles, was sich in dem Fach befand, heraus. Rasch schloss er den Deckel wieder, ließ ihn einrasten und stellte die Bücher auf das Regalbrett zurück. Auf die Hefter legte er den Notizblock und stand dann auf.

Mit gesenktem Kopf ging er zurück durch die beiden Räume und linste um die Ecke. Nola stand nicht mehr bei der Mitarbeiterin. So lange hätte man das Gespräch wohl nicht weiterführen können. Shane musste sich also selbst überlegen, wie er ungesehen in den öffentlichen Teil der Bibliothek zurückgelangen konnte. Bis die Angestellte etwas wegräumen musste oder unaufmerksam war, könnte es unter Umständen ewig dauern.

Während er nachdachte, hörte er Nolas Stimme. Shane sah am Türrahmen vorbei und erkannte, dass die Dame wieder abgelenkt war. Er zögerte nicht lange und nahm den gleichen Weg zurück zwischen die Regalreihen. Ruhig atmete er aus und erlaubte sich ein zufriedenes Lächeln.

Am liebsten hätte er sich aus dem Staub gemacht, aber er hatte die Rechnung ohne Nola gemacht, die im nächsten Moment schon wieder vor ihm stand.

»Sieht aus, als hätte alles funktioniert? Was hast du gefunden?«, verlangte sie zu wissen und sah auf die Mappen in seiner Hand.

»Weiß ich noch nicht. War ja wohl sinnvoller, erst einmal wieder ungesehen da raus zu kommen.«

»Dann lass uns die Mappen mal durchblättern«, schlug sie vor.

Shane seufzte gestresst. »Lass es gut sein, Nola. Das geht dich nichts an. Danke, dass du mir geholfen hast«, presste er unwillig hervor. »Aber damit hat sich die Sache jetzt. Das ist bloß eine Schnitzeljagd unter den Jurastudenten.«

Empört sah sie ihn an und stemmte die Hände in die Hüfte. »Mit Sicherheit! Du betreibst so einen Aufwand wegen einem Spaß unter euch Jurastudenten? Du schuldest mir echt eine gute Erklärung. Immerhin hab ich dir geholfen.«

Ihm riss der Geduldsfaden. Er hatte sich bedankt und somit ihren Anteil dieser Aktion gewürdigt. Mehr konnte sie nicht von ihm erwarten. Shanes Griff um die Dokumente wurde fester und er setzte sich in Bewegung. Dieses Mal konnte Nola ihn nicht aufhalten. Dennoch hörte er ihre Schritte direkt hinter sich.

»Shane!« Sie musste leise reden, klang aber aufgebracht.

Er ging weiter und kam in einen belebten Teil der British Library. Fünf Stufen führten in einen Lesesaal hinab, den er zielsicher durchquerte. Gefolgt von Nola.

Sobald sie in einem Korridor waren, schloss sie zu ihm auf. »Wenn ich dir gerade geholfen habe wertvolle, alte Manuskripte zu stehlen, dann muss ich das wissen. Ich kann dich damit nicht so ohne weiteres nach draußen spazieren lassen«, erklang es leicht panisch hinter ihm.

War ihr bestimmt gerade erst aufgegangen, dass er etwas hinausschmuggeln könnte.

»Ich habe nichts gestohlen. Alle Manuskripte sind noch da. Das hier hat nichts mit dem Krempel von König George – dem wievielten auch immer – zu tun«, knurrte Shane.

»Bleib doch mal stehen!«, forderte die Nervensäge wieder.

Für Sekundenbruchteile schloss Shane die Augen. Ruckartig blieb er stehen und wandte sich zur ihr um. Nola lief ungebremst in ihn hinein. Mit der freien Hand drückte er gegen ihre Schulter, bis sie mit dem Rücken an der Wand stand. Er näherte sich ihrem Gesicht und ignorierte das aufkeimende Prickeln zwischen ihnen, das er sich nicht ganz erklären konnte.

»Jetzt hör mir zu! Ich sage es dir ein einziges Mal, Nola. Das hier geht dich absolut nichts an! Lass mich in Ruhe, halt dich raus. Deine Neugier bringt dich ansonsten in extrem große Schwierigkeiten. Wenn du es nicht gut sein lässt, wird sich dein toller Start in London ziemlich schnell in deinen persönlichen Albtraum verwandeln. Haben wir uns verstanden?«, drohte er mit dunkler Stimme.

Sie sah ihn bloß mit großen Augen an. Die Angst darin war allzu klar für ihn lesbar. Langsam richtete er sich wieder auf, sah auf sie herab. Dann setzte er seinen Weg fort.

Er wollte sich mit den Unterlagen in seine Wohnung zurückziehen und in aller Ruhe herausfinden, was ihm soeben in die Hände gefallen war.

Nola war ihm bis zum Eingang der Bibliothek gefolgt. Er vermutete, dass sie ihre Tasche dort in den Schließfächern eingeschlossen hatte und erst holen musste. Verärgert presste sie die Lippen aufeinander und fand es augenscheinlich nicht schön, so abgespeist zu werden. Bevor Shane endlich aus ihrer Nähe verschwinden konnte, fühlte er erneut ihre Hand an seinem Arm.

»Bist du ein Adler?«

Er glaubte sich verhört zu haben. Ein amüsiertes Schnaufen, das nach Lachen klang, entfuhr ihm. »Bitte was?«

»Ob du zu Sword & Eagle gehörst will ich wissen!«

Eiskalt sah er zu ihr hinab. »Oh Nola, mach dich nicht lächerlich. Du tust ständig so unglaublich schlau und dann fällst du auf dieses Ammenmärchen herein? Der Mythos vom King's College, über den es so viele Gerüchte und Geschichten gibt?« Er schüttelte den Kopf, als würde er sie bemitleiden.

Damit ließ er sie stehen, wie schon am Vorabend.

***

Kaum war er zur Tür hinein, hatte die Lederjacke umständlich von den Armen geschoben und schief an der Garderobe aufgehängt, warf er die Mappen auf die dunkle Couch. Shane hatte Hunger, wollte sich damit jetzt aber nicht aufhalten.

Zu einer Besprechung wegen der U-Bahn-Krise, die mittlerweile wenigstens behoben war, musste er immerhin nicht. Bleu hatte sich erneut bei ihm gemeldet und ihm den aktuellen Stand durchgegeben. Die Loge hatte die Lücken im technischen System der Bahn schließen und die Störungen beheben lassen. Nun brüteten sie über möglichen Gegenmaßnahmen. Nichts, was Shane derzeit beschäftigen musste.

Er schnappte sich also den ersten Hefter. Relativ dünn. Ungeduldig zog er das Gummiband von der Ecke.

Jetzt wurde er ruhiger, wollte sich darauf konzentrieren, was er sah. Es sollte ihm nichts entgehen. Shane atmete tief ein und aus. Dann sah er sich die Liste an, die zuoberst lag.

Eine Mitgliedsliste des Ordens. Es war nicht wirklich ein Durchbruch, denn die Loge hatte bereits eine solche Liste vorliegen. Neu daran war, dass auf dieser inoffiziellen Liste der Status der jeweiligen Person verzeichnet war. Wer zog im Geheimen die Strippen beim Orden? Wie gliederte sich der Orden tatsächlich auf? Bislang hatte Shane nur Mutmaßungen darüber abgeben können. Zwar hatten sie gewusst, dass Frederick der Schriftführer und Verwahrer des Ordens gewesen war, aber darüber hinaus waren die Ränge der Mitglieder nicht deutlich geworden.

Freddie hatte also gelogen. Die Unterlagen des Ordens waren nicht nur in deren Hauptgebäude zu finden. Er hatte ein Geheimfach in der British Library, um besonders wichtige Dokumente zu verstecken. Im Hauptquartier hätte sonst jeder Zugriff darauf gehabt. Manche Dinge sollten selbst die Mitglieder nicht wissen!

Shane blätterte weiter. Nach der Liste kamen Steckbriefe der wichtigsten Mitglieder und – wer hätte das geahnt – ein paar unangenehme Geheimnisse, die man zum Erpressen nutzen konnte, sollte jemand gegen die Interessen des Ordens handeln. Shane war darüber nicht im Geringsten überrascht. Sie hielten es in ihren eigenen Reihen genauso. Mit dem Unterschied, dass diese Details über den Orden jetzt in seinen Händen ruhten und er die Druckmittel verwenden konnte.

Zufrieden schloss er die erste Mappe. Allein dafür hatten sich der Ausflug und der Aufwand gelohnt!

Er zog die zweite, deutlich dickere Mappe zu sich.

Darin befanden sich Verträge und Details diverser Technologien. In Fredericks Haus hatten sie Formulare zu Patentanmeldungen gefunden und das hier waren bereits fortgeschrittene Technologien, mit denen der Orden in den letzten Jahren ordentlich Geld verdient hatte. Aufmerksam las sich Shane durch, was die einzelnen Gegenstände konnten und wofür sie genutzt wurden. Besonders interessant waren die Dinge, die noch nicht auf dem Markt waren, aber vom Orden fleißig benutzt wurden. Seine Augen wurden größer, je weiter er las. Es gab perfektionierte Abhörtechnologien, diverse geschriebene Computerprogramme und sogar erste Prototypen von Nanobots. Also Roboter, die höchstens so groß waren wie ein Streichholzkopf und mit denen man hoffte, die Medizin in den nächsten Jahrzehnten revolutionieren zu können. Shane wusste, dass man die Nanobots für Spionagezwecken missbrauchen konnte. Bislang war das alles Theorie, doch der Orden hatte einen entscheidenden Schritt nach vorne gemacht. Die ganzen Technologien würde er gesondert durchgehen müssen.

Er legte eine ganz kurze Pause ein, lehnte sich auf dem Sofa zurück und ließ sich das, was er bereits gelesen hatte, durch den Kopf gehen. Er war auf eine wahre Goldgrube gestoßen, die Freddie geschickt versteckt hatte. Die gefährlichsten und nützlichsten Informationen des Ordens lagen vor ihm. Shane rieb sich mit der Hand über die Augen und zog den dritten Hefter hervor.

Darin waren die Aufträge des Ordens zu finden, die niemand in den für Mitglieder zugänglichen Archiven finden sollte. Bestechungen von Politikern und Firmenaufsichten. Illegale Verträge mit Firmen im Ausland, an die manche Technologien teuer verkauft worden waren. Diverse Hackerangriffe. Die Liste war lang. Sehr lang. Alles, was man negativ für den Orden auslegen und somit dessen Saubermann-Image beschädigen konnte, war in der dicksten Mappe von allen. Shane grinste vergnügt, denn mit all diesen Sachen, hatten sie den Orden jetzt in der Hand. Man musste sehen, wie und wann man die Karte am besten ausspielte.

Vor allem musste er sich überlegen, wie er weiterhin vorgehen würde. Die Loge wusste nichts von dem Anhänger. Wenn Shane ihnen die Unterlagen übergab, brauchte er eine glaubhafte Geschichte wie er darangekommen war und weshalb er nichts von dem Anhänger erzählt hatte. Oder aber er behielt die Sachen als Ass im Ärmel, um auftrumpfen zu können.

Der vierte und letzte Hefter war nicht sehr dick. Ein Klebezettel war auf dem obersten Blatt befestigt. Darauf stand, dass man die folgenden Dokumente vor rund zwanzig Jahren erhalten hatte. Woher sie kamen oder wer sie bekommen hatte, war nicht zu erfahren. Es handelte sich um die Kopie eines handgeschriebenen Briefes. Die Schrift war sehr alt und verschnörkelt. Allein vom Überfliegen des Textes bekam Shane Kopfschmerzen und rieb sich deshalb die Schläfen. Das konnte doch kein Mensch entziffern! Er kniff die Augen zusammen.

Mein geschätzter Carl,

ich danke Dir für die Zusendung der kostbaren Unterlagen. Ich werde so bald wie möglich von meiner Geschäftsreise zurückkehren, doch wie Du weißt, war diese Reise unerlässlich für unsere gemeinsame Vision. Ich konnte bereits einige neue Unterstützer unserer Sache finden.

Obgleich ich noch nicht zu sagen vermag, welchen Nutzen wir aus den gewonnenen Informationen ziehen, bin ich sicher, dass wir einen Vorsprung gewinnen konnten. Nur zu gerne würde ich erfahren, was William und Zacharias dazu treibt, sich mit diesem Dent zu treffen. Ihre Begeisterung für solch einfache Leute oder auch die unrühmlichsten Wissenschaften konnte ich noch nie nachvollziehen.

Was die Notiz anbelangt, fürchte ich, wird sie uns nicht viel nützen. Doch der Eifer unserer Mitstreiter ist dennoch zu loben. Jedes Quäntchen wird uns helfen, eine Gruppe zu formen und zu stärken, die sich in London ausbreiten wird. Wir werden die Entscheidungen der Stadt lenken, unsere Kontakte ausweiten und zu unseren Gunsten beeinflussen.

Der Anfang ist gemacht. Haltet weiterhin einen Blick auf die beiden.

Edward

Datiert war der Brief auf 1853. Mit dem Brief alleine hätte Shane sich kaum einen Reim auf alles machen können. Die Seiten hinter dem Brief brachten hingegen Licht ins Dunkel. Edward hatte einen Überwachungsauftrag befohlen, bevor er auf diese Geschäftsreise gegangen war. Deshalb hatte man William und Zacharias verfolgt und beobachtet. Wie Shane nur zu gut wusste, waren William und Zacharias die Gründer der Gruppe, der er selbst angehörte.

Carl war in diesem Fall die rechte Hand von Edward und hatte seinem Vorgesetzten Bericht darüber erstattet, was bei der Überwachung herausgekommen war. Man hatte sogar einen Brief abfangen können, den Zacharias an seine Frau verfasst hatte. Dem Brief hatte eine kurze Notiz an seine Tochter beigelegen. Beides befand sich als Kopie in dieser Mappe.

Die Schriftstücke wiesen einige Tintenkleckse auf. Shane überflog den Brief, fand daran jedoch nichts

Ungewöhnliches. Laut Edward war an der Notiz nicht viel Nützliches gewesen.

Liebste Ann,

schon in einer Woche bin ich aus Schottland zurück und werde Dir wieder jeden Abend Deine Geschichte vom Stein der Weisen erzählen können. Ich hoffe, unser Stein des Magiers tröstet Dich derweil über meine Abwesenheit hinweg.

Doch ich möchte nicht zu viel Salz in die Wunde streuen, die meine kurze Reise verursacht. Schaue einfach in den Sternenhimmel hinauf, suche die Sternenbilder, die ich Dir gezeigt habe und sei versichert, dass Onkel William und ich schnellstmöglich zurückkehren. Denk immer daran, dass selbst ein kleiner Wirt Großes zu tun vermag.

Greife nach den Sternen und lasse Dich niemals einsperren.

Dein Dich liebender Vater

Reizend.

Shane verdrehte die Augen. Kein Wunder, dass Edward daran nicht viel Sinnvolles gefunden hatte.

Dennoch musste Shane versuchen, etwas aus all dem neuen Wissen herauszuholen. Nicht umsonst hatte Freddie den Kram aufgehoben. Vermutlich hatte schon lange niemand mehr genauer in das Geheimfach geschaut. Die aktuellen Unterlagen waren obendrauf gelegt worden.

Er musste aus zwei Sichten an die Sache herangehen. Was hatte der Orden sich von alldem versprochen? Und wie konnte er das nutzen?

❧ Stammbaum ☙

Als Nola am Samstag aus der British Library gestürmt war, hatte sie Shane nirgendwo mehr finden können. Er hatte die wenigen Minuten genutzt, in denen sie ihre Tasche geholt hatte, um zu verschwinden. Wieder hatte er sie ohne Antworten zurückgelassen.

Über den restlichen Tag hatten die unterschiedlichsten Gefühle in ihr gekämpft. Sie war wütend auf sich selbst, dass sie sich so leicht in etwas verstricken ließ, bei dem sie nicht wusste, ob es wirklich legal war. Sie war sauer auf Shane, weil er es nicht für nötig hielt, ihr eine Erklärung zu liefern. Nicht einmal eine kleine. Sie hatte Angst vor seiner Drohung und wegen der Überlegung, dass er vielleicht wirklich etwas mit Sword & Eagle zu tun haben könnte. Nola war außerdem neugierig darauf, was in den Mappen stand und worum es generell ging. Und schließlich überlegte sie fieberhaft, ob sie mit Liz über all das sprechen sollte.

Nur schwerlich hatte sie sich ablenken können und war permanent angespannt gewesen. Während der Samstag Nola nahezu an den Rand des Wahnsinns getrieben hatte, war der Sonntag von Zweifeln gespickt gewesen. Sah sie das nicht alles zu ernst und verbissen? Vermutlich ging es wirklich um eine Schnitzeljagd, wie Shane es ihr gesagt hatte.

Seit Samstag hatten ihre Gedanken also nicht mehr stillgestanden. Sie grübelte darüber, was Shane aus der

British Library entwendet hatte. Hatte er die Wahrheit gesagt, dass es nicht illegal gewesen war? Viel zu schnell hatte sie ihm ihre Hilfe angeboten, ohne nachzudenken, ob sie sich in Gefahr brachte oder strafbar machte.

Hinzu kam, dass sie die Nachforschungen zu Sword & Eagle längst abgehakt hatte, bis zu dem Moment, als ihr der Geheimbund wegen Shane wieder in den Sinn gekommen war. Sein merkwürdiges Verhalten im Club und die Aktion in der Bibliothek konnte sie nicht mit einem Streich der Jurastudenten abtun. Shane hatte ihr allerdings ganz deutlich gedroht, dass sie sich um ihren eigenen Kram kümmern sollte.

Heute früh in der Vorlesung hatte Nola sich nicht konzentrieren können. Ben war direkt aufgefallen, wie still sie war und hatte sie darauf angesprochen. Sie hatte es auf mangelnden Schlaf geschoben. Nola hatte ihn sogar gefragt, ob er etwas von Shane gehört hatte. Und das, wo sie den Kotzbrocken nicht einmal leiden konnte. Kein Wunder, dass Ben sie irritiert angeschaut hatte.

Nach dem letzten Kurs am Nachmittag war Nola in ihre Wohnung zurückgekehrt und tigerte seitdem in ihrem Zimmer auf und ab. Mal saß sie kurz auf dem Sessel in der Ecke bei der Tür, dann sprang sie wieder auf. Sie stand am Fenster und sah auf die Straße vor dem Haus hinab, hörte den Wind, wie er sich unter dem Fensterrahmen hindurchpressen wollte, schon setzte sie sich wieder in Bewegung und grübelte vor sich hin.

Sollte sie mit Liz über ihren Verdacht sprechen? Wobei ihre Freundin klar gemacht hatte, dass sie von Sword & Eagle und weiteren Recherchen nicht viel hielt. Liz war der Meinung, dass die geheime Studentenverbindung ein Mythos war, in den man sich nicht hineinsteigern sollte. Wahrscheinlich würde sie über Nola lachen und Shanes Version von einer Schnitzeljagd unter den Jurastudenten viel eher glauben. Nola hatte sich bis Samstag daran gehalten, sich nicht weiter mit dem Geheimbund zu beschäftigen. Nur sah jetzt alles schon wieder anders aus.

Nola entschloss sich, nicht länger untätig herum zu sitzen. Es war sowieso ein Wunder, wie sie die tausend Fragen in ihrem Kopf bisher hatte aushalten können. Sie griff nach ihrer Tasche, zog im Flur die warme Jacke und ihre Schuhe an und machte sich auf den Weg zur Uni. Sie hoffte, Shane irgendwo dort zu entdecken und ihn zur Rede stellen zu können. Wenn er ihr wenigstens ein paar Dinge erklären würde…

Auf dem Campus konnte sie Shane jedoch nicht finden und sie beide konnten sich ebenso gut ständig knapp verpassen. Nola wusste nicht einmal, ob er montags Vorlesungen oder Seminare hatte. Um einen letzten Versuch zu starten, ging sie parallel zur Themse zur Middle Temple Lane. Immerhin war sie ihm letztens hier begegnet. Aufmerksam blickte sie sich um, doch es saßen ihr unbekannte Studenten auf den Bänken oder kamen die schmale Straße entlang.

Dort, wo sie sich mit ihm unterhalten hatte, war weit und breit nichts von ihm zu sehen. Nola ließ die Schultern hängen und ging langsam den Weg zurück. Sie wollte sich einen Moment auf die Bänke an dem Brunnen setzen, den sie beim letzten Besuch fotografiert hatte. Gedankenverloren spielte sie an dem Reißverschluss ihrer Jacke herum.

Nervig an der Situation war, dass ein spannender Film in ihrem Kopf ablief und sie nicht wusste, ob er den Tatsachen entsprach, die sie sich zusammenspann. Sie steigerte sich eventuell in etwas vollkommen Harmloses hinein.

In der British Library hatte sie im Grunde nichts Verbotenes getan. Sie hatte Shane geholfen, aber sie wusste nicht, worum es ging. Er hatte jedenfalls kein Buch gestohlen. Und selbst wenn, es gab genügend Bücher die aus Bibliotheken geklaut wurden. Dennoch hinterließ alles einen gewissen Beigeschmack.

Ein Pärchen, das auf der nächsten Bank gesessen hatte, stand auf und spazierte davon. Aus der Richtung, in die das Paar ging, kam dafür ein junger Mann, der Nola bekannt vorkam.

Ehe sie ihrem Körper den Befehl dazu geben konnte, war sie schon aufgesprungen und ging auf ihn zu. Es war der braunhaarige Kerl mit den vielen Tattoos. Er hatte die Hände in die Hosentaschen seiner Jeans geschoben. Trotz des frischen Wetters trug er ein T-Shirt, das den Blick auf die Tattoos freigab. Bei Tageslicht konnte man die bunten Farben und Motive viel besser erkennen. Sein Auftreten war weniger einschüchternd als das von Shane, obwohl mit ihm sicherlich auch nicht gut Kirschen essen war, so trainiert wie er wirkte. Nola stellte sich ihm mutig in den Weg, brachte dafür aber wenigstens ein Lächeln zu Stande.

»Hey… Du bist doch ein Kumpel von Shane, nicht wahr?«

»Und du bist die Kleine, die mit Ben feiern war«, stimmte er ihrer Frage somit indirekt zu.

»Äh, ja. Hast du Shane heute zufällig schon gesehen? Ich müsste mit ihm reden, es ist ziemlich wichtig.« Nola sah ihn fragend an und entspannte sich ein wenig, da er sehr freundlich zu sein schien. Manchmal täuschte ein rebellisches Äußeres über den Charakter hinweg. »Übrigens, ich bin Nola«, schob sie hinterher.

»Ja, weiß ich schon. Ich bin Bleu. Allerdings kann ich dir nicht weiterhelfen.«

»Oh, okay. Also hast du ihn auch noch nicht gesehen heute?«

»Lass ihn einfach in Ruhe, Nola. Er ist jemand, mit dem du nichts zu tun haben solltest. Er hat mir erzählt, wie du wegen der Sache von den Jurastudenten ausgeflippt bist. Du hast wohl noch nicht mitbekommen, wie das bei denen abgeht. Die schwärzen Abschnitte in Büchern, damit andere Studenten nicht den gleichen

Wissensvorsprung haben oder sie reißen direkt die Seiten heraus. Genauso gehören diese Spielchen dazu. Aufgaben und Rätsel, die sie sich gegenseitig stellen. Die Studenten sind ein Fall für sich.«

Sie konnte kaum glauben, was sie da hörte. Shane schickte seinen Kumpel vor, um sie abzuwimmeln! Dabei widersprach Bleu sich auch noch. Erst sagte er, dass Nola besser nicht mit jemandem wie Shane Kontakt haben sollte und dann spielte er alles runter. Es war zu deutlich, dass die beiden miteinander gesprochen hatten.

»Du glaubst jetzt nicht im Ernst, dass ich dir das abnehme?!«, wollte sie von ihm wissen. »Wenn es um die Spielchen unter seinen Kommilitonen geht, hätte er mir das so erklären können. Was er darüber hinaus gesagt hat, zeigt mir aber, dass es gelogen ist. Wenn es um Rätsel im Jura-Club geht, hätte er sich nicht so aufregen und mir drohen müssen. Ich mag es nicht, wenn man mich abspeist. Außerdem weiß ich noch nicht mal, ob ich mich strafbar gemacht habe.«

Wenn Bleu wusste, worum es ging, ließ er es sich in keiner Weise anmerken. Sein Gesicht verriet nichts. »Ich studiere kein Jura und weiß nicht, was die da für Absprachen haben oder worum es bei diesen Rätseln geht. Demonstrationen des Wissens vielleicht. Wer weiß mehr als die anderen, wer erreicht die gestellten Ziele am schnellsten? Ich kann dir nur sagen, dass du Shane besser in Ruhe lässt. Wenn er dir gedroht hat, würde ich das ernst nehmen. Dann will er nichts mit dir zu tun haben. Er kann auch anders, also hör auf ihn. So, ich muss jetzt weiter. Schönen Tag noch.«

Bleu ließ sie gar nicht mehr zu Wort kommen und verschwand aus dem Innenhof, während er eine Zigarettenschachtel aus der Hosentasche friemelte. Allerdings ging er den gleichen Weg zurück, den er gekommen war. Nola hatte zuerst gedacht, es sei eine zufällige Begegnung und er wolle in eines der Gebäude gehen. Dass er sich auf dem Absatz herumdrehte, zeigte, dass Shane ihn vorgeschickt hatte. Das wiederum festigte Nolas Vermutungen. Sie übertrieb nicht. Im Gegenteil, sie war auf der richtigen Spur. Mit dieser Gewissheit wurde ihre innere Unruhe etwas weniger.

Wo setzte sie nun an? Wie kam sie ein Stück weiter und brachte Licht ins Dunkel? Sie musste die Quellen anzapfen, die ihr noch blieben. Denn an zwei entscheidende Dinge hatte sie bislang nicht gedacht.

Eine Sache war, dass sie nichts über Shane wusste und das ändern musste. Laut Ben war Shanes Familie reich und bekannt. Shane bildete sich viel auf seine Abstammung ein. Es würde sich bestimmt das ein oder andere Detail über ihn und seine Familie im Netz finden lassen.

Die andere Sache war, dass sie ihren Vater anrufen musste. Es war zuvor nicht mehr wichtig gewesen, weil Nola ihre Nachforschungen über Sword & Eagle eingestellt hatte. Jetzt konnte er ihr vielleicht doch noch weiterhelfen. Schon beim letzten Telefonat hatte sie ihn darauf ansprechen wollen, aber er hatte wichtigere Dinge im Kopf gehabt.

Augenblicklich setzte sie sich in Bewegung und eilte zur Wohnung zurück, um ihr Vorhaben direkt in die Tat umzusetzen. So leicht würde sie nicht aufgeben.

***

Es hatte ein paar Minuten gedauert, ehe sie sich in ihr Zimmer hatte zurückziehen können. Liz war im Wohnzimmer gewesen und hatte vom gemeinsamen Mittagessen mit Oli und einer weiteren Freundin erzählt. Dabei war die Rede wohl auf den Partyabend am Freitag gekommen, bei dem Liz aufgrund ihrer Erkältung hatte aussetzen müssen. Oli hatte gegenüber Liz betont, dass er nichts Gutes über Shane gehört hatte und sich Nola besser von ihm fernhielt.

Daraufhin hatte Nola die Augen verdreht und Liz ungeduldig versichert, dass Shane zwar ein aufgeblasener Gockel war, mehr aber auch nicht. Ihre eigenen Befürchtungen, zu welchen Kreisen Shane womöglich gehörte, hatte sie verschwiegen. Es war nett, dass Oli sich sorgte, aber sie konnte ihre Entscheidungen selbst treffen und machte sich lieber ein eigenes Bild von anderen Leuten.

Sobald Nola sich endlich abgesetzt hatte, schloss sie die Tür zu ihrem Zimmer und lehnte sich von innen dagegen, um für ein paar Sekunden zu verschnaufen. Wenn sie daran dachte, Texte für die Uni zu lesen, graute es ihr. Ihre Gedanken waren mit ganz anderen Dingen beschäftigt und sie würde nicht eher Konzentration aufbringen können, bis sie im Hinblick auf Shane einen besseren Überblick hatte.

Sie setzte sich an ihren Schreibtisch und öffnete den Laptop. Wie gut, dass Ben irgendwann einmal Shanes Nachnamen hatte fallen lassen. Genau den brauchte sie jetzt. Nola gab *Cavendish* und London ein, drückte dann in der Suchmaschine auf Enter.

Tatsächlich fand sie eine Adelsfamilie namens Cavendish, die aus Suffolk stammte. Die Ahnenreihe ging auf einen Sir John Cavendish zurück, der Mitte des vierzehnten Jahrhunderts gelebt hatte. Es war jedoch nicht der Urahn, den Nola suchte. Es hatte noch einen entfernten Cousin namens William Henry Cavendish gegeben. Verfolgte man die Linie von William weiter und überflog die eingetragenen Namen, tauchte auch Shanes Namen auf. *Shane William Cavendish*. Laut des Eintrags würde Shane Ende November sechsundzwanzig werden.

William hatte Anfang des vierzehnten Jahrhunderts den Titel eines Earls erhalten, da er eine ziemlich große Grafschaft geleitet hatte. Somit gehörte Earl William Henry Cavendish dem gehobenen britischen Adel an. Der Titel wurde immer an den ältesten Sohn weitergegeben.

Shanes Familie besaß viel Grund und Boden. In den letzten Jahren hatten die Familienmitglieder einflussreiche Posten bekleidet. Einer seiner Großonkel war in der Politik tätig gewesen, ein anderer hatte mit exklusiver Pferdezucht sein Geld gemacht. Wo andere adelige Familien ihre Schlösser verkaufen mussten oder sie in Museen umgestalteten, hatten es die Cavendishs geschafft, ihren Namen und Stand zu halten.

Man konnte also nachvollziehen, weshalb Shane sich etwas auf seinen Namen einbildete. Obwohl er selbst nicht adelig war, war seine Familie eng mit dem Adel verbunden. Shane hatte bestimmt von Kindesbeinen an gelernt, sich andere Menschen vom Hals zu halten. Eine Distanz, die bei ihm jedoch häufiger in Arroganz und kalte Unfreundlichkeit umschlug.

Seine Eltern hatten sich bei ihrem Studium in Oxford kennengelernt. Shanes Mutter hatte Geschichtswissenschaften studiert, sein Vater Jonathan Wirtschaftswissenschaften. Shane war den Ambitionen seines Onkels gefolgt, der ebenfalls Jura am King's College studiert hatte. So einige Mitglieder der Familie hatten bereits am King's studiert und daher war es nicht verwunderlich, dass sie alle einen guten Ruf genossen und wahrscheinlich unter ihresgleichen blieben. Der Kreis schloss sich.

Sollte es die Studentenverbindung der Sword & Eagle geben, wenn sie tatsächlich ein Geheimbund waren und wenn Shane zu ihnen gehörte, dann bestimmt aufgrund seiner Herkunft. Also konnte es möglich sein, dass auch sein Onkel oder sonst ein Verwandter bereits Mitglied gewesen war. Das sagte ihr noch nichts über den Bund und ob er wirklich existierte, aber es machte eine Mitgliedschaft von Shane wahrscheinlicher.

Wenn sich die Adler, wie behauptet, untereinander mit ihren Karrieren halfen, hatte das bei den Cavendishs wunderbar funktioniert, so erfolgreich wie sie alle waren.

Blieb für Nola noch abzuwarten, was ihr Vater zu diesem Thema sagen konnte.

❧ Machtkämpfe ☙

Mühelos erklomm Shane die steile Kellertreppe. Neben ihm lief Bleu. Sie hatten die freie Zeit am frühen Nachmittag genutzt, um sich im Fitnessbereich auszupowern. Frisch geduscht waren sie jetzt auf dem Weg in die obere Etage, in der sich Freizeiträume befanden. Shane hoffte, dort die restlichen Mitglieder seines Teams zu finden, damit sie sich für die nächsten Aufträge besprechen konnten.

Bleu hatte ihn gestern bereits über die kurze Unterhaltung mit Nola informiert. Die junge Studentin ließ einfach nicht locker. Dabei hatte er absolut keine Zeit, geschweige denn Nerven, sich mit ihr herumzuschlagen. Shane würde ihr noch einmal deutlich klarmachen, dass sie einen Bogen um ihn machen sollte. Er musste sich wirklich auf wichtigere Dinge konzentrieren, als auf eine hübsche neugierige Studentin.

Die gefundenen Unterlagen hatten ihn in den letzten Tagen permanent beschäftigt. Er wollte sich einen sinnvollen Plan zurechtlegen, um seinen Feinden empfindlich schaden zu können. Es galt, möglichst viel aus dem neuen Wissen herauszuholen. Die Mitgliedsliste seiner Feinde sowie die kompromittierenden Fotos und Verträge würde er als Druckmittel nutzen. Es konnte nicht schaden, ein paar Leute aufzuscheuchen und sie zu erpressen, damit sie gegen ihren eigenen Orden handelten.

Deutlich länger hatte er sich schließlich mit der vierten Mappe beschäftigt. Shane hatte sich gefragt, weshalb die Kopien der Briefe so sorgsam aufbewahrt worden waren und wie sie überhaupt in die Hände des Ordens hatten fallen können. Dank des Klebezettels war zumindest klar, dass es vor zwanzig Jahren geschehen war.

Inhaltlich hatte Shane nicht viel aus den Briefen herausholen können, ebenso wenig wie Frederick seinerzeit. Der Name *Dent* hatte ihm immerhin etwas gesagt.

Edward John Dent war der Uhrmacher, der das Uhrwerk des Elisabeth Towers hergestellt hatte. Oder Big Ben, wie der Turm allgemein bezeichnet wurde, obwohl so nur die schwerste der fünf Glocken hieß.

Jedenfalls wollte Shane sich den Turm etwas genauer ansehen und spielte mit dem Gedanken Bleu einzuweihen. Es konnte nicht schaden einen Mitstreiter zu haben, dem er vertrauen konnte.

Ebenso hatte Shane darüber nachgedacht, an welchem Punkt seiner Nachforschungen er mit der Loge sprechen sollte. Vielleicht war es nicht schlecht, die Unterlagen über die Technologien mit seinen Vorgesetzten zu teilen. Er konnte behaupten, dass er die Unterlagen bei einem routinemäßigen Einsatz entdeckt hatte. Den Rest wollte er jedoch für sich behalten, um erst herauszufinden, worum es genau ging. Sein Bauchgefühl sagte ihm, dass weitaus mehr an dieser Sache dran war, als es den Anschein machte.

»Ach, hier seid ihr!«

Shane zog verstimmt eine Augenbraue in die Höhe und musterte Dave, der im Flur vor ihn und Bleu getreten war und somit ungebeten auf sich aufmerksam machte. »Was willst du? Solltest du nicht eigentlich an deinem neuen Schreibtisch sitzen?«

In Daves Augen flammte die Wut darüber auf, dass er wegen Shane in das interne Team abgeschoben worden war. Dabei war der Typ selbst schuld. Wie ein Dummkopf hatte er sich bei seinem Außeneinsatz verhalten und somit bewiesen, dass er nicht bereit für so wichtige Aufgaben war.

»Ich soll euch euren nächsten Auftrag geben. Wir wissen aus zuverlässiger Quelle, dass der Orden heute Abend neue Mitglieder rekrutieren möchte. Wir haben durch den Einsatz bei Frederick die Liste der Leute bekommen, die für den Orden von Interesse sind. Ihr sollt das Treffen verhindern.« Er hielt Shane eine flache Mappe entgegen.

»*Ich* habe die Liste bekommen! Nicht wir. Du hast den Einsatz vermasselt, wenn du dich daran noch erinnern kannst. Da sieht man mal wieder, wie schnell sich manche Leute im falschen Ruhm sonnen«, korrigierte Shane mit drohendem Unterton. Er hatte Dave nie gut leiden können, aber damals hatte er sich sein Team noch nicht aussuchen können. Energisch riss er Dave die Mappe aus der Hand, warf jedoch keinen Blick hinein.

»Wurde schon geklärt, was genau wir unternehmen sollen oder können wir das selbst entscheiden?«, mischte Bleu sich ein, der Dave aufmerksam ansah.

»Das könnt ihr euch aussuchen. Es ist ja keine große Sache. Das dürfte für euch zwei alleine eine Leichtigkeit werden.« Schon fast herausfordernd sah Dave von einem zum anderen.

»Die Info ist angekommen. Du kannst jetzt wieder zu deinem Schreibtisch abschwirren.« Shane machte eine Handbewegung, als würde er ein lästiges Insekt verscheuchen wollen. Er hatte keine Lust, sich länger mit diesem Versager zu unterhalten. Dave drehte sich brodelnd auf dem Absatz um und zog ab. Shane wartete noch einen Moment, bis er und Bleu alleine im Flur waren.

»Ich frage mich, weshalb ausgerechnet wir den Auftrag übernehmen sollen. Das ist was für unsere Neulinge, die noch nicht so erfahren sind. Wollen die mich verarschen? Geh du zum restlichen Team und informiere sie darüber. Wir werden die Sache zu dritt übernehmen, die anderen vier sollen sich aber in der Nähe aufhalten.« Er übergab Bleu die Mappe, in der sich alle nötigen Informationen zu Zeit und Ort befanden. Shane würde sich das gleich in Ruhe ansehen. Zuerst musste er seinen gestiegenen Blutdruck senken. Mit einem kurzen Nicken verabschiedete er sich vorerst von Bleu.

Shane klopfte nicht an und trat direkt in das Kaminzimmer der Loge. Wie am Nachmittag üblich, saßen die fünf Männer in ihren Sesseln. Sie hatten sich unterhalten, verstummten jedoch, sobald Shane die Tür ins Schloss fallen ließ. Besonders einem der Männer schien Shanes Auftritt nicht zu gefallen. Richard, der inoffizielle Chef der fünf Männer.

Durch seinen verärgerten Blick bildeten sich zwei steile Falten an der Nasenwurzel. Die schwarzen Haare waren kurz geschnitten, wurden an den Schläfen langsam grauer. Der Anzug saß wie angegossen. Obwohl er schon lange keine aktiven Einsätze mehr tätigte, zweifelte Shane nicht daran, dass Richard jeden Moment aufspringen und einen Eindringling zur Strecke bringen konnte. Die Statur seines ehemaligen Kampfsportmentors ließ noch immer auf intensives Training schließen. Lachfalten hatten sich um Richards Mundwinkel gegraben, dabei sah man ihn noch seltener lachen als Shane. In perfektem Kontrast dazu standen die Augenbrauen, die ihn selbst bei neutraler Miene kritisch und leicht verärgert wirken ließen.

»Shane, was führt dich zu uns? Ist uns ein Gesprächstermin mit dir entgangen?«, fragte einer der anderen Männer höflich.

»Seit wann darf man nicht außerhalb eurer geplanten Termine herkommen? In der Praxis ist nicht immer alles planbar«, entgegnete Shane kühl.

Oft genug ärgerte er sich über die Loge, die nur Befehle erteilte und selbst nichts mehr auf die Reihe bekam. Shane stand zwar hinter den Dingen, die sie hier taten, aber gegen eine neue Rangordnung hätte er nichts einzuwenden. Er mochte es nicht, wenn sich Leute zurücklehnten, nichts mehr leisteten, aber dafür andere anhand deren Leistung beurteilten. Erst durch Shanes erfolgreich durchgeführte Aufträge konnten sie sich ihren Status sichern und hier im Kaminzimmer sitzen. Er und die anderen waren die tragenden Säulen. Das sollten diese Männer, vor allem Richard, bloß nicht vergessen.

»An deiner Stelle würde ich ein wenig mehr auf den Umgangston achten. Ich war der Meinung, du würdest irgendwann gerne aufsteigen und dir einen Platz als Ratsmitglied sichern. Da wird ein gewisses Maß an Benehmen vorausgesetzt«, sagte Richard.

»Wenn es nach dir geht, wohl eher ein gewisses Maß an Blindheit und Schweigen. Die vier Herren an deiner Seite wissen sehr wohl, dass es mir weder an Benehmen noch Anstand fehlt. Ich lasse mir nur nicht vorschreiben, was ich zu denken oder sagen habe, wenn ich schon die Drecksarbeit für euch übernehme.« Den Frust, den Shane hier herausließ, war nicht allein dem neuen Auftrag geschuldet. Er wusste, dass er wegen der geheimen Nachforschungen so gereizt war. Mit Richard war er allerdings nie wirklich gut zurechtgekommen. Hin und wieder brach es dann aus ihm heraus.

Richards Augen blitzten verärgert auf. Zwar sagte er nichts mehr, aber Shane ging davon aus, dass es ein Nachspiel haben würde. Man fuhr Richard nicht einfach über den Mund.

»Nun, wie können wir dir weiterhelfen?«, mischte sich einer der anderen vier wieder ein und glättete die Wogen.

George, Holden, Aldwyn und James waren die Männer neben Richard, die gemeinsam die Loge und somit die höchste Instanz ihrer Gruppe bildeten. Unter ihnen kamen zwanzig Ratsmitglieder und weitere zehn bis fünfzehn Mitglieder, die besondere Führungspositionen innerhalb der Gruppe bekleideten. Darunter kamen alle anderen Mitglieder, wie Shane, Bleu und Dave. Wobei es in jedem Jahrgang einen Ranghöchsten gab. In seinem Jahrgang war es Shane.

»In jedem Studentenjahrgang bildet sich ein Team, auf das ihr für die Einsätze zurückgreifen könnt. Meins ist mit Abstand das beste und effizienteste Team, das ihr habt. Mit welcher Begründung bekommen wir also die Aufgabe heute Abend aufs Auge gedrückt? Das ist was für die Neuen! Wenn ihr glaubt, mein Team für eine so unnötige Kleinigkeit rausschicken zu müssen, dann wird es hier demnächst anders laufen. Dann sind wir zu beschäftigt und ausgelaugt, um die wichtigen Dinge in die Hand zu nehmen. Dann könnt ihr die jungen Teams beauftragen, eure Fehler geradezubiegen. Ich bin gespannt, wie das für euch funktionieren wird«, brachte er seinen Unmut mehr als deutlich zum Ausdruck. Shane war näher zu den Männern getreten und sah sie der Reihe nach an.

Durch seine gute Arbeit hatte sich Shane einen Status erarbeitet, der ihm erlaubte, auch mal etwas taktloser und direkter mit der Loge zu sprechen. Anscheinend verstand niemand von ihnen, worum es hier ging. Natürlich mussten sie sich gegen ihre Feinde verteidigen, die ständig versuchten, die Macht über London zu erlangen. Dennoch gab es ein ursprüngliches Ziel und das war, die Kontakte auszubauen, sich mit allen Bereichen von Politik über Wirtschaft und Medien zu vernetzen. Der Fokus lag fast nur noch darauf, den Feinden in die Quere zu kommen.

Shane und sein Team waren speziell ausgebildet worden, um die Aufträge durchzuführen. Nun sollten sie ihre Fähigkeiten für Dinge nutzen, die nicht wirklich wichtig waren. Irgendwie musste er die Loge mit Worten erreichen können, damit sie ihre Aufträge überdachten und die Ressourcen schlauer aufteilten. Shane wollte für das Wohlergehen seines Teams kämpfen und gleichzeitig die Werte der gesamten Gruppe wahren.

»Die anderen haben schon etwas zu tun. Es dürfte ja nicht allzu lange dauern, eben weil es eine Leichtigkeit für euch ist«, meinte James schon fast beschwichtigend.

Wenigstens einem schien klar zu sein, wie unentbehrlich Shane war.

»Mir scheint, unsere Führungsspitze ist dermaßen gemütlich geworden und unfähig, die Aufträge ein wenig zu verschieben. Spontan zu handeln und die Aufgaben noch einmal neu zu verteilen, ist hier nicht machbar. Versteht mich nicht falsch, ich werde diese Sache heute Abend erledigen, aber überlegt euch das nächste Mal gut, für was ihr mich oder mein Team nach draußen schickt. Hier muss sich viel ändern, damit wir überhaupt mithalten können. Wenn ihr das nicht endlich begreift und tätig werdet, verlieren wir unsere Stellung sowieso. Wir müssen moderner werden und an einem Strang ziehen«, sagte Shane eindringlich.

Sie konnten sich nicht auf den Errungenschaften der letzten Jahrzehnte ausruhen. Sie mussten mit der Zeit gehen, die Struktur immer wieder anpassen und die Teams sinnvoll einsetzen. Shane erkannte das und wollte im Sinne der Gruppe handeln. Er wusste sehr genau, wie gut er arbeitete, wie schnell er kombinierte und wie wichtig er somit für die Loge war. Im Grunde wollte er nicht einmal gegen sie feuern, sondern ihnen deutlich machen, dass Veränderung nötig war. Wenn sie es allerdings nicht mit netten oder mittlerweile harten Worten begriffen, dann musste er sein Team eben von leichten Aufträgen fernhalten und ein paar Missionen aussetzen.

Während die Mehrzahl leise blieb und sich einschüchtern ließ, erhob Richard sich aus seinem Sessel und trat Shane direkt gegenüber.

»Wenn du nicht endlich begreifst, dass du vor dem höchsten Rat unserer Vereinigung stehst, der dein gesamtes Leben in der Hand hält, wirst du tief fallen, Cavendish. Wenn wir nicht mehr hinter dir stehen, dich nicht mehr unterstützen, werden sich alle Türen verschließen. Deine rosige Zukunft wird sich in Luft auflösen. Also geh mir aus den Augen, Shane.«

Shane rührte sich nicht vom Fleck. Ungerührt erwiderte er Richards Blick. Ganz langsam trat ein verächtliches Lächeln auf Shanes Züge. »Droh mir, so viel du willst. Abgesehen davon, dass ich mehr Leute hinter mir habe als du, bin ich ein weitaus fähigerer Adler als du. Legst du dich mit mir an, wirst du verlieren, Richard.« Den Namen seines Gegenübers betonte Shane besonders angewidert.

Nach einem letzten Blickduell wandte er sich lässig um und verließ den Raum erhobenen Hauptes.

Diese Unterhaltung war Bestätigung genug, die Loge vorerst nicht in seine Recherchen einzubeziehen. Sie würden die Informationen völlig falsch ausspielen. Vier Männer könnte er auf seine Seite ziehen, würde Richard ihnen nicht so viel Angst einflößen.

Somit hatte sich aber auch entschieden, dass Shane Bleu einweihen würde.

***

Die Einsatzbesprechung mit seinem Team dauerte nicht sehr lange. Shane sprach das Aufnahmeritual des Ordens an, das üblicherweise aus drei Stufen bestand, soweit es ihnen bekannt war. Die erste Aufgabe war eine simple Mutprobe im Freien, die jedes Jahr wechselte. Vergangenes Jahr hatte der Orden drei Gebäude seiner Feinde besprayt. Im nächsten Schritt sollten die Anwärter etwas Technisches bauen. Nützlich im Alltag, aber in einer Form oder Weiterentwicklung, die noch nicht existierte. Als Letztes gab es eine Computeraufgabe, in der die Hackerfähigkeiten getestet wurden. Sie würden heute während der ersten Phase angreifen, um die Rekrutierung im Keim zu ersticken. Der Plan stand und der Abend konnte kommen.

Nach der Besprechung hatte Shane Bleu dazu aufgefordert, ihn nach draußen zu begleiten. Shane verzichtete lieber auf ungebetene Zuhörer, während er seiner rechten Hand von dem Anhänger und den vier gefundenen Mappen erzählte. Obwohl Bleu erst in das Team aufgerückt war, kannte Shane ihn schon länger und vertraute ihm.

Bleu war zwar zunächst erstaunt gewesen, dass Shane so wichtige Informationen zurückhielt und nicht mit der Loge darüber sprach. Nachdem Shane erklärt hatte, dass er mehr über die Briefe herausfinden wollte, um der Loge direkt eine Lösung präsentieren zu können und dass Bleu dennoch loyal gegenüber der Loge handelte, hatte dieser Shanes Handlungsweise verstanden und sich auf seine Seite gestellt.

Nach diesem Gespräch hatte Shane sich abgesetzt, um noch eine Führung im Elizabeth Tower mitmachen zu können. Seit ein paar Jahren durften nur noch Einwohner von Großbritannien in den Turm, was es ihm deutlich erleichterte.

Wieso hatten sich die Gründer seiner Gruppe mit dem Uhrmacher getroffen? Gab es im Turm etwas zu entdecken oder war es reiner Zufall? Eventuell hatten sie gemeinsam an einem anderen Projekt gearbeitet. Edward John Dent hatte auch Chronometer, Taschen- und Pendeluhren gebaut. Der Elizabeth Tower war allerdings seine größte Arbeit gewesen.

Shane hatte darauf gesetzt, bei der Führung Wissenswertes aufzuschnappen, das ihm weiterhelfen konnte. Ganz oben im Turm, wo man Teile des Uhrwerks bestaunen konnte und das Licht durch das milchige Glas der Ziffernblätter hineinscheinen wollte, hatte er eine ganze Weile gestanden. Die Gruppe hatte sich um den Tourguide gedrängt und gebannt den historischen Fakten gelauscht. Shane hatte sich die vielen schwarzen Rädchen aufmerksam angeschaut, die Verbindungsstücke und die Innenseite der Ziffernblätter. Er würde viel mehr Zeit benötigen, um sich alles ganz genau anzusehen.

Sollte es hier einen Hinweis geben, würde man ihn nicht so schnell entdecken. Entweder ging es also nicht um den Turm, nur um Edward Dent, oder er musste nachts hierherkommen, um in Ruhe nachschauen zu können. Der Abstecher war also nicht von Erfolg gekrönt gewesen.

Entsprechend schlecht war seine Laune, als er in der Dämmerung zum vereinbarten Treffpunkt mit seinem Team kam.

»Alles klar?«, fragte Bleu ihn gedämpft, sobald Shane neben ihn getreten war.

»Mhm. Keine neuen Erkenntnisse. Hier bisher alles ruhig?«

Sie befanden sich im Hyde Park, genauer in Kensington Gardens, und wollten den potentiellen neuen Mitgliedern ihrer Feinde auflauern und sie einschüchtern. Mehr konnte man im Grunde nicht tun, um die Rekrutierung zu verhindern. Ein verdrehter Arm, eine deutliche Drohung und so mancher Kandidat würde sich gründlich überlegen, ob er beitreten wollte. Wenn der Orden neue Mitglieder wollte, würde er die bekommen. Daran würden Shane und Bleu nichts ändern können.

»Ja. Alle sind auf ihren Positionen und bereit. Wir müssen flexibel bleiben, da wir nicht wissen, wohin die Rekruten gehen werden.«

Shane nickte und starrte in die Dunkelheit. Es war nach Mitternacht, weshalb der gesamte Park geschlossen und menschenleer war. Sie waren nicht sehr weit von der nächsten Straße entfernt. Ab und zu hörte man ein Auto vorbeifahren und gänzlich schwarz war die Nacht durch Straßenlampen und Häuser sowieso nicht. Sie befanden sich beim italienischen Wassergarten an der Nordseite der Kensington Gardens. Der Bereich bestand aus vier großen Wasserbecken samt Fontänen.

Es war schwierig gewesen, sich ein geeignetes Versteck zu suchen, da höchstens ein paar Bäume genügend Schutz boten. Das alte Pumpenhaus, das direkt an den flachen Wasserbecken stand, war nicht ideal genug. Früher hatte sich in dessen Innern eine Pumpe befunden, welche die Fontänen betrieben hatte.

Heutzutage wurde nur der vordere, überdachte Bereich in Blickrichtung der Wasserbecken genutzt. Die hohen, verzierten Torbögen waren offen und Bänke luden zum Sitzen ein. In der Mitte des Daches mit den Terrakotta-Ziegeln war eine kleine Plattform, auf der sich eine Säule befand. Beziehungsweise war es der alte Kamin, der sich durch die Verzierungen ins Gesamtbild einfügte. Nicht viele Möglichkeiten zum Verstecken.

Sie standen an die Seitenwand eines weiteren hellen Gebäudes gepresst. Es lag ein Stück weiter am Rande des Parks, direkt am Weg. Dieser trennte sie von dem alten Pumpenhaus. Durch Büsche und Bäume waren

Bleu und Shane vor Blicken geschützt. Immer wieder wagten sie einen Blick um die Ecke, um alle Richtungen unter Kontrolle zu halten.

Bleu stieß ihn an, doch Shane hatte die Bewegung bereits gesehen. Aus östlicher Richtung näherten sich drei Personen und steuerten genau auf den italienischen Garten zu. Besonders vorsichtig oder auf der Hut schienen sie nicht zu sein. Typische Rekruten, die nicht wussten, in welche Welt sie gezogen werden würden.

»Ich bin schon gespannt, was wir machen sollen. Das ist so aufregend«, sagte einer der Rekruten ganz begeistert. Shane hörte ihn, obwohl der Typ mit gedämpfter Stimme sprach. Was dachten die Kerle, was sie tun würden? Wie Indianer Jones in ein spannendes Abenteuer eintauchen?!

Shane sah schnell zum ehemaligen Pumpenhaus hinüber. Hinter dem Kamin auf dem Gebäudedach lauerte ein Mitglied seines Teams. Hoffentlich hatte er mitbekommen, dass es losging. Shane rollte sich die dunkelblaue Maske über den Kopf. Bleu tat es ihm gleich.

Sobald die drei Jungs ein Stück entfernt waren, setzten Bleu und Shane sich in Bewegung und folgten ihnen geduckt.

Nun waren die Rekruten am Pumpenhaus vorbeigegangen, standen dort, wo die Wasserbecken begannen. Shane presste den Rücken an die kalte Steinwand und sah um die Ecke. Die drei Kerle unterhielten sich, schienen ganz entspannt zu sein. Abgesehen davon tat sich nichts.

»Wo bleiben die anderen? Irgendjemand muss ihnen doch Anweisungen geben?«, flüsterte Bleu und sah sich noch einmal in alle Richtungen um.

»Ist im Grunde nicht wichtig. Wir müssen ihnen nur eine Abreibung verpassen. Wobei ich eigentlich dachte, dass der Orden meist fünf Leute aufnimmt. Na los.«

Das dritte Teammitglied schien gut aufgepasst zu haben. Als Shane und Bleu lautlos an den Seitenwänden des Gebäudes nach vorne huschten, nutzte er seine erhöhte Position, um sich von oben auf eines der potentiellen Ordensmitglieder zu stürzen. Er riss den jungen Mann mit sich um, konnte sich aber über eine Schulter abrollen, sodass der Aufprall nicht ganz so schmerzhaft war.

In diesem Augenblick ging Shane auf, dass sie mitten in eine Falle getappt waren. Sein Bauchgefühl hatte nicht getrogen, denn drei Rekruten des Ordens waren zu wenig. Sie hatten es mit Ordensmitgliedern zu tun, die genau wussten, was sie taten. Doch es gab kein Zurück mehr.

Er tauchte unter dem Schlag eines Gegners weg, rammte dem Kerl den Ellbogen kräftig in die Seite und legte mit einem Tritt nach hinten nach, der den Gegner in den Rücken traf.

Aus dem Pumpengebäude kamen derweil vier andere Kerle gerannt. In der Hektik dachte Shane erst, es wäre seine Verstärkung, aber dort hatten sie niemanden postiert. Der Orden hatte dort auf sie gelauert!

Einer der Gegner zückte ein Messer und versuchte, Shane damit zu verletzen. Durch Shanes Unaufmerksamkeit schaffte der Kerl es auch fast. In letzter Sekunde sprang Shane zurück, als die Klinge schon auf Bauchhöhe aufgeblitzte. Verdammt, er musste sich konzentrieren!

Er sah sich während einer ausweichenden Drehbewegung um. Bleu nahm es mit zwei Ordensmitgliedern auf. Das dritte Teammitglied wehrte sich ebenfalls gegen zwei Leute, während sich die restlichen drei Shane widmeten.

Er musste Schlägen und Tritten ausweichen, was bei drei Gegnern nicht gerade leicht war und weshalb sie ihn immer wieder trafen. Ein Tritt in die Seite hinterließ ein besonders fieses Stechen. Sein Gegenüber holte aus, im letzten Moment duckte Shane sich, eilte mit zwei Schritten unter dessen Arm hindurch. Dann gab er dem Kerl einen kräftigen Stoß gegen den Rücken, sodass sein Gegner stolperte, an der Kante des Wasserbeckens hängenblieb und hineinplatschte. Kurzzeitig musste sich Shane nur auf zwei Gegner konzentrieren.

Einer hatte noch immer das Messer in der Hand, welches er geschickt führte. Es war fast, als würde er Shanes Deckung testen und in dem Augenblick, in dem das andere Ordensmitglied auf Shane zukam, erwischte ihn die Klinge am Oberarm. Blitzschnell griff Shane nach dem Handgelenk und verdrehte die Hand so kräftig, dass das Messer klirrend zu Boden fiel. Er zog den Gegner in seine Richtung, um zeitgleich die Faust in dessen Gesicht sausen zu lassen. Es knackte unschön und Blut strömte aus der gebrochenen Nase. Einer fiel zwar dadurch vorerst wieder aus, dafür war der Wasserbeckenschwimmer zurück.

Endlich sah Shane sein restliches Team durch die Bäume auf die Schlägerei zu rennen. Das hatte viel zu lange gedauert! Bleu hielt sich noch gut, obwohl er ebenfalls viel einsteckte. Das dritte Teammitglied lag bereits am Boden.

Shane trat einen Schritt zurück, spürte den Rand des Wasserbeckens und nutzte die Gelegenheit, um auf dem Rand zu balancieren. Er ging darauf einige Schritt rückwärts, die Angriffe der beiden Gegner abwehrend. Mit einem Faustschlag in die Magengrube und einem seitlichen Tritt beförderte er den einen Kerl zurück ins Wasser.

Der andere Angreifer begann zu lachen und warf etwas nach Shane. Es war so klein, dass Shane nicht erkannte, was es war. Bis das kleine, dunkle Kügelchen gegen seinen Oberkörper prallte und sich dabei anscheinend öffnete. Dampf trat heraus, der Shane augenblicklich husten ließ. Er geriet ins Stolpern, schaffte es aber wenigstens auf festen Boden statt ins Wasser zu geraten.

Er hatte das Gefühl, lodernde Flammen würden sich durch seine Adern fressen. Er musste sich hinknien und stützte sich mit den Handflächen zusätzlich auf dem Boden ab. Sein Körper wurde von heftigen Muskelkrämpfen geschüttelt. Shane konnte sich nicht bewegen und wurde von einer Schmerzwelle überrollt.

Sein Gegner nutzte den schwachen Moment und holte mit dem Fuß aus, um Shane in den Magen zu treten. Das ließ ihn aufkeuchen, wobei der Schmerz ohnehin von den Krämpfen überlagert wurde. Das Ordensmitglied beugte sich zu ihm hinunter. »Viele Grüße vom Orden.« Weitere Tritte folgten.

Der Kerl ließ nur von ihm ab, weil Shanes restliches Team das Kräfteverhältnis zu ihren Gunsten verlagerte. Seine Leute gingen dabei weniger zimperlich vor, als es die Typen vom Orden getan hatten.

Shane hatte weiterhin große Mühe, seinen Körper wieder in den Griff zu bekommen. Trotz anhaltender Krämpfe schaffte er es schließlich, auf die Beine zu kommen. Den brennenden Schmerz versuchte er zu ignorieren. Er ballte die Hand zur Faust. Es funktionierte, obwohl die Faust währenddessen unkontrolliert zitterte. Schritt für Schritt näherte er sich den Kämpfenden. Mit jedem Meter konnte er ein Stück seiner Paralyse abschütteln.

»He!«, knurrte Shane hasserfüllt und bückte sich, um das zuvor heruntergefallene Messer aufzuheben. Das Ordensmitglied, das ihm die Tritte verpasst hatte, wandte sich um und war sichtlich erstaunt, Shane auf den Beinen zu sehen. Er wähnte sich gegenüber Shane noch immer als den Stärkeren und setzte zu ein paar Schlägen an.

Was für Waschlappen diese Kerle waren, zu einer Schlägerei Waffen mitzubringen! Konnten auf die faire Tour wohl nicht gewinnen. Gut, dann spielte Shane gerne nach ihren Regeln.

Mit Absicht ließ er einen Schlag gegen seine Schulter zu. Aus nächster Nähe konnte Shane seinem Gegner mit dem Handballen gegen die Nase schlagen. Mit einem Fuß zog er das Bein des Gegners blitzschnell nach vorne weg und brachte ihn somit zu Fall. Rasselnd entwich der Atem, als sein Gegner auf den Rücken knallte. Mit einem Satz war Shane bei ihm und rammte das Messer ungerührt mitten durch die Handfläche, dass sich die Klingenspitze in den Boden bohrte. Voller Schmerzen schrie das Ordensmitglied auf.

Um die beiden herum hatte der Kampf seinen Zenit überschritten. Sein Team hatte die Oberhand und teilte ein paar letzte Schläge aus. Jetzt mussten sie schnellstmöglich verschwinden, falls aufmerksame Anwohner etwas mitbekommen und die Polizei gerufen hatten.

Shane bückte sich zu dem Kerl hinunter. »Euer mittelmäßiges Licht werden wir bald auslöschen. Richte Grüße an euer Gremium aus, Ordensbruder«, sagte Shane drohend und zeigte mit seiner Wortwahl, dass er die Struktur des Ordens kannte.

Eines seiner Teammitglieder schlug Shane leicht auf die Schulter, um auf sich aufmerksam zu machen. Sie zogen sich schnellstmöglich zurück. Shane würde sich seine Blessuren in Ruhe ansehen müssen, aber schon jetzt war ihm klar, dass diese Aktion ein großes Nachspiel haben würde.

Seine Wut war ins Unermessliche gestiegen. Sie mussten den Orden endlich loswerden. Endgültig.

✄ Drohungen ✆

Da Liz an diesem Donnerstag länger am Guy's Campus zu tun hatte, war Nola zu einem gemeinsamen Abendessen auf die andere Themseseite gekommen. Die Freundinnen hatten sich je eines der vielen Gerichte auf dem Borough Market ausgesucht und es sich schmecken lassen. Die exotischen Gewürze und Gerüche hielten, was sie versprachen. Es war das zweite Mal, dass sie sich hier getroffen hatten. Heute hatten sie es gerade rechtzeitig geschafft, ehe die Stände schlossen.

Während Liz zurück zur Uni hetzte, fuhr Nola mit der Tube zurück ins Zentrum. Dank des leicht scharfen Essens, war ihr mollig warm, obwohl es abends immer kälter wurde.

Auf dem kurzen Stück von der Station zur Wohnung sog Nola die frische Luft ein. Die Dämmerung hatte bereits eingesetzt und viele Leute eilten nach Feierabend durch die Straßen, um Einkäufe zu erledigen.

Sie hatte Shane seit dem Wochenende nicht mehr gesehen. Vermutlich ging er ihr aus dem Weg. Wobei Ben auch nichts von seinem griesgrämigen Kumpel gehört hatte. An diesem Morgen hatte sie allerdings Bleu, den Freund von Shane, aus der Ferne gesehen. Was auch immer der getrieben hatte, er sah übel aus. Ein blau-lila Veilchen hatte sein Auge geziert und auch ansonsten hatte er schwer angeschlagen gewirkt. Was machten diese Kerle in ihrer Freizeit? War schon merkwürdig, wie Shane, Bleu und Ben überhaupt zusammenpassten.

Schlagartig hatte sie einen Gedanken, der ihr in der Form noch nie gekommen war. Wenn sie davon ausging, dass es die Adler gab und Shane dazu gehörte, was war dann mit Ben? Kannte er Shane über die Adler? Bisher war ihr Ben als eigenständige Person in diesem Verbund vorgekommen. Als würde er die anderen zwar kennen, aber eben nicht in so engem Kontakt mit ihnen stehen. Doch die Möglichkeit gab es und Nola durfte das nicht außer Acht lassen!

Das Telefonat mit ihrem Vater war auch nicht gerade beruhigend gewesen, obwohl er darauf abgezielt hatte. Am Montagabend hatte sie ihn erreicht und nach seiner Firma gefragt. Dort lief es wieder stabiler, wobei das finanzielle Problem noch nicht ganz aus der Welt geschafft war.

Auf ihre Nachfrage zu Sword & Eagle hatte ihr Vater zunächst gelacht und gemeint, dass wohl jeder neue Student irgendwann über dieses Gerücht stolpern würde. Bei ihm sei es nicht anders gewesen. Er hatte zugegeben, dass er es ebenso spannend und interessant gefunden hatte wie Nola. Damals war einer der berühmten Artikel in der Campus-Zeitung erschienen und die Neugier ihres Vaters war dadurch weiter angespornt worden.

Dann hatte er sie jedoch gewarnt. Würde es die Adler wirklich geben, dann wäre es besser, wenn Nola sich nicht damit beschäftigen würde. Wenn es sie gab und sie so gute Verbindungen hatten wie man munkelte, dann würde man Nolas Nachforschungen nicht gutheißen. Egal ob Mythos oder nicht, mit so etwas legte man sich nicht an und man war sicherer, wenn man sich aus Spekulationen heraushielt.

Obwohl Nola weiterhin keine Gewissheit hatte, was wirklich vor sich ging, ein Spiel war es für sie schon lange nicht mehr. Dazu verhielten sich alle Personen zu angespannt und ritten immer wieder darauf herum, dass mit den Adlern nicht zu spaßen war. *Falls es sie gab.* Auch das betonten sehr viele Leute. Als würden sie ihre vorangegangene Warnung oder Drohung wieder abschwächen wollen.

Nola vergrub die Hände tiefer in den Jackentaschen und wechselte die Straßenseite, um in wenigen Metern in eine Seitenstraße abzubiegen, die dann an dem Eckhaus enden würde, in dem ihrer Wohnung war.

Ehe sie das tun konnte, wurde sie von hinten geschubst. Lediglich durch ein paar schnelle Schritte nach vorne, konnte sie verhindern, hinzufallen. Mit den Händen in den Taschen hätte sie sich nicht mal abfangen können. Erschrocken wirbelte sie herum und sah sich zwei Männern gegenüber. Sie hatten Halloweenmasken auf, was Nola einen Schauer über den Rücken laufen ließ. Einer sah aus wie ein dämonischer Clown mit angespitzten Zähnen, der andere hatte eine Skelett-Maske auf.

»Was soll das?«, brachte sie hervor und ärgerte sich sogleich über ihre blöde Frage. Sie wollte die Kerle keinesfalls provozieren. Wenn die zwei auf Geld aus waren, würden sie leer ausgehen, denn viel hatte Nola ohnehin nicht dabei. Ob sie ihnen die Tasche direkt freiwillig geben sollte? »Ich habe höchstens zehn Pfund dabei. Das bringt euch nicht viel.«

»Wer sagt, dass wir hinter deinem Geld her sind?«, kam die genuschelte Antwort. Der Clown kam näher und schnappte nach ihrem Handgelenk.

Nola begann sofort, sich zu wehren, konnte dem Griff aber nicht entkommen. Ganz plötzlich ließ der Kerl dann doch los und durch ihre eigene hektische Bewegung, fiel Nola nach hinten. Sie landete unsanft auf dem Hintern und schrammte sich die Handflächen auf, als sie sich abfangen wollte. Ihr Herz schlug ihr bis zum Hals. Sie wollte sich aufrappeln und schnell von hier wegkommen. Es war nicht weit bis zu ihrer Wohnung.

Das Skelett war in der Zwischenzeit hinter sie getreten, kniete sich hin und verhinderte, dass sie sich aus dem Staub machen konnte. Er zog ihren Arm nach hinten auf den Rücken und drückte ihn langsam immer weiter nach oben, dass es heftig zu schmerzen begann. Ein Schrei entfuhr Nola und spornte sie im gleichen Moment weiter an. »Hilfe!«, schrie sie, so laut sie konnte.

Der Druck auf ihren verdrehten Arm ließ nach. Dafür legte das Skelett die Hand auf ihren Mund. Das ließ Nola hektischer atmen und ihre Angst wuchs weiter. Sie trat nach dem Kerl mit der Clownsmaske, der jetzt näherkommen wollte. Der Skelett-Typ ließ ein Messer an ihrer Kehle aufspringen. Nola erstarrte, die Augen panisch aufgerissen. Sie spürte die Spitze der Klinge auf der Haut.

»Du bekommst diese eine Warnung. Hör auf über die Adler zu forschen. Beim nächsten Mal machen wir kurzen Prozess mit dir«, zischte ihr das Skelett ins Ohr. »Verstanden?!«

Zitternd schaffte Nola ein Nicken.

Die Klinge verschwand von ihrem Hals. Als der Skelett-Kerl aufstand, riss er sie mit sich nach oben. Ziemlich wackelig stand sie auf ihren Beinen und war sich nicht sicher, ob diese ihren Dienst tun würden.

Der Schlag kam aus dem Nichts.

Der Clown hatte ihr seine Faust in den Magen gerammt. Nola sah schwarze Punkte und krümmte sich zusammen, hielt mit beiden Armen ihren Bauch. Sie fragte sich, ob sie sich übergeben müsste, so heftig verbreitete sich der Schmerz. Erst nach einigen Sekunden war sie wieder in der Lage, einen Atemzug zu tun.

»Falls du denkst, wir meinen es nicht ernst…«, schob der Clown hinterher.

»Das dürfte ihr mehr als klar sein, du Idiot. Hat dir keiner beigebracht, dass man Frauen nicht schlägt?!«

Nola blinzelte heftig, um wieder klare Sicht zu bekommen und den Neuankömmling erkennen zu können. Sie stützte sich mit einer Hand auf ihrem Knie ab, der andere Arm lag schützend vor ihrem Bauch. Ein zweites Mal blinzelte sie. Was sie sah, änderte sich nicht. Es war Shane, der gerade aus dem Nichts aufgetaucht war. Dankbarkeit und Erleichterung durchströmte sie.

Shane verpasste dem Clown soeben einen heftigen Kinnhaken, stützte sich minimal auf dessen Schulter ab, um einen hohen Kick gegen das Skelett auszuführen. Alles ging rasend schnell und wirkte, als würde Shane das nicht zum ersten Mal tun. Mit ein paar wenigen Schlägen hatte er die beiden Kerle fertig gemacht. Shane packte das Skelett mit beiden Händen an den Seiten des Kopfes. Nola sah nicht, was er machte, aber der Kerl unter der Maske schrie auf. Mit einer Hand zog Shane die Maske ab. Sein Körper versteifte sich. »Was zum Henker…?«

Das Skelett schrie noch mal gepeinigt auf, als Shane anscheinend den Druck seines Griffes erhöhte. »Interner Auftrag. Sie sollte eine Warnung bekommen.«

»Von wem?«, blaffte Shane bedrohlich und voller Autorität. Das Skelett wand sich einige Sekunden wie ein Wurm, ehe er einen Namen hervorpresste. Shane ließ los, nicht aber, ohne dem Kerl einen kräftigen Stoß zu verpassen. »Haut ab. Das wird Konsequenzen für euch haben. Sagt ihm, dass ich mich darum kümmere.«

Mit ängstlichem Blick nickte das Skelett, während der Clown seinen Kumpel mit sich wegzog. Beide eilten so schnell davon, dass sie sogar ins Stolpern gerieten. Derweil drehte Shane sich um und kam auf Nola zu. Sie versuchte verzweifelt, ihre Gedanken zu sortieren, sah aber ein, dass der Schreck zu frisch war und sie beherrschte.

»Ist alles klar bei dir?«, fragte Shane sie tatsächlich mit einer leicht besorgten Stimme. Sie sah ihn an, als würde er direkt vom Mars stammen. Als sie nicht antwortete, seufzte er. »Geht es dir gut, Nola? Hast du viel abbekommen?«

»Was… worum ging es da gerade? Und was machst du hier?« Langsam richtete sie sich wieder auf. Beim Atmen stach es Nola in den Magen, weshalb sie die Hand schützend auf dem Bauch liegen ließ.

Shanes Wangenknochen zierte ein großer blauer Fleck, dabei hatte er doch nur Schläge ausgeteilt. Sein Gesicht sah generell sehr lädiert aus. Hatte er sich etwa mit seinem Kumpel angelegt, der seinerseits ein Veilchen mit sich herumtrug?

Shane sah die Straße hoch und runter. Wahrscheinlich um zu prüfen, ob jemand die Sache mitbekommen hatte. »Nicht hier! Ich war auf dem Weg zu dir, um dir klarzumachen, dass du dein Detektivgeschnüffel sein lassen solltest. Aber anscheinend hat das schon jemand vor mir erledigt.«

Fassungslos sah sie ihn an. Die Freude über sein Auftauchen und seine Hilfe verpuffte. Die Wahrheit war, dass er hergekommen war, um ihr zu drohen! »Ihr habt sie doch nicht alle! Ich hab dir nichts getan und trotzdem hetzt du mir Schläger auf den Hals?! Wie krank seid ihr eigentlich?«

Shane fasste sie vorsichtig am Ellbogen und versuchte, sie zum Weitergehen zu bewegen. »Ich hab doch gesagt: nicht hier! Du wohnst doch um die Ecke. Lass uns dorthin gehen.«

»Ich soll dich in meine Wohnung lassen? Anfangs warst du bloß ein eingebildeter Mistkerl, aber das Bild hat sich echt zum Schlimmeren verändert.« Nola wollte den Ellbogen wegreißen, tat sich mit dieser schnellen Bewegung aber selbst weh. Zischend holte sie Luft und schloss für ein paar Sekunden die Augen.

»Deine Hände bluten ein wenig, dein Bauch muss sich entspannen und sie haben dich am Hals erwischt. Du brauchst dringend einen Tee und musst runterkommen. Jetzt hol deinen Schlüssel raus und lass uns drinnen weiterreden«, herrschte Shane sie ungehalten an.

Schnaufend gab sie nach und marschierte, so schnell es ihr möglich war, die Straße hinunter. Shane hielt mühelos Schritt. War ja klar, Mr. Perfect.

Er wartete, bis sie die Haustür aufgeschlossen hatte, und folgte ihr dann nach oben zur Wohnungstür. Nola sah auf ihre zitternden Finger, als sie versuchte die Tür aufzumachen. Nach dem vierten Anlauf klappte es und sie trat zuerst ein. Shane sah sich ungeniert um, fragte dann nach der Küche.

Nola nahm sich fast eine Viertelstunde Zeit, um das Geschehene in irgendeiner Weise zu verarbeiten. Sie hatte sich im Badezimmer eingeschlossen, um Blut und Dreck von den Händen zu waschen. Die Messerspitze hatte ihr eine kleine Verletzung am Hals zugefügt. Nachdem sie das Blut abgewischt hatte, sah es halb so wild aus. Ihr Bauch schmerzte, aber logischerweise sah sie äußerlich nichts.

Nach dieser Bestandsaufnahme hatte sie sich auf den Badewannenrand sinken lassen, den Kopf in die Hände gestützt und mühsam die Tränen unterdrückt. Ihr Herz hatte zu einem normalen Rhythmus zurückgefunden und ihr Verstand funktionierte wieder besser.

Das war eine Warnung der Adler gewesen. Shane war in ihrer Theorie ein Adler und er hatte die Kerle zudem gekannt. Was genau war da soeben geschehen? Shane würde nicht eher aus dieser Wohnung kommen, bis sie Antworten hatte!

Entschlossen, aber noch immer mit weichen Knien, war sie in die Küche gegangen. Shane hatte sich derweil in der Küche umgesehen und zwei Tassen Tee gemacht. Eine Tasse schob er ihr entgegen. Kommentarlos nahm Nola diese und setzte sich an den Tisch.

»Du schuldest mir mittlerweile verdammt viele Erklärungen. Besser, du würdest mit dem Beantworten anfangen. Was war das eben für eine Aktion?! Die zwei Kerle haben mir eine Warnung von den Adlern überbracht. Ich soll aufhören nachzuforschen, sonst bereiten sie mir ein Ende. Also gibt es Sword & Eagle wirklich? Und du stehst auf der gleichen Seite wie diese beiden Kerle?!« Nola legte die Hände um die Tasse, um den innerlichen Schock dadurch weiter aufzutauen. Unnachgiebig sah sie Shane in die Augen.

Shanes eiskalte braune Augen starrten zurück und er wirkte nicht so, als würde er ihr eine Erklärung liefern wollen. Ungerührt nahm er einen Schluck von dem heißen Getränk. Es war unwirklich, wie er hier lässig in der Küche an die Arbeitsplatte gelehnt stand, als wäre er regelmäßig zum Teekränzchen eingeladen.

»Ich hab dir schonmal gesagt, dass deine nervigen Nachfragen Probleme mit sich bringen können. Ich habe dich gewarnt. Und das hast du jetzt davon! Wieso konntest du es nicht einfach sein lassen, Nola?!« Frustriert fuhr er sich mit der Hand über das Gesicht. »Je mehr du weißt, desto gefährlicher ist es für dich. Siehst du das denn nicht?!«

Er hatte ihr in der Bibliothek gedroht, weil sie ihm auf die Nerven ging, aber auch, weil er sie nicht weiter in Gefahr bringen wollte. Weil er sie vor ihrer eigenen Neugier schützen wollte. So viel sah Nola gerade zumindest ein.

»Ich habe gar keine Nachforschungen mehr betrieben! Vor ein paar Wochen schon noch, aber ich hatte die Sache weitestgehend abgehakt. Bis zu deinem merkwürdigen Verhalten im Club und in der Bibliothek. Selbst danach habe ich nicht mehr direkt nach der geheimen Studentenverbindung gesucht. Ihr verratet euch doch selbst, wenn ihr abstreitet, dass es die Adler gibt und mir im nächsten Moment droht.«

Shane verzog verstimmt den Mund. Sie hatte ins Schwarze getroffen. Es dauerte eine gefühlte Ewigkeit, bis er sich rührte und mit einem leisen Seufzen fortfuhr.

»Es gibt Sword & Eagle! Die Gerüchte kommen näher an die Tatsachen heran, als uns lieb ist. Selbst einige der unerschrockenen Redakteure der Campus-Zeitung haben über die Jahre viel Wahres ausgegraben. Ich wollte heute zu dir, um dir klar zu machen, dass du dringend mit deiner Fragerei aufhören musst. Irgendwann kann ich dich nicht mehr vor den Folgen beschützen. Dass dir jemand von uns zwei Schläger auf den Hals gehetzt hat, wusste ich nicht. Es zeigt aber, dass meine Befürchtungen berechtigt sind. Du sitzt ziemlich in der Tinte, weil du dem höchsten Adler ein Dorn im Auge bist. Von ihm kam der Befehl. Da frage ich mich, was du getan hast, dass es die obersten Leute beschäftigt.«

Da war sie endlich! Die Bestätigung. Es gab die Adler. Nola hatte es die ganze Zeit gewusst. Nur zu gerne hätte sie triumphierend gejubelt, wenn die Lage nicht so ernst gewesen wäre. Denn wieso sollte sie die höchste Person bei den Adlern verärgert haben? Das machte überhaupt keinen Sinn.

»Ich war in der Redaktion der Campus-Zeitung, aber da haben sie mir nicht viel erzählen können. Die Adler haben ja alle Redakteure bestochen, die jemals an der Story dran waren, damit keine Details ans Licht kommen. Ich weiß jedenfalls nicht genug über euch, um zur Gefahr zu werden«, gab Nola zu bedenken. Unsicher zog sie die Schultern in die Höhe und schaute auf die trübe Oberfläche ihres Tees.

»Das lässt sich herausfinden. Ich werde nachfragen, aus welchen Gründen man es auf dich abgesehen hat.« Shane schaute für ein paar Augenblicke nach draußen, hing vermutlich seinen Überlegungen nach. Nola glaubte ihm tatsächlich, dass er nichts von dem Angriff auf sie gewusst hatte.

»Du hast gesagt, dass es immer gefährlicher für mich wird, je mehr ich nachfrage. Aber wieso überhaupt?«, fragte Nola weiter und runzelte die Stirn. Dass Shane sich Sorgen um sie machte und sie schützen wollte, damit hätte sie nicht gerechnet und war entsprechend gerührt von dieser ungewohnten Seite an ihm.

Sie erinnerte sich an den Artikel aus der Campus-Zeitung. Konnte man Leuten trauen, die ein großes Geheimnis um diese besondere und elitäre Gruppe machten? Wozu wurde überhaupt ein Geheimnis daraus gemacht?

Shanes Geduld schien bereits zu versiegen, denn seine Miene war wieder grimmig und genervt. »Du kapierst es nicht, oder? Ich sage dir, dass jegliches Wissen eine Gefahr für dich ist und du bohrst trotzdem weiter! Es geht dich nichts an.«

Obwohl ihr der Magen wehtat, stand Nola ruckartig auf und trat vor Shane. Sie musste den Kopf ein wenig in den Nacken legen und funkelte ihn wütend an. »Es geht mich etwas an, wenn du mich in etwas reinziehst. War die Aktion in der Bibliothek illegal?«

»Nein. Das, was ich mitgenommen habe, war nicht Eigentum der Bibliothek. Außerdem hast du dich aufgedrängt. Ich habe dich nicht gebeten, in die Bibliothek zu kommen. Ich hätte zu gerne auf deine Anwesenheit verzichtet«, ätzte er.

»Ohne mich hättest du die Sachen überhaupt nicht gefunden. Du hast am falschen Ort gesucht.« Verzweifelt warf sie die Hände in die Höhe und ärgerte sich maßlos darüber, dass seine Antworten vollkommen schwammig blieben. »Du blickst auf alle herab, weil sie so unwissend sind und naiv durch die Welt laufen, aber gleichzeitig tust du nichts, um die Dinge zu erklären. Deine tollen Freunde haben mich gerade angegriffen, bedroht und verletzt. Du hast mich ebenfalls bedroht. Dein Kumpel und du seht aus, als hättet ihr eine heftige Schlägerei miteinander oder mit anderen gehabt. Ihr habt doch echt alle Blut an den Händen…«

Sobald sie den unbedachten Satz ausgesprochen hatte, erstarrte sie. Shane sah sie fragend an, doch Nola taumelte die wenigen Schritte zurück zum Stuhl, um sich hinzusetzen.

»Nein, das kann nicht sein…« Die Puzzleteile in ihrem Kopf wirbelten umher und setzten sich zu einem neuen Bild zusammen, das sie scheinbar bisher gekonnt ignoriert hatte. Dabei war es zum Greifen nah gewesen und immer wieder war sie über Teile davon gestolpert.

»Was ist los?«, fragte Shane. Es kam keine Reaktion von ihr. »Nola, was ist jetzt schon wieder? Du hast dich in deinen Beschimpfungen gerade erst warm gemacht«, stichelte er, um vermutlich eine Regung ihrerseits zu erhalten.

Langsam hob sie den Blick an, um seinem zu begegnen. »Ich wusste, dass mir mein Gedächtnis keinen Streich spielt und jetzt macht alles einen ungeheuren Sinn. Ihr seid die, vor der meine Großmutter so eindringlich gewarnt hat!«

Es war ihm anzusehen, dass er ihr nicht im Geringsten folgen konnte. Es machte ihn ungeduldig, dass sie nicht weitersprach, doch er riss sich zusammen. »Was geht dir durch den Kopf? Erklär es mir!«, forderte er mit gepresster Stimme, um sie nicht anzufahren.

Nola berichtete davon, dass sie mit ihren Nachforschungen nicht weitergekommen war und deshalb notgedrungen aufgehört hatte. Das Einzige, das sie getan hatte, war, ihren Vater anzurufen. Er hatte vor ihr am King's College studiert und sie hatte ihn wegen Sword & Eagle angesprochen.

Verständnislos sah Shane Nola an. Er konnte ihren schnellen Gedankensprüngen scheinbar nicht ganz folgen. »Du hast deinen Vater angerufen, ihn nach Sword & Eagle gefragt und kurz darauf kommen zwei Adler zu dir, um dich zu bedrohen?!«, fasste Shane zusammen und Nola nickte bestätigend.

Ungeduldig atmete er tief ein. Am liebsten hätte er Nola wahrscheinlich an den Schultern gepackt und sie geschüttelt, damit sie endlich zu erzählen begann.

»Wie ist dein Familienname?«, bohrte er weiter und stieß dann doch ein genervtes Schnaufen aus.

»Devaney«, antwortet Nola einsilbig.

»Das sagt mir überhaupt nichts. Wie heißt dein Vater?«

»Er heißt Anthony.« Erst nach ein paar Sekunden fiel Nola ein, dass Shane ja nichts von ihrer Familiensituation wissen konnte. »Anthony Montgommery. Meine Mutter gab mir den Nachnamen meines Stiefvaters als sie geheiratet haben.«

Shane schlug mit der flachen Hand auf die Arbeitsplatte und ging energisch zum Fenster. Gerade schien in der schmalen Küche kein Platz für ihn zu sein. Wie eine eingesperrte Raubkatze in einem viel zu kleinen Gehege.

Sein Verhalten schüchterte Nola ein. Sein lädiertes Aussehen trug dazu bei, dass sie sich lebhaft vorstellen konnte, wie er aus der Haut fuhr. Vorhin hatte sie gesehen, wie erfahren er die Schlägerei geführt hatte. Doch gerade in diesem Moment war es eher seine Ausstrahlung, die sie schweigen ließ. Gereizt bis in die letzte Haarspitze, das reinste Pulverfass.

Endlich drehte er sich zu ihr um und seine Augen funkelten finster auf. Shane biss die Zähne so fest aufeinander, dass die Kiefermuskeln hervortraten.

»Dein Vater ist ein Adler, Nola.«

❦ Das Gesetz der Eiche ❧

Keuchend atmete Nola aus. Sie blinzelte hektisch, als könnte sie die Nachricht dadurch besser begreifen.

»Mein Vater ist ein Adler?!!«, fragte sie atemlos, während sich die unterschiedlichsten Emotionen auf ihrem Gesicht widerspiegelten. »Aber das kann doch gar nicht sein! Was hat er denn mit alldem zu tun? Kennst du meinen Vater??« Sie warf mit Fragen um sich und war dabei immer lauter geworden.

Shane gab ihr ein paar Augenblicke, um sich zu fangen. Es war offensichtlich, dass sie mit der neuen Erkenntnis zu kämpfen hatte. Etwas in ihm wollte sie nicht so durcheinander sehen und sie viel eher vor dieser Nachricht schützen.

»Ich kenne deinen Vater nicht persönlich, aber sein Name ist mir geläufig. Nur, weil er nicht in London lebt, heißt das nicht, dass er kein Mitglied bei uns ist«, gab er ihr die ersten Antworten.

Zuerst hatte Shane vermutet, dass er der Grund für die Drohung an Nola war. Es würde ihn nicht wundern, wenn Richard irgendwie von dem vagen Kontakt zwischen Shane und Nola erfahren und die Schläger losgeschickt hatte, um Shane eins auszuwischen. Da war Richard jedes Mittel recht. Jetzt zeigte sich jedoch, dass diese erste Vermutung nicht stimmte. Die Wahrheit war viel erschütternder.

Shane schloss kurz die Augen. Das durfte alles nicht wahr sein! Als gäbe es derzeit nicht genug Probleme mit dem Orden, stellte die Angelegenheit mit Nola sein Innenleben völlig auf den Kopf. Es tat ihm leid, dass sie in die ganze Sache hineingezogen wurde.

Als er die Augen wieder öffnete, waren Nolas hellbraune Augen forschend auf ihn gerichtet. Sie hatte sich ein wenig gefangen und schien entschlossen, mehr über die Rolle ihres Vaters zu erfahren. »Ich dachte, höchstens mein Großvater vielleicht... aber mein Vater? Was für eine Rolle hat mein Vater?«, fragte sie mit zitternder Stimme nach.

»Das ist kompliziert. Jedenfalls ist er nicht so aktiv, wie ich es bin. Wichtiger ist die Frage, wie er mit den Schlägern zusammenhängt. Nachdem du deinen Vater nach uns gefragt hast, hat er sich wahrscheinlich an jemanden gewandt und um Rat gebeten. Entweder darüber, was er dir als Ausrede auftischen kann oder er wollte die Erlaubnis, dir die Wahrheit zu sagen. Oder glaubst du, er wollte dir die Schläger auf den Hals zu hetzen?«

Sekunden verstrichen, in denen Nola seine Frage verarbeitete. Sie schien weiterhin schockiert, dass ihre Familie mit den Adlern verbunden war.

»Also... ich... nein, ich glaube nicht, dass er mir das antun würde. Er würde niemanden schicken, der mich zusammenschlägt.« Ihre Stimme klang unsicher, dann schüttelte sie aber immer vehementer den Kopf. »Nein, das würde er nicht tun. Selbst dann nicht, wenn er ein Adler wäre.«

»Was hat das mit dem zu tun, was deine Großmutter gesagt hat? Was ist dir eben durch den Kopf gegangen?«, fragte Shane.

Dieses Mal ließ sich Nola wenigstens nicht lange bitten und begann sogleich zu erzählen. Wahrscheinlich sah sie ein, nur an Informationen zu kommen, wenn beide ihr Wissen auf den Tisch legten.

Oliver, der gute Freund ihrer Mitbewohnerin, hatte die Adler in Nolas Gegenwart erwähnt. Seitdem hatte sie das Gefühl, den Begriff schon einmal irgendwo gehört zu haben. Allerdings hatte ihr Vater nichts von den Adlern erzählt, wenn er über seine Studienzeit gesprochen hatte. Nola hatte das Gerücht um einen Geheimbund lediglich spannend gefunden. Ihre Neugier war letztlich derart entflammt, weil sie hatte wissen wollen, woher ihr der Name so bekannt vorgekommen war.

Sie hatte sich an ein altes Foto im Arbeitszimmer ihres Großvaters erinnert, auf dem eine Gruppe von jungen Männern zu sehen war. Er hatte das Bild wohl mit einem laschen Kommentar abgetan, dass es sich um einen Club des King's Colleges handelte, an dem auch er studiert hatte. Nola hatte sich damals nichts dabei gedacht, es aber zumindest insofern merkwürdig gefunden, dass ihr Großvater sonst zu jedem Foto im Arbeitszimmer viel erzählt hatte. Ihre Großmutter hatte über die Männer auf dem Foto geschimpft, dann aber keine weitere Begründung geliefert, als Nola damals nachgefragt hatte. Darüber hinaus stand direkt neben dem Foto eine glänzende Holzfigur in Form eines Adlers.

Nola war sich nicht sicher gewesen, ob sie zu viel in dieses Detail hineininterpretierte. Es konnte purer Zufall sein, dass die Figur ein Adler war. Gleichzeitig hatte es sie nicht losgelassen und immer wieder hatte sie daran denken müssen, während sie die Nachforschungen einfach nicht hatte ruhen lassen können. Dann war ihr eingefallen, dass ihre Großmutter über irgendwelche Adler geflucht hatte.

Es war nicht zu fassen. Shane hätte sie gar nicht dazu bekommen, die Nachforschungen einzustellen. Ihm wurde das durch ihre Erzählung nur allzu deutlich.

Nola fuhr fort, dass sie vor ein paar Jahren im Haus ihrer Großeltern ein Streitgespräch mit angehört hatte. Obwohl ihre Großmutter eine sehr ausgeglichene und ruhige Person war, hatte sie ihren Mann heftig angefahren. Beide hatten nicht geahnt, dass Nola Fetzen dieses Gesprächs mitbekam. Ihre Großmutter hatte deutlich gemacht, dass ihr Mann sich von einer Gruppe distanzieren solle, da dort jeder Blut an den Händen habe.

Nola hatte sich immer gefragt, über welche Gruppe ihre Großmutter gesprochen hatte und was ihr Großvater mit ihnen zu tun hatte. Oder was er selbst getan hatte. Da sie ihre Großeltern anscheinend erst spät kennengelernt hatte und nicht besonders häufig bei ihnen zu Besuch gewesen war, hatte Nola diese Ereignisse schließlich verdrängt und vergessen.

Ihre eigene Formulierung mit dem Blut an den Händen hatte Nola aufgeschreckt und ihr klargemacht, dass die vage Vermutung, ihr Großvater könnte etwas mit den Adlern zu tun haben, sehr wahrscheinlich war. Dass ihr Vater zu der Gruppe gehören könnte, hatte sie hingegen nicht erwartet.

Jetzt machten ihre Gedankensprünge und die Hartnäckigkeit wenigstens Sinn. Shane rechnete ihr die Neugier insgeheim an, denn er selbst hätte ebenfalls nicht lockergelassen.

»So viel zur Geheimhaltung. Das ist ja wunderbar«, spuckte Shane missgelaunt aus. Es passte ihm nicht, dass andere so subtil und doch offensichtlich mit Elementen der Adler umgingen. Eine Adlerfigur! Wie fahrlässig konnte man sein?! Nolas Großeltern hatten ihr unbewusst die wichtigsten Brocken hingeworfen, um das Rätsel größtenteils lösen und zumindest die Existenz der Adler bestätigen zu können.

In der Küche kehrte Stille ein. Beide hingen ihren Gedanken nach. Shane versuchte zu ergründen, was das für ihn und die Adler bedeutete. Nola wusste nun Bescheid. Zum einen hatte er selbst zugegeben, dass Sword & Eagle existierte, zum anderen hätte sie es wohl ohnehin herausgefunden. Er würde sie zu absolutem Stillschweigen verpflichten müssen. Dass ihre Familie bereits zu den Adlern gehörte, veränderte die Situation ebenfalls noch einmal.

»Ich hänge jetzt mit drin. In jeglicher Hinsicht. Kannst du mir nicht endlich erzählen, was es mit diesem leuchtenden Anhänger und den Mappen aus der Bibliothek zu tun hat? Was tun die Adler? Ich *muss* es wissen, Shane. Mein Vater und mein Großvater gehören dazu! Was meinte meine Großmutter damit, dass ihr Blut an den Händen habt? Was genau tut ihr?«, durchbrach Nola schließlich die Stille und warf ihm einen bittenden Blick zu.

Ausdruckslos sah er sie an. Wenn er mit ihr über die Adler sprach, brach er eine der wichtigsten Regeln und musste sich dafür verantworten. Die Grenze hatte er zwar schon überschritten, aber er konnte den Ärger auf ein Minimum reduzieren.

Würde Nola aufgeben? Eher nicht. Sie würde bei ihrer Familie nachbohren und vielleicht würde ihr Vater sie tatsächlich einweihen. Besonders, wenn er erfuhr, dass seine Tochter angegriffen worden war – falls er nicht genau das gewollt hatte.

»Ich muss nachdenken!« Damit schnappte er sich seine Jacke und musste sich Nolas Proteste anhören, als sie ihm in den Flur folgte. Abrupt blieb er stehen und drehte sich um. Sie standen sich unmittelbar gegenüber. »Ich denke darüber nach, Nola! Ich komme wieder.« Er ließ nicht mit sich verhandeln. Die Tür fiel ins Schloss und eilig lief Shane die Stufen nach unten.

***

Nola blieb mit all ihren Fragen alleine zurück.

Zwar hatte sie bereits den vagen Verdacht gehegt, ihr Großvater könnte etwas mit den Adlern zu tun haben, doch dass ihr Vater ebenfalls ein Adler war, ging ihr nicht in den Kopf. Sie war dieser Möglichkeit gegenüber vollkommen blind gewesen.

War er in ähnliche Schlägereien verwickelt gewesen, wie Shane und sein Kumpel? Oder Schlimmeres? Was taten die Adler alles? Kannte sie ihren Vater überhaupt richtig? Er hatte ihr einen großen Teil seines Lebens verschwiegen und das verunsicherte sie. Nola hoffte, dass Shane ihr bei seiner Rückkehr mehr über den Geheimbund erzählen würde. Ansonsten würde sie ihren Vater zur Rede stellen, um endlich Antworten zu erhalten.

Schließlich kam Liz von der Uni nach Hause und bemerkte, wie aufgewühlt Nola war. Liz lehnte sich an den Türrahmen zu Nolas Zimmer, nachdem sie ihre Sachen einfach im Flur abgelegt hatte.

»Was ist denn los?«, fragte sie besorgt. »Du wirkst völlig durch den Wind.« Liz sprach mit einem weichen Tonfall und sah mitfühlend zu Nola.

Doch Nola wusste nicht, was sie sagen sollte. Sie konnte unmöglich von den Adlern erzählen oder der Rolle ihres Vaters. Gleichzeitig wollte sie Liz nicht belügen, da die Freundschaft zwischen den beiden zu wertvoll war.

Schließlich erzählte sie Liz, dass zwei unbekannte Kerle ihre Handtasche hatten klauen wollen und Nola darüber hinaus mit einem Messer bedroht hatten. Nachdem sie kurz gezögert hatte, erwähnte sie auch Shane, der ihr zu Hilfe gekommen war.

»Oh Mann! Das ist heftig. Geht es dir gut? Warst du schon bei der Polizei? Zwar haben sie deine Handtasche nicht bekommen, aber du musst die Kerle trotzdem anzeigen!« Liz fiel aus allen Wolken und setzte sich kurzerhand auf die Sessellehne, um Nola tröstend zu umarmen.

»Nein, ich war noch nicht bei der Polizei. Außer einem riesigen Schreck ist ja nicht viel passiert. Shane war rechtzeitig da, um zu helfen und mir geht es soweit gut«, antwortete sie ausweichend. Es tat gut, mit Liz über den Angriff sprechen zu können, obwohl Nola nicht alle Details verraten konnte. Sie spürte, wie sich wieder mehr Ruhe in ihr ausbreitete.

»Dass dir ausgerechnet dieser Kerl hilft! Es ist schon ein netter Zug von ihm, den ich ihm nicht zugetraut hätte. Es ist nur so, dass du von Anfang an über sein arrogantes Verhalten geschimpft hast. Da habe ich nicht den besten Eindruck von ihm bekommen«, versuchte Liz ihre Ansicht über Shane zu formulieren.

Nola hatte jetzt keine Kraft, mit Liz über Shane zu sprechen, weshalb sie lediglich verstehend nickte. Sie wollte ihre Fragen und Gedanken ordnen, ehe Shane zurückkam. Daher ließ sie Liz wissen, dass sie ein entspannendes Bad nehmen und sich danach zurückziehen würde, um den Schreck verdauen zu können.

***

Erst gegen neun Uhr kehrte Shane zurück, als der spätherbstliche Abend schon von der Dunkelheit geschluckt worden war. Nola öffnete ihm die Tür und ließ ihn herein.

»Was will der denn hier?«, entfuhr es ihrer Mitbewohnerin überrascht, sobald sie ihn erblickte. Liz stand mit verschränkten Armen und deutlich ablehnender Miene im Flur.

»Er wollte nur vorbeischauen, um zu sehen, ob es mir gut geht«, kam es von Nola. Sie lächelte ihrer Freundin zu, wohl um ihr zu versichern, dass alles in Ordnung war.

Liz hatte eine Augenbraue missbilligend in die Höhe gezogen, sagte aber nichts mehr, als Nola Shane den Weg in ihr Zimmer wies. Dabei sah man Liz an, dass ihr zahlreiche Fragen unter den Nägeln brannten, aber vor ihm konnte sie Nola nicht damit überschütten.

Shane schenkte Liz lediglich seinen typisch herablassenden Blick.

Im Zimmer deutete er mit dem Daumen über seine Schulter. »Was ist denn mit der kaputt? Die kennt mich doch nicht mal.« Ungeniert sah er sich in Nolas Zimmer um. Gemütlich, aber ziemlich viel Kleinkram, der herumflog. Wenigstens der Schreibtisch war ordentlich, damit man daran arbeiten konnte. Ein paar interessante Bücher im Regal.

»Ich hab ihr nichts gesagt, falls du das meinst. Ihr Freund Oli kann dich nicht leiden und hat sie damit angesteckt. Ähm... setz dich.«

Shane schnappte sich den Schreibtischstuhl, während Nola sich in den kleinen Sessel setzte, der in der Ecke nahe der Tür stand. Erwartungsvoll sah sie ihn an.

»Ich werde dir einen Teil über die Adler erzählen. Du musst mir versprechen, sogar schwören, dass du es für dich behältst. Du hast heute eine Drohung erhalten und es war kein Spaß, dass es beim nächsten Mal heftiger für dich ausfallen wird. Ich würde ebenfalls riesigen Ärger bekommen, wenn es herauskommt. Also tu uns beiden den Gefallen!«, forderte er.

»Deine Großmutter wurde anscheinend eingeweiht und hat all die Jahre geschwiegen, also dürftest du das auch hinkriegen. Meine Entscheidung hat einen weiteren Grund, aber dazu komme ich später«, fügte er an.

Shane war bei einem langen Spaziergang zu dem Schluss gekommen, dass Nola nicht aufgeben würde und er ihr ebenso gut ein paar Details erzählen konnte. So konnte er wenigstens auf sie aufpassen. Mit ihren Nachforschungen hatte sie hauptsächlich sich selbst geschadet, nicht ihm. Außerdem, und er hatte es nicht gerne zugegeben, vertraute er ihr.

»Natürlich werde ich nichts sagen! Ich will ja keinen Artikel über euch schreiben. Ich will verstehen, was hier los ist und welche Rolle meine Familie dabei spielt«, sagte Nola ruhig und nachdrücklich.

Shane holte noch einmal Luft, fuhr sich mit einer Hand durch die ohnehin verwuschelten Haare und begann dann, zu erzählen.

»Sword & Eagle ist eine studentische Verbindung, die 1830 von zwei Männern gegründet worden ist. William James Wellington und Zacharias A. Thompson. Die Studentenschaft wurde niemals offiziell eingetragen, weshalb niemand die Existenz bestätigen kann. Unsere Gruppe ist mit dem Zweck gegründet worden, ein großes Netzwerk von Kontakten aufzubauen«, sagte Shane.

Hatte Nola sich nie gewundert, wie ihr Vater aus der Firma *Montgommery Construction*, die ihr Großvater gegründet hatte, den Multimillionen-Dollar-Konzern *Montgommery Industries* hatte machen können? Die Adler unterstützten sich in ihren Karrieren und bauten ihren Einfluss in alle Bereiche aus.

Allein in London gab es zahlreiche Studentenverbindungen, mehrere an einer Universität. Die meisten waren normale Verbindungen, die ihre Mitglieder während des Studiums unterstützten. Mehr steckte nicht dahinter.

Doch es gab ein paar weitere Vereinigungen, die wie die Adler maßgeblichen Einfluss auf die britische Wirtschaft nehmen wollten. Die schwachen Studentenbünde hatten sich über die Jahre aufgelöst. Mittlerweile waren noch drei konkurrierende Bünde übrig.

Neben den Adlern war das zum einen die *Society of the Ascent,* also die Gesellschaft des Aufstiegs. Dabei handelte es sich um den Erzfeind der Adler. Dieser Bund war ebenfalls 1830 gegründet worden. Tatsächlich gab es die beiden Konkurrenten nur, weil sich die ursprünglichen drei Gründer zerstritten hatten. Wellington und Thompson hatten das University College verlassen und ihre Idee der Adler am King's College verwirklicht. Ihr alter Freund Edward Rushworth war an der anderen Universität geblieben und hatte die Society gegründet. Die Society war geheim und kein eingetragener Verein. Genau wie die Adler.

Darüber hinaus gab es den *Ordo Aurea Mediocritas* – den Orden der goldenen Mitte. Der Orden gehörte zum Imperial College. Dieser Studentenverbindung konnte man sich offiziell anschließen und jederzeit wieder austreten. Wobei dort einige Hintergrundaktivitäten liefen, die den meisten Leuten nicht bekannt waren.

Die Gruppe hatte sich erst spät, 1907, gegründet und wurde deshalb von den beiden elitären Bünden nicht ernst genommen. Der Orden, der von Philipp Willoughby gegründet worden war, hatte sich auf alles spezialisiert, das mit Technik zu tun hatte.

Unter diesen drei Bünden herrschte seit Jahrzehnten ein erbitterter Kampf um die alleinige Macht im Vereinigten Königreich.

Shane erzählte sogar von dem Bild der Eiche, das die Adler vor Generationen geschaffen hatten. Die Eiche selbst stand dabei für alle Bünde. Die Verwurzelung zeigte sozusagen die Gründung der Bünde. Die Wurzeln eines jeden Bundes waren unterschiedlich tief, je nachdem wie lange er bestand. Die Äste hingegen symbolisierten die Mitglieder. Je ausgeprägter das Blätterwerk war, desto besser und zahlreicher die Kontakte.

Die Eiche war die Königin der Bäume und konnte uralt werden. Sie stand für Unsterblichkeit, Stärke und Treue. Sie alle waren Teil von etwas Großem und Altem. Sie waren stark, unsterblich und gaben ihre Weisheit an die nächste Generation weiter. Sie brachten etwas Wertvolles hervor. Genau wie es die Symbolik der Eiche besagte.

Wurde ein Geheimbund ausgelöscht oder löste sich auf, verlor der Baum im übertragenden Sinn ein paar Äste und Blätter. Am Ende blieben nur die Stärksten übrig, um den Lebensbaum zu bilden. Das war das Gesetz der Eiche, wie es die Adler nannten.

»Euer toller Freund vom Imperial College, mit dem du an unserem Campus gesessen hast und der dir in der Bar gewunken hat, der gehört übrigens zum Orden«, ließ Shane eine weitere Bombe platzen.

»Was? Oli? Er hat mir schon früh erzählt, dass er Teil einer Studentenverbindung ist, die sich die Goldene Mitte nennt oder so. Ich wusste nicht, dass es sich auch um eine Art Geheimbund handelt. Das ist echt heftig… Meinst du, er weiß, was da vor sich geht? Er kommt mir nicht wie jemand vor, der sich in solch düstere Geschäfte ziehen lässt«, sagte Nola erschrocken.

»Gut möglich. Wenn du mir seinen ganzen Namen nennst, kann ich in den Unterlagen nachschauen, die wir uns organisiert haben. Dort ist vermerkt, wer beim Orden besonders aktiv ist. Du solltest aber auf jeden Fall aufpassen. Er hat uns bereits zusammen gesehen und somit könntest du zwischen die Fronten geraten«, warnte Shane eindringlich.

»Du sagst das so einfach, aber ich verstehe nicht, was zwischen den Adlern und den anderen Gruppen genau passiert. Ich meine, was tut ihr denn bei den Adlern, um Einfluss auf die Wirtschaft zu nehmen? Und wieso seid ihr überhaupt geheim? Was ist mit dieser Society?«, fragte Nola regelrecht verzweifelt. Sie tat ihm fast ein bisschen leid, weil so viele Informationen auf sie einprasselten und sie nicht alles verstehen konnte.

Shane wollte ihr allerdings nicht mehr als nötig erzählen, denn die Feindschaft ging so viele Jahrzehnte zurück und konnte nicht mehr in simple Worte gepackt werden. Selbst wenn Nola einen groben Überblick erhielt, würde es weiterhin Dinge geben, die sie nicht wusste und bei denen weitere Fragen aufkommen würden.

»Mit der Society haben wir gerade nicht so viele Probleme. Sie lassen uns überraschenderweise in Ruhe. Tja, und es soll nicht bekannt sein, wer Mitglied bei den Adlern ist, um einen gewissen Schutz bieten zu können. Wir helfen uns gegenseitig, auch über die Zeit an der Universität hinaus. Vielen Menschen würde das Angst machen. Denn wo Macht ist, gibt es Misstrauen.«

»Wobei es gerechtfertigt ist! Ihr habt Macht und ihr scheint sie auszunutzen, oder nicht? Du sagst, ihr nehmt Einfluss auf alles, was in London und dem ganzen Land passiert«, ließ Nola nicht locker.

»All das ist nicht so leicht zu erklären. In den ganzen Jahren ist zu viel geschehen. Erinnerst du dich an den Netzausfall vor einer Weile? Das war der Orden. Er hat die Sendemasten lahmgelegt und außerdem versucht, unser System zu hacken, um uns alle finanziellen Mittel zu entziehen. Die blauen Flecken in meinem Gesicht? Ebenfalls der Orden. Wir haben derzeit riesige Probleme mit ihnen, weil sie so stark gegen uns vorgehen wie noch nie. Das sind die harmlosen Beispiele. In diesem Krieg der Bünde sind schon zahlreiche Leute auf allen Seiten gefallen. Das ist der Grund, weshalb es gefährlicher wird, je mehr du weißt. Deshalb sollst du aufpassen. Vor allem die Tatsache, dass deine Familie zu den Adlern gehört, kann dich zur Zielscheibe machen, wenn das jemand herausbekommt.«

Es machte den Eindruck, als würde Nola endlich die Tragweite dieser Situation verstehen und die Gefahr für sich erkennen. Bislang hatte sie das wahrscheinlich noch als übertriebenes Gerede abgestempelt. Seufzend lehnte sie sich im Sessel zurück und schaute zur Decke hinauf.

Ihm war klar, dass er dieses Gespräch mit ihr führen musste, aber dieses Herumsitzen machte ihn unruhig. Er wäre lieber zum Hauptquartier der Adler gegangen und hätte Richard auf Nolas Vater angesprochen.

»Deine Familie gehört schon lange zu Sword & Eagle oder? Ich habe über euch nachgelesen. Eine ziemlich erfolgreiche Familie… Wieso bist du beigetreten? Wusstest du vorher, was auf dich zukommt? Was ist mit Ben? Gehört er ebenfalls dazu?«, drängte sie sich wieder in Shanes Bewusstsein.

»Mein Onkel ist ein Adler, ja. Natürlich noch weitere Familienmitglieder und Vorfahren. Ich wusste, was mich erwarten würde und habe mich darauf vorbereitet. Normalerweise weiß man vorher aber nichts über die Studentenverbindung. Selbst dann nicht, wenn die

Eltern Mitglieder sind. Weshalb ich mich dazu entschlossen habe, geht dich nichts an«, reagierte er abweisend und machte ihr durch seinen Tonfall klar, dass sie keine weitere Antwort erhalten würde. Herrje, sie brauchte wirklich nicht alles zu wissen.

»Was Ben angeht… Nein, er ist kein Mitglied der Adler. Unsere Familien sind eng befreundet, weshalb wir schon länger miteinander zu tun haben. Es ist gut möglich, dass er ein Angebot von den Adlern erhält, aber dazu gibt es noch keine Entscheidung«, verriet Shane dafür. Nola wirkte unglaublich erleichtert, als sie das hörte. Ben und sie verstanden sich sehr gut und vielleicht hätte das ihre Freundschaft belastet.

»Okay, pass auf, Nola. Mir ist klar, dass du tausend Fragen hast. Zu Sword & Eagle, zu den anderen Bünden und weshalb wir uns bekriegen. Ich werde dir nicht alles sagen können und darüber hinaus habe ich auch keine Lust, mich hier stundenlang hinzusetzen. Ich habe vorhin beschlossen, dich einzuweihen, weil du keine Ruhe geben würdest. Der andere Grund war, dass du mir helfen kannst.«

Er sprach den letzten Satz aus, als würde es ihm körperliche Schmerzen bereiten. Shane hasste es, um Hilfe zu bitten. Er musste leider zugeben, dass Nola in der Bibliothek nützlich gewesen war und für sein weiteres Vorhaben wäre es schlau, jemanden von außerhalb an der Seite zu haben.

»Die Sachen aus der Bibliothek waren geheime Unterlagen vom Orden. Ich bin durch Zufall auf den Anhänger gestoßen, als ich bei einem Kerl vom Orden eingebrochen bin. Jedenfalls habe ich den Verdacht, dass gerade ziemlich viele merkwürdige Dinge geschehen. Die Angriffe vom Orden auf uns, deren neue Taktik und es scheint mir, als hätten sie Informationen über die Gründer der Adler, die uns selbst noch nicht bekannt sind. Daraus werde ich aber nicht schlau. Ich will das bei den Adlern nicht an die große Glocke hängen und erst herausfinden, was dahintersteckt. Du könntest dabei helfen, das Rätsel zu lösen. Der neutrale Blick eines Außenstehenden ist manchmal ganz nützlich.«

Ihm war nicht entgangen, wie sie ihn gemustert hatte, als er den Einbruch erwähnt hatte. Sie hatte einen Sinn für Gerechtigkeit und verurteilte sein Handeln. Es war besser, wenn sie wusste, wozu er fähig war, denn das hier war kein Spiel.

Ihr Blick veränderte sich von musternd zu entsetzt. Sie presste sich sogar weiter in ihren Sessel hinein, als wolle sie Abstand zu ihm gewinnen. »Warst du das? War das *der* Einbruch, bei dem der Besitzer getötet wurde und es keine Hinweise auf den Täter gab?«, wisperte Nola zutiefst verstört, als sie die Verbindung von Shanes Aussage zu den Nachrichten knüpfte.

Er verzog den Mund und hob abwehrend die Hände. »Ja, das war eine Mission von uns. Ich habe ihn aber nicht getötet und das war auch nicht der Auftrag! Mehr kann ich dir dazu nicht sagen.« Shane konnte unmöglich zugeben, dass die Adler für den Mord verantwortlich waren. Genau genommen war es Daves Schuld. Diese Argumentation würde Nola nicht akzeptieren, so gut kannte Shane sie mittlerweile.

»Ihr habt wirklich Blut an den Händen, nicht wahr?! Wie konnte mein Vater sich auf so einen Geheimbund einlassen?« Nola hatte schwer damit zu kämpfen, zu was die Adler fähig waren und was all die Jahre verborgen im Untergrund geschehen war.

»Wie gesagt, ich habe ihn nicht getötet! Aber du solltest dir keine Illusion darüber machen, was hinter Londons schöner Fassade abläuft«, sagte Shane in einem beruhigenden Tonfall.

Langsam stand er auf und streckte sich. Er wollte es an dieser Stelle gut sein lassen. Nola musste sich unbedingt beruhigen und er wollte die nächsten Schritte planen. Sein Verstand arbeitete schon auf Hochtouren.

Auch Nola erhob sich und wirkte, als würde sie einen inneren Kampf mit sich austragen. Wahrscheinlich ging es darum, ob sie weitere Fragen stellen sollte oder es klüger war, keinen Prostest einzulegen. Shane musste zugeben, dass sie bisher alles relativ gut aufgenommen hatte.

»Danke, dass du mir endlich gesagt hast, was hier los ist. Zumindest einen kleinen Teil davon.« Sie lächelte ihm schwach entgegen. »Wenn ich kann, dann helfe ich dir. Wie gesagt, irgendwie stecke ich in der Sache drin und ich kann nicht zurück. Ich kann nicht so tun, als hätte ich das alles niemals gehört. Außerdem hab ich noch so viele Fragen. Ich muss nur erstmal mit den ganzen Informationen klarkommen.«

Shane sah sie schweigend an und nickte nach einigen Momenten. Ein bisschen Adler steckte wahrhaftig in ihr, wenn sie sich nicht unterkriegen lassen und weitermachen würde.

»Ruh dich aus! Dein Magen wird morgen noch ordentlich wehtun und dich an heute erinnern«, kommandierte er schroff, doch Nola lächelte nur etwas breiter.

Ohne weitere Worte zu verschwenden, verließ Shane zum zweiten Mal an diesem Tag die kleine, gemütliche Wohnung. Hoffentlich würde er nicht bereuen, Nola eingeweiht zu haben. Sein Leben tagtäglich aufs Spiel zu setzen, war eine Sache. Einen anderen Menschen diesem Risiko auszusetzen, eine andere.

⚪ Ersehnter Durchbruch ⚬

Nola hatte kaum geschlafen und sich von einer Seite auf die andere gewälzt. Erst nach und nach verstand sie das Ausmaß von Shanes Geständnis über die Adler.

Die Art, mit der Sword & Eagle Wirtschaft und Politik beeinflusste, konnte nicht rechtens sein, so viel war ihr klar. Er hatte einen Einbruch zugegeben und das war vermutlich die Spitze des Eisbergs. Irgendjemand hatte den Hausbesitzer getötet. Mit großer Wahrscheinlichkeit ein Adler. Nur, weil es nicht Shane gewesen war, sprach ihn das nicht von anderen Straftaten frei. Sie konnte nicht ahnen, was er bereits in der Vergangenheit getan hatte. Nola wollte allerdings herausfinden, wie weit ihr Vater und ihr Großvater in die Machenschaften der Adler verwickelt waren.

Für die Vorlesungen hatte sie absolut keinen Kopf und quälte sich daher erst gar nicht an den Campus. Reichlich müde war Nola aufgestanden und hatte festgestellt, dass Liz glücklicherweise unterwegs war und sie somit nicht mit weiteren Fragen über Shane bombardieren konnte. Ihr Magen schmerzte sehr und so brauchte sie für die Dusche etwas länger als üblich.

Über Nacht waren viele neue Fragen aufgetaucht.

Shane hatte von Regeln gesprochen, die er brach, indem er Nola einweihte. Welche Regeln gab es noch? Wie lief die Mitgliedschaft bei den Adlern überhaupt ab? In der Campus-Zeitung hatte gestanden, dass man ein Leben lang Adler blieb. Das würde ja zutreffen, denn ihr Großvater hatte noch mit den Adlern zu tun. Ihr Vater ebenfalls. Und wie wurde man Mitglied?

Während Nola frühstückte, schickte sie Ben eine Nachricht und fragte nach Shanes Adresse. Er war am Abend zuvor verschwunden, ohne ihr zu sagen, wann sie sich wieder treffen würden. Dabei wollte er doch ihre Hilfe.

Nach den Geständnissen des gestrigen Tages, sträubte sich ein Teil von ihr, Kontakt zu Shane zu haben. Er war ein Krimineller und hatte mindestens einen Einbruch begangen. Obwohl ihr der Verstand riet, so weit wie möglich wegzulaufen, konnte sie es nicht. Shane hatte sie bereits in seinen Bann gezogen.

Sie nutzte die Wartezeit, um ihr Zimmer aufzuräumen und sich mit Liz für den Abend in einem Pub zu verabreden. Endlich kam Bens Antwort, die ewig gedauert hatte. Sein Text klang äußerst erstaunt, dass Nola überhaupt etwas von Shane wissen wollte. Immerhin war es bereits das zweite Mal, dass sie nach dem unsympathischen Studenten fragte. Fairerweise musste Nola Shane zugestehen, dass er gestern eine nette, fürsorgliche Seite hatte durchscheinen lassen. Er hatte sich Sorgen um sie gemacht, obwohl er es überspielt hatte. Sie hatte sich in seiner Gegenwart sicher gefühlt und entgegen aller Vernunft, vertraute sie ihm.

Nachdem sie in ihre Jacke geschlüpft war, bedankte sie sich bei Ben. Mit Tasche und Schal bewaffnet, trat sie in den kühlen Novembertag hinaus und machte sich auf den Weg zu Shanes Wohnung. Sie hätte sich eigentlich denken können, dass er eine exklusive Wohnung in Kensington bewohnte. Mit der U-Bahn war sie schnell in der Gegend und lief das restliche Stück zu Fuß.

Die weißen Fassaden mit den schwarzen, schmiedeeisernen Zäunen blickten ihr entgegen. Sündhaft teure Wagen standen an der Straße und die Hauseingänge waren von verzierten Säulen flankiert. Die Wohnungen im ersten Stockwerk hatten Balkone, auf denen fast überall ein paar Pflanzen standen.

Nola suchte nach der richtigen Nummer und klingelte. Es dauerte ein paar Augenblicke und sie hatte schon fast damit gerechnet, dass Shane doch am College war, als die Sprechanlage knackte. Ein herrisches *Ja?* ertönte. Nachdem sie gefragt hatte, ob sie hinaufkommen konnte, entstand eine Pause. Sie hörte Shane schnaufen und dann summte der Türöffner.

Nola eilte die Treppe in den ersten Stock hinauf und sah Shane mit verschränkten Armen in der Tür stehen. Er wirkte nicht erfreut, sie zu sehen.

»Woher weißt du, wo ich wohne?«

»Ben«, war die kurze Erklärung. »Ich dachte, ich soll dir helfen? Wann willst du die Sache angehen – im nächsten Jahr? Ich kann nichts dafür, wenn du abhaust, ohne das noch einmal anzusprechen.«

Widerwillig löste Shane sich vom Türrahmen und trat soweit zur Seite, dass sie an ihm vorbei in die weitläufige Wohnung treten konnte. Keine Ahnung, was sie erwartet hatte, aber es war sehr freundlich, hell und gemütlich. Solch eine Einrichtung hätte sie ihm gar nicht zugetraut. Man merkte ihr das Staunen an, denn Shane ging kopfschüttelnd an ihr vorbei.

»Okay, setz dich. Ich werde dich ja sowieso nicht los.« Shane deutete auf das anthrazitfarbene Ledersofa, das im großen Wohnzimmer stand. Er verschwand derweil in der Küche, um mit zwei Gläsern Wasser zurückzukehren. »Schade, dass mir die wasserlöslichen Giftkapseln ausgegangen sind«, sagte er, als er ihr das Glas zuschob.

»Ha. Ha. Entscheide dich endlich, ob du mich leiden kannst oder nicht. Wie gesagt, du wolltest meine Hilfe.« Nola verdrehte die Augen. Gestern war er ganz anders gewesen, hatte seine stichelnden Sprüche mal sein gelassen.

Shane winkte ab und berichtete stattdessen, dass er am frühen Morgen bei den Adlern gewesen war. Er hatte herausgefunden, dass ihr Vater einen der höchsten Adler angerufen und um Rat gebeten hatte. Wie vermutet, hatte Nolas Vater den Angriff nicht gewollt. Richard, der besagte Adler, hatte sich um die Angelegenheit gekümmert. Es beruhigte sie, dass ihr Vater ihr das nicht antun würde. Dieser Richard hatte hingegen wohl keinerlei Skrupel.

Schließlich legte Shane eine dünne Mappe auf den Couchtisch. Mit dem Kinn nickte er Nola entgegen, gab ihr die Erlaubnis, hineinzusehen. Er wartete, bis sie fertiggelesen hatte und ihn mit gerunzelter Stirn ansah.

Er erklärte, dass die Unterlagen in der Bibliothek gewesen waren. Sie gehörten dem Orden. Irgendwie war der Orden an die Kopien der Briefe gekommen. Wie Shane gestern erzählt hatte, war Edward der Gründer der Society. Er hatte die Gründer der Adler beschatten lassen, aber nicht viel mit deren Treffen mit Dent anfangen können.

Shane schob eine kurze Erläuterung zu diesem Mr. Dent ein, der das Uhrwerk von Big Ben hergestellt hatte. Shane wollte herausfinden, weshalb der Orden Unterlagen der Society besaß und was das mit den Adlern zu tun hatte.

Wieso hob man solche Dokumente auf? Was hatten die Gründer der Adler mit Dent besprochen? War es ihre Kontaktpflege zu Wissenschaftlern und Erfindern gewesen?

»Ich bin schon im Turm gewesen, habe dort aber nichts entdecken können. Du könntest dir Hintergrundinformationen über Edward John Dent durchlesen und sehen, ob dir etwas Interessantes oder Auffälliges ins Auge springt«, schlug Shane vor.

»Du sagst selbst, dass es merkwürdig ist, die Unterlagen so lange aufzubewahren. Weshalb hat der Orden die Briefe aufgehoben?« Nola fand, dass es gerade nicht relevant war, woher der Orden die Dokumente bekommen hatte. Vielleicht waren sie gestohlen oder sogar absichtlich zugespielt worden.

Wichtiger war hingegen, weshalb es ausgerechnet diese Unterlagen waren. Sie nahm die Kopie des handgeschriebenen Briefes in die Hand und überflog die Zeilen ein zweites Mal.

Den Brief, den Edward an seinen Handlanger Carl geschrieben hatte, fand sie nicht besonders nützlich. Es ging darum, was er in London verpasste, während er anscheinend durchs Land gereist war, um – ja was? – vielleicht neue Mitglieder für die Society zu gewinnen? Oder neue Geldgeber für seine Vision der besonderen Studentenverbindung?

Das war jetzt wirklich nicht wichtig. Nola konzentrierte sich wieder auf den anderen Brief.

»Bei dem Brief, den die Society abgefangen hat, finde ich es zwar nicht ungewöhnlich, dass Zacharias eine Notiz für seine Tochter beigelegt hat, aber es klingt so überzogen. Dieses Gerede von einem kleinen Wirt, der Großes zu tun vermag...«, gab Shane zu bedenken und tippte auf die entsprechende Stelle.

»Ist denn sonst nichts über die zwei Gründer der Adler bekannt? Mehr über ihr Privatleben?« Als Shane verneinte, schlug Nola einen anderen Weg ein. »Gut, dann sollten wir über Dent nachforschen und uns ein paar Stichworte aus dem Brief herauspicken, um zu prüfen, ob überhaupt etwas dahintersteckt. Die Geschichte vom Stein der Weisen ist ganz interessant«, spielte sie auf einen Satz in dem Brief an.

Sie machten sich an die Arbeit und teilten sich Shanes Laptop für die Internetrecherche, damit nicht ständig einer von ihnen mit dem Handy arbeiten musste. Die meiste Zeit war es still in der Wohnung. Hin und wieder notierte einer der beiden ein paar Stichpunkte oder sie unterhielten sich über eine neue Erkenntnis, diskutierten, ob sie relevant war oder nicht.

Die gemeinsame Arbeit war erstaunlich angenehm und Nola erwischte sich bei ein paar Blicken, die sie in seine Richtung warf. Beobachtete, wie er konzentriert einen Text durchging, die Brauen leicht zusammengezogen.

Irgendwann bestellte Shane etwas zu essen, denn die Mittagszeit war lange rum. Zu Nolas Überraschung war es Shanes Kumpel Bleu, der das Essen vom Asiaten brachte und sich dann den Nachforschungen anschloss. Shane vertraute ihm und hatte ihn ebenfalls eingeweiht.

»Wenn in dem Brief irgendein Code steckt, weshalb schickt er ihn an seine Tochter? Es war nicht so, dass Zacharias und William in Lebensgefahr schwebten und sie schnell Hinweise auf etwas verschicken mussten. Wenn er seiner Tochter etwas mitteilen wollte, hätte er warten können, bis er wieder in London war. Zacharias war damals vielleicht Mitte Vierzig. Wie alt war seine Tochter? Hat er ihr überhaupt noch Geschichten vorgelesen? Mann, außerdem sind die Briefe sowieso total verkleckst, dass man kaum was erkennen kann«, teilte Bleu seine Gedanken mit. Frustriert hatte er sich auf der Couch zurückgelehnt.

Nola wusste langsam auch nicht weiter. »Vielleicht hat er seiner Tochter von den Adlern erzählt, sie in alles eingeweiht? Vielleicht haben er und William gemerkt, dass sie beschattet wurden und deshalb hat er ihr den Brief geschrieben. Sie konnten nicht wissen, ob man sie nur beschattet oder sogar töten will. Das kommt darauf an, wie angespannt das Verhältnis zwischen Society und den Adlern zu dieser Zeit schon war. Da würde es Sinn machen, wenn er seiner Tochter Hinweise zu irgendetwas schickt«, schlug Nola nicht ganz überzeugt vor. Bislang war es die sinnvollste Erklärung.

Der Brief von Zacharias an seine Frau war relativ kurz. Wie Bleu angemerkt hatte, waren einige Tintenkleckse auf dem alten Papier. Sie waren am Rand und vereinzelt irgendwo in der Mitte, störten aber nicht besonders. Auf dem Brief an seine Tochter waren die Kleckse häufiger, aber nicht auffällig.

»Wartet mal…« Nola beugte sich tiefer über den Brief und kniff die Augen zusammen. Sofort waren die beiden jungen Männer wieder aufmerksam. »Es hat mich zuerst gar nicht gestört, weil es so natürlich aussieht. Die Tintenkleckse sehen vollkommen normal aus. Aber in dem Brief an die Tochter sitzen sie oft zwischen den

Zeilen und nicht so sehr am Rand. Hier, direkt bei Stein der Weisen und Stein des Magiers. Vielleicht hat Zacharias ausgerechnet mit den scheinbar zufälligen Klecksen Hinweise hinterlassen. Was habt ihr zu den Stichworten im Netz gefunden?«

»Die Alchemisten haben nach dem Stein der Weisen gesucht. Mit dem Stein wollten sie aus unedlen Metallen Gold gewinnen.« Bleu hatte wie aus der Pistole geschossen geantwortet und sein unergründlicher Blick ruhte auf Nola.

»Die Formulierung von ‚deiner Geschichte vom Stein der Weisen‘ und ‚unser Stein des Magiers‘ ist merkwürdig. Die Kleckse sind genau an den Stellen, aber was machen wir daraus?«, wollte Shane wissen und alle drei brüteten über den Stichworten. Es passte nicht zu den Adlern, dass sie sich mit Hokuspokus beschäftigten, denn laut Shane waren die Gründer mit zahlreichen Wissenschaftlern vernetzt gewesen.

Nola angelte nach Shanes Laptop und gab die Begriffe Alchemie, Magier und Naturwissenschaften ein. Sie überflog die ersten Einträge ohne Erfolg. Auf der fünften oder sechsten Seite wurde sie fündig und drehte den Bildschirm zu den anderen beiden um.

»Newton. Er hat an der Alchemie und den Naturwissenschaften gearbeitet. Und er wurde als der letzte Magier betitelt. Klingelt da etwas bei euch?«

Shane stieß ein Geräusch aus, welches deutlich machte, dass ihm soeben etwas eingefallen war. »Bei

Newton klingelt es nicht direkt, aber wir haben ein paar Bücher und Gegenstände von ihm bei Sword & Eagle. Gehen wir mal davon aus, dass Zacharias seiner Tochter tatsächlich immer von einer Geschichte vom Stein der Weisen erzählt hat. Er kann Newton durchaus erwähnt haben. Er schreibt von *unserem* Stein des Magiers. Vielleicht haben er und seine Tochter Ann sich einen gemeinsamen Stein ausgesucht, weil die Kleine von der Geschichte so fasziniert war?«, schlug er vor.

Sie waren sich einig, dass es ein Hinweis war. Zahlreiche Fragen türmten sich auf. Was für eine Art Stein war es? Wie sah er aus? Gab es ihn noch immer? Wo war er? Gab es Erben von Zacharias Thompson, die dessen Nachlass besaßen?

Shane beschloss, ins Hauptquartier der Adler zu gehen und sich die Gegenstände anzusehen, die dort mit Newton zu tun hatten. Ob die Sachen ursprünglich sogar Zacharias Thompson gehört hatten, wusste er nicht zu sagen, aber möglich war es.

Bleu und Nola blieben zurück und kümmerten sich um den zweiten Teil des Briefes. Nach dem kleinen Durchbruch waren sie voller Tatendrang und hofften, noch etwas herauszufinden.

Am frühen Abend kehrte Shane endlich zurück. Nola zuckte erschrocken zusammen, als sie den Schlüssel im Schloss hörte. Es war vollkommen still um sie herum gewesen. Angespannt sah sie zu Shane und auch Bleu schien nicht viel Geduld zu haben. Er fragte sofort, ob sein Kumpel fündig geworden war.

Ein überhebliches Grinsen trat auf Shanes markante Züge. Nola ärgerte sich kurz darüber, dass er selbst in einer solchen Lage seine Überlegenheit demonstrieren musste. Dann überwog die Freude, dass sie Recht behalten hatte.

Aus der Innentasche seiner Lederjacke zog Shane eine graue Platte aus Stein. Sie war flach und rund. Im Durchmesser vielleicht zehn oder fünfzehn Zentimeter. Zahlreiche Symbole waren darauf eingeritzt.

Laut Shane wurden die Bücher von Newton in der Bibliothek der Adler verwahrt. Dort hatte er zuerst nachgesehen, was etwas Zeit in Anspruch genommen hatte. Erst später war ihm das kleine Teleskop-Modell eingefallen, das in einem der Freizeiträume stand und von Newton gebaut worden war.

Er hatte das Teil auf den Kopf gestellt und genauestens von allen Seiten betrachtet. Am Teleskop selbst war ihm nichts aufgefallen, aber das Gerät war an einer runden Bodenplatte befestigt, die neuer wirkte als das Teleskop.

Bis er den Mechanismus gefunden hatte, der den unteren Teil öffnete und die Scheibe freigab, war noch einmal eine gute halbe Stunde vergangen.

Er hatte wahllos an dem Teleskop herumgedreht, überall gedrückt, um verborgene Schalter zu betätigen.

Letztlich hatte er das Teleskop nach Norden ausgerichtet – N wie Newton – da auf der Bodenplatte die Himmelsrichtungen eingraviert worden waren. Als er dann auf eine kleine seitliche Fläche gekommen war, die an dem Modell lediglich die Verstellmöglichkeiten eines Teleskops darstellen sollte, war ein leises Klicken zu hören gewesen.

Was sie jetzt allerdings mit der Platte anfangen sollten, wussten die drei noch nicht. Bleu und Nola waren mit der Lösung des zweiten Teils nicht weitergekommen. Allerdings rauchten ihnen dermaßen die Köpfe, dass an diesem Tag nicht mehr viel Sinnvolles herauskommen würde.

Nola für ihren Teil strich die Segel. Vor allem, weil sie noch mit Liz zum Pubabend verabredet war.

***

Vermutlich würde Nola sich in den nächsten Tagen noch mal mit Shane und Bleu zusammensetzen. Vielleicht kamen sie dem nächsten Teil des Rätsels dann gemeinsam auf die Spur.

Nachdem sie den ganzen Tag drinnen verbracht hatte, tat ihr die frische Luft jetzt umso besser. Sie genoss den Weg zum Pub, wobei zwischendurch unschöne Erinnerungen an den gestrigen Angriff hochkamen. Das bedrückende Gefühl legte sich erst wieder, sobald sie einen prüfenden Blick über die Schulter geworfen hatte und alleine war.

Das gemütliche Pub, in dem sie schon einmal mit Liz gewesen war, war gut besucht. Dennoch fand sie ihre Freundin relativ schnell an einem der Tische.

»Hey! Da bist du ja. Ich habe uns beiden einfach schon ein Guinness bestellt«, begrüßte Liz sie fröhlich. »Wo hast du dich denn heute rumgetrieben? Daheim warst du nicht und freitags hast du doch gar nicht so lange Uni?«

»Ach, ich habe mich mit Shane getroffen«, sagte Nola und ließ es klingen, als wäre es keine große Sache.

Sie wollte Liz nicht darüber belügen, mit wem sie unterwegs war. Die Freundschaft zwischen den Mädels hatte sich schnell aufgebaut und Nola wollte sie nicht zerstören.

»Mhm. Mit dem Kotzbrocken also. Ich verstehe nicht ganz, wie du überhaupt mit ihm abhängen kannst, da du ihn eigentlich nicht leiden kannst. Ich hab dir ja gesagt, dass Oli nicht viel Gutes über Shane gehört hat. So ein typischer Kerl aus reichem Haus, dem die Leute alles nachtragen müssen. Ich finde ihn unsympathisch. Wie eingebildet der gestern gewirkt hat, als der bei uns aufgekreuzt ist, schrecklich.«

Obwohl Liz wusste, dass Shane Nola gestern geholfen hatte, konnte es ihre Vorbehalte nicht wegwischen. »Mich wundert es nur. Du hast von Anfang an über ihn geschimpft, jetzt so eine Kehrtwende. Ich finde, Oli hat

Recht und du solltest dich von Shane fernhalten. Der ist mir nicht geheuer. Im Grunde musst du wissen, ob du dich mit ihm abgeben willst. Das ist nur meine Meinung. Pass auf dich auf, ja?«

Nola konnte ihrer Freundin nicht böse sein, da sie sich bloß Sorgen machte. Liz kannte Shane nicht und die Abneigung gegen ihn war verständlich. Gestern und heute hatte Nola einen ruhigeren und netteren Shane kennengelernt. Wieder einmal zeigte sich, dass mehr hinter einer Person steckte, als man zunächst annahm.

»In Ordnung. Ich werde aufpassen. Wobei Shane wirklich netter ist, als es den Anschein macht. Ich hab mich vom Gegenteil überzeugen lassen, obwohl ich vorher über ihn gemeckert habe. Aber jetzt erzähl mir von deinem Date mit Ethan. Ich hab ihn ja noch nicht zu Gesicht bekommen und ihr seid schon drei Mal ausgegangen«, begann Nola ein ganz anderes Thema und grinste ihrer Freundin strahlend entgegen.

In dem Moment zwickte etwas schmerzhaft in ihrem Nacken. Ihre Kette hatte sich wohl etwas verdreht und die Haut eingeklemmt. Die Stelle im Nacken brannte unangenehm. Schuld daran war Oli, der ihr eine Hand auf die Schulter gelegt hatte und somit auf sich aufmerksam machte.

»Hallo die Damen! Ich hoffe, ich bin relativ pünktlich? Ich wollte mir den Abend mit euch nicht entgehen lassen«, grüßte er gut gelaunt.

Irgendwie fühlte Nola sich schlagartig befangen. Sie dachte daran, dass Oli zum Orden gehörte, mit dem sich Shane und Bleu geschlagen hatten. Die Unterlagen aus der Bibliothek stammten ebenfalls von der Studentenverbindung, der Oli beigetreten war. Ob er wusste, was dort geschah? Shane hatte ihr nicht gesagt, ob er Oliver auf der Liste gefunden hatte.

Sie schaffte es, sich während des Abends nichts anmerken zu lassen. Nicht zum ersten Mal fragte Nola sich, wie sie überhaupt in all das hatte geraten können. War dieser Weg automatisch für sie bestimmt gewesen, allein weil ihre Familie zu den Adlern gehörte? Jetzt steckte sie mittendrin und wusste noch immer zu wenig über diese Feindschaft zwischen den drei noch bestehenden Geheimbünden.

❧ Das zweite Rätsel ☙

Shane konnte sein gehässiges Grinsen nicht unterdrücken. Ein Mitglied aus seinem Team war soeben bei ihm gewesen und hatte die gewünschten Informationen überbracht. Obwohl Shane nebenbei mit Bleu und Nola Recherchen betrieb, von denen niemand etwas wusste, musste das Tagesgeschäft weiterlaufen.

Für ihn bedeutete das konkret, dass er sich um die Angelegenheiten der Adler kümmern musste. Es galt zu erfahren, was der Orden als Nächstes plante. Mit welchen Schritten konnten die Adler ihm zuvorkommen und sich ein für alle Mal von dem leidigen Feind befreien?

Mit dem neuen Wissen, das sein Team mit einer simplen Überwachung herausbekommen hatte, war Shane auf dem Weg zu Richard. Zwar konnte er Richard nicht ausstehen, aber Shane hatte sich in gewissem Maß an die Regeln und Strukturen zu halten. Sword & Eagle war ihm wichtig und so gehörte der Verhaltenskodex dazu.

Er überwand sich, wenigstens einmal an Richards Bürotür zu klopfen, ehe er sie öffnete. Die unglaubliche Freude mit dem jeweils anderen zu tun zu haben, spiegelte sich auch auf Richards Gesicht wider.

»Cavendish. Ich würde sagen, dass es eine Freude ist dich zu sehen, aber das wäre gelogen. Was kann ich für dich tun?«, kam Richard ungeduldig auf den Punkt. Shane war das nur recht.

»Du erinnerst dich sicherlich an die misslungene Aktion im Hyde Park, da du dich insgeheim an meinem Scheitern erheitert hast. Wir haben immer angenommen, dass der Orden fünf Personen in einem Jahrgang rekrutiert und dann tauchen nur drei Leute dort auf. Es erschien mir von Anfang an verdächtig. Ich habe zwei meiner Leute darauf angesetzt, weil ich glaubte, dass uns jemand einen Bären aufgebunden hat.«

Richard seufzte theatralisch und legte die Fingerspitzen seiner Hände aneinander. Aufmerksam musterte er Shane, wartete darauf, dass er fortfuhr. »Und nun überlegst du dir abstruse Verschwörungstheorien, die eventuell mit mir zu tun haben?«, fragte er, als von Shane nichts mehr kam.

»Mach dich nicht lächerlich. Dazu wärst du zu gerissen. Die Aktion ist nicht dein Niveau. Es war Dave, der uns verraten hat. Er hat Bleu und mir die Unterlagen für den Auftrag gegeben. Er sagte uns, dass an dem Abend die Rekrutierung der neuen Ordensmitglieder stattfinden soll. Woher hatte er diese Information? Dave, so gut trainiert er von dir und den anderen sein mag, ist ein Idiot. Er hat sich gestern Abend mit einem Ordensbruder getroffen, ohne auf seine Umgebung zu achten oder weitere Sicherheitsvorkehrungen zu treffen.«

Ein Schlag donnerte durch den Raum, als Richard mit der Faust auf den Tisch schlug. Seine Miene war vor Wut verzerrt und es hielt ihn nicht länger auf dem Stuhl. Wenigstens war Richard ausnahmsweise auf jemand anderen sauer, wie Shane amüsiert feststellte.

»Dieser miese Verräter! Wir haben ihn in unsere Reihen aufgenommen und dann fällt er uns in den Rücken! Er sollte uns besser kennen, denn das wird nicht ungestraft bleiben. Er hatte die Chance sich ein weiteres Mal zu beweisen und setzt es grandios in den Sand«, spie Richard aufgebracht aus.

Da hatte Dave wohl nicht mit seiner Versetzung ins interne Team leben können und war zum Feind übergelaufen. Hatte der Typ nicht weit genug gedacht, dass der Orden wohl kaum jemanden von einer anderen Universität annehmen würde!? Dave war noch dümmer, als Shane es für möglich gehalten hatte. Wie war er überhaupt zu den Adlern gekommen? Da zeigte sich einmal mehr, dass es nicht ausreichte, von Adlern abzustammen. Darüber hinaus musste man sich selbst als würdig erweisen. Dave hatte auf ganzer Linie versagt und würde den guten Namen seiner Familie mit sich in den Dreck ziehen.

»Ich werde die neuen Informationen nutzen und das Ordensmitglied unter Druck setzen, mit dem Dave Kontakt hat. Gut möglich, dass wir etwas Neues erfahren. Mein Team bringt dir nachher den offiziellen Bericht.« Shane wollte sich nicht sagen lassen, dass er jemanden ohne Beweise in Schwierigkeiten brachte. Er hatte es nicht nötig, ein falsches Spiel zu spielen, um jemanden an den Pranger zu liefern. Vor allem ging es nicht um das persönliche Problem mit Dave, sondern dessen Verrat an allen Adlern.

Richard konnte ihm nur noch knapp zunicken, so sehr war er in Rage. Der beste Moment, um sich zurückzuziehen. Jetzt lag es in Richards Händen, sich um Dave zu kümmern. Die Loge beriet üblicherweise über das Fehlverhalten eines Mitgliedes und legte gemeinsam eine Strafe fest. Dave hatte jedenfalls den wichtigsten Grundsatz vergessen: Einmal ein Adler, auf ewig ein Adler!

***

Sehr mit sich und vor allem seinem Team zufrieden, machte Shane sich an diesem Sonntag auf den Rückweg zu seiner Wohnung. Die grauen Wolken und der einsetzende Regen konnten die Stimmung nicht trüben, denn er hatte ein internes Leck stopfen können.

Erst als er von der U-Bahn zu seiner Wohnung lief und dem Hauseingang immer näherkam, traten die ersten Falten auf seine nun gerunzelte Stirn und Sorge breitete sich wie Säure in seiner Brust aus. Auf der niedrigen Mauer vor der Tür saß Nola mit einer viel zu großen Jacke. Daneben stand Bleu, mit der Schulter an die Säule gelehnt und die Arme vor dem Oberkörper verschränkt. Besorgt blickte sein Kumpel auf die Braunhaarige hinunter. Beide sahen auf, als Shane näherkam.

Shane und Bleu hatten am Morgen beschlossen, dass sie sich heute an den zweiten Teil des Briefes setzen wollten. Anstatt Nola Bescheid zu sagen, hatte Bleu sie einfach einsammeln wollen, während Shane bei Richard war. Von daher war Shane nicht verwundert, beide hier zu sehen.

»Was ist denn hier los? Trauer wegen des Regenwetters?«, wandte er sich bemüht locker an die beiden. Tatsächlich sahen sie so aus, als wären sie in einen der heftigen Regenschauer geraten, die vorhin gewütet hatten.

»Ich bin bei Nola vorbei, um sie abzuholen. Sie hatte schon Besuch. Von Ordens-Oli. Jetzt mach mal endlich auf. Ich brauch einen Kaffee und langsam wird's mir kalt, du ungehobelter Schnösel«, sagte Bleu eher im Spaß zu Shane. Er wusste, wie weit er sich mit solchen Sprüchen bei Shane aus dem Fenster lehnen konnte.

Zu dritt gingen sie hinauf in die Wohnung. Shane warf Nola immer wieder einen Seitenblick zu, da sie ziemlich blass aussah. In der Wohnung schälte sich Nola aus Bleus Jacke, dann aus ihrer. Der wiederum verschwand in der Küche und Sekunden später zog Kaffeeduft durch die Wohnung. Kurz schaute Bleu aus der Küche und fragte, ob jemand einen Kaffee oder Tee haben wollte. Schließlich saßen sie gemeinsam auf der dunklen Couch.

»Und was ist jetzt passiert, dass ihr so deprimiert aus der Wäsche schaut?« Konnte nicht einmal jemand von sich aus zu erzählen beginnen? Musste man immer nachbohren? Shane konnte sich über so ein Verhalten wirklich aufregen.

»Es ist gar nicht viel passiert. Oli tauchte auf und meinte, dass er mit Liz verabredet sei, die aber eine Bahn verpasst habe. Dann fing er an, mich über dich auszufragen. Er hätte ja mitbekommen, dass wir jetzt hin und wieder miteinander sprechen. Was denn meine Recherchen zu den Adlern machen und ob du einer von ihnen bist. Als ich ausgewichen bin und das abgetan habe, sind seine Fragen konkreter geworden. Woher ich wissen würde, dass man dir trauen kann und so weiter. Er hat mich durch seine Art plötzlich eingeschüchtert, obwohl er sonst immer unglaublich freundlich und lustig ist. Ich hab zu ihm gesagt, dass es ihn nichts angeht, mit wem ich zu tun habe und da hat er sich drohend vor mir aufgebaut. Er hat mich so fest am Oberarm gepackt, dass es wehgetan hat. Bleu hat geklingelt und ich konnte von meiner Position aus auf den Türöffner drücken«, berichtete Nola. Sie fuhr sich fahrig mit einer Hand über den Nacken, kratzte kurz an einer Stelle und begann, an ihrem Kettenanhänger zu spielen. Dann schnappte sie sich eine warme Tasse Tee, die Bleu mit aus der Küche gebracht hatte. Schien eine tröstende Wirkung auf sie zu haben, wie schon am Donnerstagabend nach dem Angriff auf sie.

»Als ich oben ankam und in den Flur bin, stand er direkt vor ihr und quatschte irgendwas davon, dass sie es bitter bereuen würde, sich für die falschen Leute zu entscheiden. Dass er und Liz nur das Beste für sie wollen. Noch keine wirklich bedrohliche Situation, aber keine Ahnung wie der Kerl drauf ist und was hätte passieren können. Nola ist etwas durch den Wind. Auf dem Weg hierhin sind wir dann noch in den Regenschauer gekommen«, beendete Bleu die kurze Berichterstattung.

»Es war auf jeden Fall gut, dass du sie abgeholt hast. Ich sagte ja, dass sie zwischen die Fronten geraten könnte. Ich gucke gleich in den Unterlagen nach, ob ich Olivers Namen finde und ob sonst etwas zu ihm vermerkt ist. Oliver Ward, nicht wahr? Ist bei dir sonst alles okay?« Eindringlich sah er zu Nola, die jetzt noch einmal deutlich verstanden hatte, dass dies hier kein Spiel war. Sie hatte sich auf die Seite der Adler gestellt und war von nun an in Gefahr. Langsam nickte sie ihm zu und bedankte sich murmelnd.

Da Shane ihr von den Adlern erzählt hatte, fühlte er sich verantwortlich, würde ihr etwas zustoßen. Der ängstliche, eingeschüchterte Ausdruck in ihren Augen passte nicht zu Nola und deshalb ärgerte es Shane, sie nicht selbst abgeholt zu haben.

Wahrscheinlich um sich abzulenken, bat Nola um die Mappe mit den Briefen. Das war immerhin der Zweck ihres Treffens. Shane ließ sie die Briefe in Ruhe lesen und informierte Bleu derweil über die Vorgänge bei den Adlern. Danach konzentrierten sie sich ebenfalls wieder auf das Rätsel im Brief.

»Wir haben vorgestern lange darüber gebrütet und sind nicht weitergekommen. Unter dem Wort ‚einsperren' ist einer der Tintenkleckse, aber damit konnten wir nichts anfangen. Zacharias machte seiner Tochter Mut, dass sie alles erreichen kann und nach den Sternen greifen soll, sich niemals einsperren lassen soll. Wieso direkt einsperren?«, kurbelte Nola die Überlegungen wieder an.

Etwas schwerfällig dachte Shane sich in das Thema hinein. Eben war er mit den Gedanken bei anderen Angelegenheiten gewesen, aber nun galt es wieder umzuschalten. Er musste zugeben, dass Nola bisher eine sehr große Hilfe war. Sie war clever und drehte nicht ab, weil sie jetzt über die Adler Bescheid wusste.

Zu Beginn hatte er sie bloß als hübsche neue Studentin abgestempelt, die nervige Fragen stellte. Das Bild hatte sich deutlich gewandelt. Er hielt insgeheim große Stücke auf sie und war froh, sie in die Recherchen einbezogen zu haben. Er konnte ihr derzeit mehr vertrauen, als manchem Adler. Hinzu kam, dass er Zeit mit ihr verbringen wollte, weil er sie mochte. Zugeben würde Shane das allerdings nicht.

»Es geht nicht um den Grund, weshalb man sie einsperren könnte. Der erste Teil hat uns die flache Steinplatte gebracht, dann wird uns der zweite Teil nicht zu einer Straftat von Ann bringen«, sagte Bleu.

»Wo einsperren? In einen Kerker? Einen Keller?«, fragte Nola weiter und gab den Spielball wieder ab.

»Im Tower of London. Das ist *der* Ort, an dem man damals die Leute einsperrte«, warf Shane ein. Was hatte da zu Beginn des zweiten Absatzes gestanden? Er angelte nach dem Brief, der in Nolas Nähe lag. Dabei berührte er ihren Arm zufällig mit den Fingerspitzen und löste einen kleinen Stromschlag aus, was beide aufsehen ließ. Ein paar Sekunden verstrichen, dann räusperte Shane sich. Was sollte das? Er musste sich auf das Rätsel konzentrieren!

Die Tintenflecke zeigten an, welche Worte zu beachten waren. »Hey, das würde doch Sinn machen. Ich weiß zwar nichts mit dem Wirt oder den Sternen anzufangen, aber dem Salz. Es gibt einen Salzturm im Tower of London«, bot Shane als eventuelle Lösung an.

Bleu, der dem Laptop am nächsten saß, tippte die Kombination in die Suchmaske ein und begann dann leicht zu nicken. »Es gibt einen Salt Tower, genau. Er befindet sich in der südöstlichen Ecke der Anlage.« Fragend hob er den Blick in die Runde.

Shane nahm ihm den Laptop weg und tippte seinerseits etwas ein. Das Rätsel dufte nicht so schwer sein, dass es niemand lösen konnte. Gleichzeitig waren die

Hinweise nicht zu offensichtlich und an die Steinplatte konnte man nur gelangen, wenn man ein Adler war. Gut, was hatte es also mit dem Salzturm auf sich?

Ein Grinsen trat auf seine Züge. »Es haben ein paar Leute in diesem Turm eingesessen. Abgesehen davon, dass der Turm 1856-1857 von Anthony Selvin renoviert wurde, der, wie wir Adler wissen, ein Bekannter von Zacharias war… « Shane ließ diese erste Information wirken und erkannte auf den Gesichtern der anderen beiden den Triumph, das zweite Rätsel wohl gelöst zu haben.

»… Saß dort mal ein Hew Draper ein. Der Typ war Hobby-Astronom und Wirt! Ihm wurde vorgeworfen, Zauberei zu betreiben und so hat man ihn eingesperrt. Spannender ist aber, dass er eine astrologische Karte in seine Zellenwand eingraviert hat. Seht euch mal die runde Vertiefung an. Was da wohl reinpassen könnte… *Schau einfach in den Sternenhimmel hinauf, suche die Sternbilder, die ich dir gezeigt habe.* Das war es, was Zacharias schrieb.« Shane stellte den Laptop zurück auf den Tisch. Wenn das mal kein Anhaltspunkt war, wusste er auch nicht! Die Steinscheibe, die er gefunden hatte, könnte perfekt in die Karte an der Wand des Towers passen.

»Hat der Tower sonntags geöffnet?«

Bleus Frage war schnell beantwortet. Sie sprangen auf und zogen die Jacken an. Der Regen war vergessen, denn sie konnten nicht warten und mussten diesem neuen Hinweis unbedingt nachgehen.

***

Die nächstgelegene U-Bahn-Station spuckte die drei zurück hinauf auf die Straße und sie eilten zum Ticketstand. Den bewundernden Blick über die Themse überließen sie den Touristen, die trotz des schlechter werdenden Wetters unterwegs waren.

Um nicht zu auffällig zu sein, drosselten sie ihr Tempo, als sie die Festungsanlage betraten. Nola war noch nie im Tower gewesen und sah sich staunend um. Für eine Rundführung hatten sie keine Zeit, weshalb Shane sie weiterscheuchte. Dank des Übersichtsplans fanden sie den Weg zum inneren Festungsring sehr schnell und schritten die Mauer nach Osten entlang. Am Ende wartete der Salt Tower auf sie.

»Wisst ihr, wo wir suchen müssen?«, fragte Nola und beäugte das karge Gemäuer ehrfürchtig.

Eine Antwort erübrigte sich. Der Turm war nicht sehr groß und hinter einer Plexiglasscheibe an einer Wand neben einer Tür sahen sie schon die eingeritzte astrologische Karte. Die Karte war ungefähr auf Hüfthöhe und gar nicht so groß, wie Shane erwartet hatte.

Vielleicht sechzig Zentimeter breit und fünfzig hoch. Zwei Drittel machte eine quadratische Fläche aus, mit Zahlen umrandet. In dem Rahmen war ein schmaler

Kreisrand. Auf dem Kreis waren, wie auf einer Uhr, zwölf Symbole für die Sternzeichen eingraviert. In der restlichen Fläche des Kreises waren Verbindungslinien zwischen den Zeichen gezogen. Genau in der Mitte prangte ein Loch, in das die Steinplatte der Adler perfekt passen könnte. Auf der verbleibenden Fläche der Karte waren verschiedene Symbole und astrologische Zeichen in kleinen Feldern eingeritzt.

Schwieriger als die Karte zu finden, würde es werden, die Plexiglasscheibe zu entfernen. Hier konnten jederzeit andere Besucher aufkreuzen oder aber man entdeckte die drei auf den Kameras. Sie mussten sich etwas einfallen lassen.

»Bleu kannst du dich um die Kameras kümmern? Nola, stell dich an die Tür und sag mir Bescheid, wenn jemand kommt.«

Bleu musste sich um zwei Kameras kümmern. Er griff in seine Tasche und kramte zwei kleine Metallplättchen hervor. Er streckte sich, um das kleine Wunder der Technik an der rundlichen Kamera anzubringen. Auf seinem Handy stellte er die Verbindung her und fügte ein Standbild ein. Hätte er die Videoübertragung unterbrochen, wäre zu schnell jemand hergekommen, um den Fehler zu beheben.

Shane wartete ein paar Momente und machte sich dann daran, die kleinen Abdeckungen in den Ecken der Scheibe mit einem Taschenmesser abzuhebeln und die Schrauben darunter zum Vorschein zu bringen. Das

Messer hätte er beim Eingang abgeben müssen, hätte man es beim Sicherheitscheck bemerkt. So klappte Shane den schmalen Schraubenzieher des Multifunktionsmessers ungestört aus und begann damit, die Schrauben herauszudrehen.

Nolas aufgeregtes Zischen schreckte ihn auf. Besucher waren auf dem Weg hierher. Shane schob zwei Schrauben, das Messer und die Chromkappen in die Hosentasche und stellte sich vor die eingeritzte Karte, als würde er sie bewundern. Die Plexiglasscheibe hing noch an der Wand. Er drängte eine aufkeimende Aufregung zurück. Falls es schiefging, musste er einen kühlen Kopf bewahren und schnell handeln.

Ein Pärchen betrat den Turm und grüßte freundlich. Shanes Hand zuckte bereits, als der Mann näher an die Karte heranging. Unweigerlich hielt er die Luft an. Sekunden verstrichen.

Dann wich der Mann glücklicherweise zurück und die beiden verschwanden wieder aus dem Turm. Shane setzte seine Arbeit eilig fort. Sekunden später stellte er die durchsichtige Scheibe auf den Boden.

»Bleu, die Steinplatte...«, bat er mit gedämpfter Stimme und kniete sich vor die Steinkarte.

Vorsichtig setzte Bleu die Scheibe in die Vertiefung, die wie dafür gemacht schien. Dabei war es anders herum. Die Steinplatte war nachträglich hergestellt und an diese Karte angepasst worden.

Es geschah... nichts.

Verdammt! An welchem Sternzeichen sollten sie sich orientieren, um die Scheibe auszurichten? Oder musste man auf der linken Fläche zusätzlich irgendwelche Kombinationen auf den Feldern drücken? Wobei sich dort die Symbole der Sternzeichen ständig wiederholten und man nicht wissen konnte, auf welches Feld man drücken sollte. Ungeduldig trommelte Shane mit den Fingern auf seinen Oberschenkel.

Die Gravuren auf der runden Steinplatte, die sie mitgebracht hatten, waren ähnlich der Vorlage. Die zwölf Sternzeichen waren dort abgebildet, verbunden durch Linien und verzierende Symbole in der Mitte.

»Und jetzt? Steht ein Sternzeichen in besonderem Maß für uns Adler oder unsere Werte? Müssen wir das Sternzeichen von Zacharias wissen? Oder das seiner Tochter? Wir haben keine Zeit!«, sagte Bleu. Er schien ebenso überfragt zu sein wie Shane. »Wenn wir es nicht so eng sehen, könnte der Pfeil des Schützen als Schwert durchgehen. Immerhin wäre es eine Waffe.«

Ein Versuch war es wert, doch es geschah nichts, sobald sie die kleine Steinplatte Schütze auf Schütze ausgerichtet hatten.

»Das gleiche Symbol wäre zu leicht. Zacharias hat bestimmt zwei verschiedene genommen, um es einem Außenstehenden nicht zu leicht zu machen. Okay, die Adler sind im Oktober gegründet worden. Das wäre…Waage oder Skorpion«, konnte Shane vorschlagen, nachdem er rasch das Handy wegen der Sternzeichen befragt hatte. »Er musste sichergehen, dass man das hier nach Jahrhunderten noch lösen kann und keins der Zeichen hat direkt mit uns zu tun. Was liegt als zweites Symbol nahe?«

Wortlos zeigte Bleu nach oben. Am oberen Rand der Karte hatte Hew Draper eingeritzt, wann er dieses Werk vollendet hatte. 30. Mai 1561.

Sie versuchten es mit dem Sternzeichen Zwilling für Mai. Die Gravuren an der Wand waren mittlerweile so schlecht erhalten, dass die beiden munter rätseln mussten, welches Symbol tatsächlich für was stand. Die Zeit arbeitete gegen sie.

Bleu drehte die Scheibe mit dem Symbol der Waage, bis er auf der Wandkarte beim Zeichen für Zwillinge angelangt war. Nichts. Er drehte Skorpion zu Zwilling. Wieder nichts.

»Mist. Was gibt es noch?«, drängte Bleu.

»Moment...« Shane nestelte hektisch an seinem Handy herum. »Der Typ, der den Turm restauriert hat, ist im Oktober geboren. Waage. Probier das. Skorpion auf der Scheibe, Waage außen auf der Karte.«

Bleu drehte die Scheibe weiter. Stein kratzte auf Stein. Dann lagen die Symbole gegenüber.

Ein sattes Klacken ertönte.

Beide atmeten sie erleichtert auf, beeilten sich dennoch weiterhin.

Links im Durchgang, der direkt an die astrologische Karte grenzte, hatte sich ein Fach geöffnet. Es war relativ weit oben hinter einem flachen, glatten Stein. Shane kam ohne Probleme dran und zog eine kleine, verstaubte Schachtel hervor.

Ohne sich den Fund weiter anzusehen, schob er ihn in die innere Jackentasche. Prüfend fühlte Shane ein zweites Mal, ob wirklich nichts mehr in dem Geheimfach war. Dann drückte er den Stein wieder gegen die Wand, um das Fach zu verschließen. Bleu holte die runde Steinplatte aus der Karte heraus.

Sie machten sich an die Arbeit, die Plexiglasscheibe wieder festzuschrauben. Als Shane die Chromkappen auf die Schrauben drückte, stellte Bleu die Kameras auf das aktuelle Bild ein und ließ die Metallplättchen verschwinden, die ihm den Zugang zu den Kamerabildern geliefert hatten.

Die gesamte Aktion hatte viel länger gedauert als gedacht. Jetzt mussten sie sehen, dass sie hier wegkamen.

»Habt ihr was?« Nola stand zappelig am Eingang und sah die beiden ungeduldig an, als sie endlich heraustraten.

»Ja, aber lass uns erst verschwinden.« Mit einer Hand auf ihrem Rücken schob er sie sanft weiter. Shane wollte sich die Schachtel in Ruhe anschauen und nicht unter Strom stehen müssen. Ähnlich wie in der Bibliothek hatten sie nichts Illegales getan, dennoch konnte man es ihnen so auslegen. Shane wollte es nicht drauf ankommen lassen.

***

Auf direktem Weg fuhren sie zurück zu Shanes Wohnung. In der U-Bahn entspannten sich die Jungs endlich wieder. Nola war hingegen unruhig und ungeduldig. Sie hatte nicht mitbekommen, was sich drinnen abgespielt hatte und war umso neugieriger. Was hatte Shane entdeckt?

Sie erklommen die Stufen und schlängelten sich durch die weniger belebten Straßen des Stadtteils, als ihnen plötzlich ein paar Leute den Weg abschnitten.

Nola hatte ein Déjà-vu und dachte sofort an den Angriff zurück. Ihr Magen zog sich ängstlich zusammen. Die Jungs waren stehen geblieben und wirkten extrem angespannt. Shane schob Nola hinter sich. »Halt dich zurück, ja?!«, forderte er leise

Zwei Leute, die sich die Kapuzen tief ins Gesicht gezogen hatten, kamen näher. »Rückt einfach raus, was ihr im Tower gefunden habt und es wird vielleicht nicht ganz so schmerzhaft für euch«, sprach einer der Männer seine Forderung aus.

Woher wussten die Typen davon? Zu welcher Gruppe mochten sie gehören? Wieso rührten Shane und Bleu sich nicht?

In der nächsten Sekunde kam schlagartig Bewegung in die Sache. Shane hechtete nach vorne, um einen der Männer von den Füßen zu reißen. Bleu drehte sich mit Schwung um, da er die drei weiteren Personen hinter sich, im Gegensatz zu Nola, bemerkt hatte. Noch in der Drehung verpasste er dem ersten Kerl einen Tritt seitlich gegen den Kopf.

Zum ersten Mal erlebte Nola, wie sich etwas binnen weniger Millisekunden ereignen konnte und man es trotzdem wie in Zeitlupe vor sich sah.

Sie hörte Shane rufen, dass sie sich ducken sollte. Wie automatisch ging Nola in eine gebeugte Haltung und trat gleichzeitig einige Schritte zurück an die nächste Hauswand.

Sie stieß gerade mit dem Rücken an die Steinfassade, als sie ein Knallen hörte. Ungläubig sah sie auf sie Szene vor sich. Ein Schuss war gefallen. Einer der Kapuzenmänner hatte eine Waffe gezogen. Bleu hatte sich zwar rechtzeitig rettend zur Seite drehen können, aber sein Oberschenkel hatte einen Streifschuss abbekommen.

Der Kampf ging weiter. Fünf Männer waren es insgesamt, die sich mit Shane und Bleu anlegten. Nola überlegte fieberhaft, wie sie helfen konnte. Als hätte er es geahnt, sah Shane zu ihr hinüber und schüttelte fast unmerklich den Kopf. »Lauf!«, stieß er aus und musste in eine Abwehrhaltung gehen, da er gerade von zwei Angreifern in die Mangel genommen wurde.

Wie sich die zwei Adler bewegten war faszinierend. Geschickt drehten sie sich aus den brenzligen Situationen, hechteten mit einer Rolle nach vorne oder setzten gezielte Schläge und Tritte. Sie kämpften nicht zum ersten Mal und Nola war sich sicher, dass die beiden professionelles Training genossen hatten. Sie teilten mehr aus, als sie einstecken mussten und es sah gar nicht so schlecht aus. Bleu griff nach einer der vielen leeren Bierflaschen, die neben einem überfüllten Müllcontainer lagen, und zog sie dem nächsten Angreifer über den Kopf. Den Flaschenhals behielt er in der Hand, um sich die Gegner mit dem scharfkantigen Rand vom Hals zu halten.

Nola löste sich aus ihrer Starre und kam endlich Shanes Befehl nach. Sie rannte los und erkannte, dass Passanten auf der angrenzenden Straße bereits das Handy am Ohr hatten. Hoffentlich riefen sie die Polizei.

Jedes Quäntchen Luft wurde aus ihrem Körper gepresst, als sie wie gegen eine Wand lief. Einer der Angreifer hatte ihren Fluchtversuch bemerkt und sie gegen seinen ausgestreckten Arm laufen lassen. Er hatte vermutlich sogar ausgeholt, um mit Schwung gegen ihr Laufen einzuwirken, denn Nola wurde zurückgeworfen und schlug auf dem Boden auf.

Es klickte.

Nola erstarrte zuerst und begann dann unkontrolliert zu zittern. Der Kerl hielt ihr die entsicherte Waffe an die Schläfe. Die anderen Beteiligten hielten ebenfalls inne.

»Jetzt stehst du ganz langsam auf!«, zischte der Typ und packte sie grob am Oberarm. »Durchsucht sie«,

befahl er seinen Mitstreitern, die Shane und Bleu fest-
hielten.

Sie fanden die Steinscheibe, sowie eine kleine Schachtel, die Shane in seiner Jackentasche getragen hatte.

Sirengeheul lenkte die fünf Männer ab. Bleu nickte
aufmunternd in Nolas Richtung. Sie verstand, dass sie
sich irgendwie zur Wehr setzen sollte, denn der Pistolenlauf war nicht mehr unmittelbar auf sie gerichtet.
Ohne zu zögern, holte Nola mit dem Ellbogen aus und
rammte ihm dem Mann in den Bauch, duckte sich
gleichzeitig, um einem eventuellen Schuss zu entgehen.
Den Moment nutzten die zwei Adler, um sich ihrer
Angreifer zu entledigen.

Einer von denen drehte sich auf dem Absatz um und
rannte die Straße hinunter. Die Polizeisirenen waren
nicht mehr weit entfernt. Die letzten Schläge wurden
ausgeteilt. Shane schaffte es noch, die Kapuze des Kerls
herunterzuziehen, der die Waffe trug.

Dann zog er Nola am Arm mit sich in eine schmale
Gasse. »Wir müssen hier weg.« Sie stolperte hinter ihm
her.

Durch gedrungene Gassen hetzten die drei davon.
Die Polizei würde vier der Angreifer schnappen können. Die Passanten hatten mitbekommen, wie fünf
maskierte Männer drei junge Leute überfallen hatten.
Die Pistole war noch vor Ort. Das entlastete die drei,
aber es war besser, in keiner Akte mit Namen aufzu-
tauchen.

Vollkommen fertig erreichten sie Shanes Wohnung. Nola begann sich erst sicher zu fühlen, als die Tür ins Schloss fiel und sich Ruhe um sie herum ausbreitete. Sie zitterte noch immer wie Espenlaub.

»Ist bei dir alles klar?«, fragte Shane und berührte sie leicht am Oberarm. Seine braunen Augen wirkten warm und besorgt, nicht kalt und distanziert wie sonst. Schweigend nickte Nola, obwohl sie sich überhaupt nicht gut fühlte.

»Wir müssen nach deinem Bein sehen«, wandte Shane sich pragmatisch an seinen Kumpel und deutete auf die Couch. Er selbst kümmerte sich darum, Verbandszeug zu holen.

Mitten im Raum stand Nola und sah lediglich zu, was um sie herum geschah. Sie war nicht in der Lage, zu helfen oder einen derart kühlen Kopf zu bewahren wie die Jungs.

Bleus Wunde war nicht tief und so brauchte man sie nur zu säubern und zu verbinden.

»Das war der Orden«, knurrte Shane hasserfüllt, als er seine Arbeit beendet hatte.

»Woher weißt du das?«, fragte Bleu nach.

»Der Typ mit der Waffe ist der, mit dem ich im Park aneinandergeraten bin. Der mir diese Nervenkapsel verpasst hat, durch die sich all meine Muskeln verkrampft haben. Eins sage ich dir, die Tage des Ordens sind gezählt. Es ist an der Zeit, dass ich meinen Fokus nur noch darauf lege!«

Nola verstand nur Bahnhof. Scheinbar stand aber fest, dass es sich bei den Gegnern um den Orden gehandelt hatte. »Und was ist mit der Steinscheibe?«, kamen die ersten Worte über ihre Lippen.

»Weg. Der Kerl, der abgehauen ist, hat die Sachen mitgenommen«, informierte Shane mit bitterem Tonfall und stieß anschließend ein extrem wütendes Geräusch aus.

Nola zweifelte nicht daran, dass Shane seinen persönlichen Rachefeldzug gegen den Orden starten würde.

❧ Neue Pläne ❧

Der Krieg zwischen den Geheimbünden war reinster Wahnsinn. Weshalb Shane sie vor den Gefahren gewarnt hatte, war nach dem Angriff am Sonntag nur allzu klar. Nicht, dass Nola diese Bestätigung gebraucht hätte.

Sie war zu nichts mehr zu gebrauchen gewesen. Shane und Bleu hatten sich darüber geärgert, dass die Steinscheibe und die kleine Schachtel verloren waren. Es war darum gegangen, wo und wie sie wieder an die Sachen kommen könnten. Bleu war es, der sie schließlich nach Hause begleitet hatte, da er ebenfalls in seine Wohnung wollte.

Die letzten Tage waren an Nola vorbeigezogen, als würde sie in einer dumpfen Seifenblase leben. Am Sonntag hatte sie sich in ihrem Zimmer verschanzt und war in einen unruhigen Schlaf voller Albträume gefallen. Am Montag und Dienstag hatte sie ihre Vorlesungen wie in Trance besucht und sich partout nichts merken können.

Wie sollte es weitergehen? Sie musste sich eigentlich auf ihr Studium konzentrieren. Ständig sah sie jedoch einen Pistolenlauf vor sich oder bildete sich Schritte eines Verfolgers ein. Überlegungen nagten an ihr, wie sie und die Jungs die Schachtel wiederfinden konnten. Was war überhaupt darin? Wie hatte der Orden Wind davon bekommen, dass sie etwas suchten und im Tower of London gefunden hatten? Das war kein Zufall gewesen!

Shane und Bleu waren untergetaucht. Keiner der beiden hatte sich bei ihr gemeldet oder blicken lassen. Nola fühlte sich allein mit ihren Gedanken und Gefühlen. Besonders die Szenen, die sich vor ihre geschlossenen Augen schoben, die Pistole an der Schläfe, machten ihr zu schaffen. Sie hätte das gerne mit jemandem geteilt, wollte Liz aber nicht in den Krieg zwischen Orden und Adler hineinziehen.

Am Mittwoch tauchte Oli in der Wohnung auf, fröhlich wie immer. Nola hatte seine Umarmung zur Begrüßung über sich ergehen lassen und fühlte sich ansonsten vollkommen angespannt. Sein lockeres Verhalten konnte nicht mehr über die Kälte in seinen Augen hinwegtäuschen. Sie hatte das Gefühl, seinen festen, schmerzenden Griff um ihren Oberarm zu spüren.

Als Liz in der Küche verschwand, drehte sich Oli in Nolas Richtung und lächelte ihr entgegen. »Hör mal, Nola. Ich wollte mich bei dir für meinen Auftritt entschuldigen. Mir war nicht klar, dass ich dir solche Angst einjage. Ich finde die Erzählungen rund um die Adler selbst so spannend, dass ich dachte, du hättest mittlerweile mehr herausgefunden. Da ist es mit mir durchgegangen. Das hätte nicht passieren dürfen und ich hoffe, du verzeihst mir.«

Die Wärme und Freundlichkeit, die Nola sonst bei ihm entdeckt hatte, spürte sie nicht mehr und glaubte ihm kein Wort.

Von Shane wusste sie, dass Oli regelmäßig Observationen für den Orden durchführte und die jeweilige Technologie dafür bereitstellte. Er hatte zahlreiches Fotomaterial angesammelt, mit dem Ordensmitglieder und Politiker erpresst wurden. Wie sollte sie ihm da trauen?

Sie war nicht wachsam genug gewesen, hatte sich von einem freundlichen Studenten blenden lassen. Ihre Menschenkenntnis hatte bei Oliver eindeutig versagt. Selbst bei Shane hatte sie nicht gut genug hingesehen. Seine Arroganz und unsympathische Art hatten sie abgeschreckt, obwohl er aufrichtiger war als Oli.

»Ich möchte es wiedergutmachen«, fuhr Oli soeben fort, weil Nola nichts gesagt hatte.

Da Liz sich ihnen wieder anschloss, musste sie wenigstens nicht auf die Entschuldigung eingehen. Sie hätte ohnehin lügen müssen, denn sie fühlte sich in seiner Nähe nicht mehr wohl.

»Weil ihr beiden mir so wichtig seid, habe ich eine Kleinigkeit mitgebracht. Ein glamouröser Abend wartet auf euch!«, verkündete Oli ihnen breit grinsend. Fast hätte Nola aufgelacht. So wichtig konnte sie ihm wohl kaum sein.

Er zog zwei Karten aus seiner Hosentasche und reichte sie an die Freundinnen weiter.

»Oh, wow. Eine Spendengala deiner Studentenverbindung. Und wir sollen da wirklich in Abendkleidung kommen?«, hauchte Liz und ein Strahlen trat auf ihr Gesicht. Nola wusste, dass es ganz nach Elizas Geschmack war. Teure, glitzernde Kleider, auffälliger Schmuck, leckerer Champagner. Es war eine Welt, die Nola nicht kannte.

»Ich würde mich unglaublich darüber freuen, wenn ihr kommen würdet. Ihr könnt gerne jeweils in Begleitung kommen. Wir machen uns einen richtig tollen Abend zusammen!« Das Lächeln, das Oli Liz zuwarf, war aufrichtig.

Nola war einerseits beruhigt, dass die Freundschaft zwischen Liz und Oli von seiner Seite aus nicht gestellt zu sein schien. Doch wie sehr würde es Liz treffen, wenn sie erfuhr, was Oli in seiner Freizeit tat? Würde sie es überhaupt glauben?

»Das ist lieb von dir! Dankeschön! Ist das nicht klasse, Nola?« Liz konnte sich schon jetzt kaum auf dem Sofa halten und hätte vermutlich am liebsten sofort mit der Anprobe zahlreicher Kleider begonnen.

»Ja, das ist wirklich nett…«, presste Nola hervor und lächelte dünn in Olis Richtung. Vor Liz musste sie halbwegs mitspielen und sich bedanken. Doch insgeheim sah sie Oli in einem ganz anderen Licht.

Sie traute ihm absolut nicht mehr.

***

Nola hatte Shane wegen Olivers Einladung eine weitere Nachricht geschrieben und am Donnerstagnachmittag hörte sie endlich zum ersten Mal wieder von ihm. Er wollte sich mit ihr am Brunnen in der Temple Lane treffen.

Obwohl sie sich maßlos darüber ärgerte, dass er sich bei ihr meldete, wann immer es ihm passte, griff sie nach ihrem Mantel und verließ die Wohnung. Warm eingepackt machte sie sich auf den Weg und erreichte den Treffpunkt ein paar Minuten nach der vereinbarten Uhrzeit. Shane saß bereits auf einer der Bänke.

»Ah, da bist du ja.«

»Verzeihung gnädiger Herr, dass ich nicht pünktlich bin, wenn ich schon springe, sobald du schnippst«, sagte Nola eingeschnappt, da sie ihren Unmut nicht verbergen wollte.

»Was ist denn jetzt wieder in deiner kleinen Welt los?«, kam es ebenso gereizt zurück.

Nola setzte sich neben ihn und sah ihn wütend an. »Das fragst du mich? Ich hänge seit Sonntag in der Luft, weil ihr euch nicht meldet. Jetzt soll ich happy sein, weil du mich zu dir zitierst? Ist ja toll, wenn ihr mit Überfällen und Schlägereien Erfahrungen habt und das leicht wegsteckt. Ich aber nicht! Soll ich etwa mit Liz oder Oli darüber reden?«

Sie sah nicht ein, damit hinter den Berg zu halten. Shane konnte wissen, weshalb sie sich ärgerte und dass es nicht in Ordnung war, sich tagelang nicht zu melden, wenn man gemeinsam in einer solchen Situation steckte.

»Beruhig dich, Nola. Wir sind es nicht gerade gewöhnt, uns um jemanden kümmern zu müssen. Also sorry. Bleu und ich hatten andere Dinge zu tun. Abgesehen von unseren geheimen Nachforschungen habe ich noch mein Studium, um das ich mich kümmern muss und die Aufgaben bei den Adlern«, lieferte Shane ihr eine kleine Entschuldigung. »Aber ja, ich hätte mich bei dir melden sollen.«

Mehr würde sie von ihm eher nicht bekommen. Daher konnte man das durchaus als Erfolg zählen, zumal sich ein ganz leichtes, entschuldigendes Lächeln auf Shanes Züge geschlichen hatte.

»Ich musste den Angriff auf uns melden. Des Weiteren hat der Orden einen zweiten Hackerangriff auf unser System unternommen. Dabei ist uns ein großer Batzen Geld flöten gegangen. Bei uns herrscht Ausnahmezustand. Der Streit mit dem Orden spitzt sich drastisch zu und ich versuche gerade, eine Lösung zu finden. Du siehst also, dass ich nicht Däumchen gedreht oder mir ins Fäustchen gelacht habe, weil du daheim alleine gesessen hast. Wir müssen allerdings eine Aktion auf die Beine stellen, mit der wir den Orden endlich zerstören können. So kann das nicht weiterlaufen.«

Es war Shane anzusehen, wie sehr ihn das aufregte und wie gerne er endlich tätig werden würde.

»Okay, bei deinen Recherchen kommen wir nicht weiter. Die Schachtel ist verloren und wir wissen nicht einmal, was darin war. Für den Moment brauchen wir uns darüber wohl keine Gedanken zu machen. Du brauchst einen Plan, um den Orden in den Boden zu stampfen? Wie genau stellt ihr euch das vor?«, fragte Nola nach. Sollte er nur aufgelöst werden oder sprachen sie hier über Zerstören im Sinne einer Explosion?

Shane meinte, dass man dem Orden sämtliche Grundlage entziehen musste. Das Geld, die Kontakte, den Ruf. Alles, was den Orden ausmachte. Wenn die Adler jedoch zu früh handelten, griff der Orden auf seine Kontakte zurück und redete sich aus allen Anschuldigungen heraus. Sie verhaften zu lassen, brachte nichts, weil sie genügend Leute geschmiert hatten. Weiterhin sagte Shane, dass es Nola nicht zu kümmern brauchte und sie lieber erzählen sollte, was es mit der Spendengala auf sich hatte.

War sie ihm bisher keine Hilfe gewesen?! Ebenso gut konnte Nola dabei helfen, einen Plan zu entwickeln, wie Shane gegen den Orden vorgehen konnte. Vielleicht war es aber auch besser, nicht zu tief in die Machenschaften der Adler hineingezogen zu werden.

Sie zog die Einladung aus der Tasche und reichte sie an Shane weiter. Sie wusste nicht, ob sie hingehen sollte und was Oli mit der Einladung bezweckte.

»Sag zu! Wir wussten, dass der Orden eine Spendengala ausrichten will, nur nicht genau, wann. Es wäre die ideale Chance, sich mal umzusehen. Alle Ordensmitglieder werden bei der Gala sein…« Shanes Stimme wurde immer leiser, während er vermutlich bereits nachzudenken begann.

»Habt ihr herausgefunden, woher der Orden wusste, dass wir auf dem Weg zu deiner Wohnung waren und dass wir im Tower etwas gefunden haben?«

Nolas Frage wurde von Shane mit einem Kopfschütteln quittiert. Außer ihnen drei wusste niemand über die privaten Recherchen Bescheid und Nola hatte garantiert nichts ausgeplaudert.

Schnelle Schritte ließen beide aufschauen. Bleu eilte auf sie zu und stoppte vor Shane. »Du wirst es nicht glauben! Dave ist heute früh auf dem Weg zur Uni an einer Kreuzung von einem Auto erfasst worden. Es hat ihn vom Fahrrad gehauen und so übel erwischt, dass man ihm nicht mehr helfen konnte… «

Fassungslos sahen sich die beiden Adler an. Nola für ihren Teil wusste wieder einmal nicht, worum es ging. Aber wer auch immer Dave war, sein Unfall war eine furchtbare Geschichte. Unweigerlich zog sie ihren Mantel enger um sich und kratzte sich an einer Stelle im Nacken, wo sie wohl von einer Mücke gestochen worden war.

»Das kann kein Zufall sein. Ausgerechnet der, der uns an den Orden verraten hat? Glaubst du das?«, wollte Bleu wissen.

»Auf keinen Fall«, antwortete Shane grimmig und Nola spürte, wie er sich neben ihr verspannte. »Das war kein Unfall. Richard hat sich um die undichte Stelle gekümmert. Dave hat die Adler verraten und die höchste Strafe erhalten.«

Erschrocken sah Nola auf. Immer wieder wurde ihr vor Augen gehalten, was zwischen den Geheimbünden wirklich ablief. Bestechung, Erpressung, Mord. Selbst innerhalb eines Bundes schien man nicht davor zurückzuschrecken. Shane würde nicht bloß riesigen Ärger bekommen, weil er sie eingeweiht hatte. Ihm würde es wahrscheinlich wie diesem Dave ergehen. Die Gänsehaut auf ihren Armen ließ einige Minuten lang nicht mehr nach.

»Und jetzt?«

Die beiden jungen Männer sahen zu Nola. Sie war wohl nicht die Einzige, die sich diese Frage stellte.

»Bis zur Spendengala haben wir eine Woche Zeit. Wir werden den Abend nutzen, um den Orden zu vernichten. Ich habe da schon so eine vage Idee und werde alles Nötige mit unseren Vorgesetzten absprechen. Ich will, dass die Aktion offiziell bei den Adlern läuft. Wir beziehen das ganze Team mit ein, vermutlich noch andere Teams. Die Schachtel aus dem Tower ist zweitrangig. Davon muss niemand etwas wissen, es wird nur um den Orden gehen. Die werden bereuen, sich mit uns angelegt zu haben«, fasste Shane drohend zusammen.

Nola sah, wie sein Blick sich veränderte. Wie er nicht nur entschlossen, sondern fast ein wenig losgelöst von allem wirkte. Als wären ihm die nächsten Schritte so wichtig, dass ihm jedes Mittel recht war und er ebenfalls über Leichen gehen würde. In Shanes Weg zu geraten, war keine gute Idee und sie hatte großes Glück gehabt, seine Wut noch nie in diesem Maß auf sich gezogen zu haben.

Eine grimmige Einstimmigkeit breitete sich aus, von der Nola sich mitreißen ließ.

***

In den nächsten Tagen hörte sie wieder nicht sehr viel von den Jungs. Wenigstens schickte Shane dieses Mal hin und wieder eine Nachricht, um sie darüber zu informieren, wie weit sein Plan entwickelt war. Scheinbar hatte er sich schon alles von den obersten Adlern absegnen lassen, damit es eine ganz offizielle Mission war, wie er es nannte.

Mitte der Woche trafen sie sich auf einen Kaffee und mit gedämpfter Stimme hatte Shane ihre Frage beantwortet, wie viele Adler überhaupt mithelfen würden. Jeder Jahrgang bestand aus sieben Leuten, von denen einer der Anführer dieses Teams war. Shane würde mit seinen sechs Leuten dabei sein und er hatte ein weiteres Team, vom Jahrgang über ihm, an seiner Seite, auf das er sich verlassen konnte. Hoffentlich waren es genügend Leute, um gegen den Orden anzukommen.

Wie viele verschiedene Fäden Shane gleichzeitig in der Hand hielt, ahnte Nola nicht im Geringsten. Oder wie vielen Hinweisen er in dieser Woche nachging, um den Plan wasserdicht zu machen und sich gegen alles abzusichern. Er wollte nichts dem Zufall überlassen und setzte alle Hebel in Bewegung, die ihm möglich waren. Die Vorbereitungen liefen auf Hochtouren.

Die Spendengala würde am Samstagabend stattfinden. Am Freitagnachmittag hatte Shane Nola zu sich in die Wohnung gebeten. Bei der Planung hatte er sie komplett herausgehalten, obwohl sie gerne geholfen hätte. Sie sollte jedoch erfahren, weshalb er sich so entschieden hatte.

Shane öffnete ihr die Tür und hatte ein weißes Blatt in der Hand. »Hey Nola, komm rein«, sagte er und drückte ihr das Blatt in die Hand.

Begrüß mich, aber tu so, als wäre Bleu nicht hier. Wir werden abgehört!

Nolas Begrüßung fiel etwas verkrampft aus, da er sie überrumpelt hatte. Es dauerte einen Moment, bis sie sich wohler mit dem Gedanken fühlte und bereit war, das Spiel mitzuspielen.

Im Wohnzimmer hob Bleu schweigend die Hand in ihre Richtung und machte es sich dann auf dem Sessel bequem.

»Ich wollte den Plan mit dir durchgehen. Morgen ist es schon soweit. Sorry, dass es so lange gedauert hat, aber ich musste noch einige Punkte mit den Adlern absprechen.«

Das hier ist nicht der Plan. Stimm mir hin und wieder zu, das reicht aus.

Nola nickte und hörte Shanes folgenden Ausführungen dann zu. Manchmal bestätigte sie mit einem *Mhm*, dass sie ihm folgen konnte und verstanden hatte. Nach einer Viertelstunde endete er.

»Das war es im Endeffekt. Ziemlich simpel und ich glaube, damit kommen wir zum Ziel. Wenn du nichts dagegen hast, würde ich dich schon wieder nach draußen begleiten. Ich muss leider noch was erledigen, aber wir sehen uns morgen Abend«, fügte Shane an das Ende seiner Erklärung an.

Tu so, als würdest du gehen. Verabschiede dich, bleib dann aber still hier stehen.

Er hatte alle Schilder vorbereitet und hielt sie passend zum Moment hoch.

Sie war nervös und hätte am liebsten gefragt, was los war und was gleich passieren würde. Nola biss sich auf die Unterlippe, nickte erneut und verabschiedete sich von Shane. Er ließ die Haustür ins Schloss fallen und ging schweigend mit ihr zurück ins Wohnzimmer.

»Na ganz toll. Hauptsache ich werde erst einen Tag vorher eingeweiht…«, murmelte Nola in einer spontanen Eingebung. So hätte sie es getan, wenn sie tatsächlich gegangen wäre. Shane schaute sie erst irritiert an, winkte dann Bleu zu sich.

Der kam mit einem Gerät auf sie zu, das fast aussah wie ein Handy. Er fuhr ihren Arm damit entlang, Außenseite und Innenseite. Gleiches Spiel am anderen Arm. Dann die Beine. Er suchte etwas. Schließlich wurde er fündig und drückte leicht ihre Schulter hinunter, damit sie sich setzte.

Bleu und Shane entfernten sich in die Küche, damit sie sich austauschen konnten, ohne belauscht zu werden. Shane sah dabei mal wieder überaus wütend aus. Bleu deutete an, dass es wohl zwei Möglichkeiten gab. Nola interpretierte es jedenfalls so, weil er erst gegen seinen Daumen, dann gegen den Zeigefinger tippte und dabei etwas erzählte. Widerwillig nickte Shane und die beiden kehrten zurück.

Fragend hatte sie den Blick auf die beiden gerichtet und kratzte sich im Nacken. Im nächsten Moment riss Bleu ihre Hand jedoch sichtlich erschrocken weg.

Shane schrieb einen neuen Zettel.

Du hast eine Wanze im Nacken. Wir müssen die Übertragung stören und sie rausholen. Liegt nicht tief, wird etwas wehtun.

Sie hatte eine Wanze im Nacken? Ungläubig schaute Nola zu den beiden Jungs. Das konnte doch nicht wahr sein! Woher sollte sie die Wanze haben? Ein Zittern lief durch ihren Körper. Sie war einem Mythos hinterhergejagt und hatte nicht ins Fadenkreuz einer verrückten Geheimgesellschaft geraten wollen!

Ihr wurde schlecht. Und dann wollten die Jungs im Ernst an ihrem Nacken herumoperieren? Sie begann, den Kopf zu schütteln, wusste gleichzeitig, dass sie keine wirkliche Wahl hatte. Sie wollte auf keinen Fall eine Wanze an sich haben. Sie schüttelte den Kopf, Shane nickte mit seinem.

Mit zitternden Händen band Nola sich folgsam die langen Haare hoch und legte ihren Nacken frei. Bleu hatte sich eine Nagelschere sowie ein scharfes Küchenmesser organisiert. Panisch sah sie auf die beiden Gegenstände. Würde er ihr damit den Nacken aufschneiden? Hatte er sie noch alle?!

Shane trat neben sie und legte etwas Kühles, Metallisches auf ihre Haut im Nacken. Wahrscheinlich war es ein Störsender oder wie man die Dinger nannte. Die freie Hand hielt Shane Nola entgegen. Nach kurzem Zögern ergriff sie die Hand und presste dann die Augen fest zusammen.

Zuerst zwickte es nur, als würde Bleu vorsichtig mit einer Nadel die oberste Hautschicht öffnen, um einen Splitter aus der Fingerkippe zu holen. Es war auszuhalten. Dann begann es zu schmerzen und zu brennen, was auch immer er da tat. Nola versuchte dem Schmerz standzuhalten, drückte Shanes Hand umso fester. Als es nicht mehr länger ging, wich sie mit dem Oberkörper automatisch nach vorne aus.

Die Jungs gaben ihr ein paar Augenblicke, ehe einer von ihnen sanft gegen ihre Schulter drückte und sie zurückschob. Das schmerzhafte Ziehen setzte wieder ein. Dieses Mal nicht so lange. Sie spürte ein Tuch auf der Haut. Dann die Fingerspitzen von Bleu, wie er die Abhörwanze zu packen versuchte. Er probierte es ein paar Mal, dann schien ihm etwas anderes eingefallen zu sein. Es gab noch einmal einen Ruck, der extrem weh tat, dann waren sie anscheinend fertig.

Shane hielt ein Tuch auf ihren Nacken und Bleu zeigte Nola die Wanze, sobald sie wagte die Augen zu öffnen. Er hatte die Wanze mit der Nagelschere herausgezogen. Das Teil war erstaunlich klein. Hatte höchstens einen Durchmesser von einem halben Zentimeter. Gemeinsam mit dem Störsender verstaute Bleu die Wanze in einem Umschlag, den er irgendwo vor die Wohnungstür brachte.

»Geht es dir gut?«

Zitternd atmete Nola aus und horchte in sich hinein. »Ja, der Schmerz geht. Danke. Dieser ganze Wahnsinn aber nicht. Hast du einen Schluck Wasser für mich?«

Sie übernahm das Tuch im Nacken und Shane schenkte ihr etwas zu trinken aus.

»Jetzt wissen wir, woher der Orden von unserem Abstecher zum Tower erfahren hat. Deshalb habe ich dir eben den erfundenen Plan für morgen erzählt. Die denken jetzt, sie wüssten alles und richten sich auf etwas ganz anderes ein. Zum Glück saß die Wanze nicht sehr tief. Wart mal, ich mach noch einen Verband drauf«, sagte Shane. Er reinigte die Wunde vorsichtig und legte ein dickes Stück Mull drunter, ehe er ein breites Pflaster darüber klebte.

»Die Wunde ist nicht sehr groß. Hat sich wahrscheinlich schlimmer angefühlt, als es letztlich war. Ich hoffe, es war noch im Rahmen. Ich hab mich bemüht«, mischte Bleu sich ein, der wieder zurück im Wohnzimmer war. »Weißt du, wo du die Wanze herhast?«

Erschöpft ließ Nola sich gegen die Rückenlehne sinken. Sie fühlte sich vollkommen ausgelaugt von diesen letzten Minuten. »Danke, Bleu. Es hat echt wehgetan, aber lieber so und die Wanze ist weg. Es kann ja nur Oli gewesen sein, oder? Aber wann er das getan hat, weiß ich nicht. Eine Wanze! In meinem Nacken!« Fassungslos schüttelte sie den Kopf und kämpfte die Tränen zurück, die sich ihren Weg bahnen wollten.

»Passt zu Oliver und seinen Aufgaben beim Orden. Er hat an solchen Abhörtechnologien gearbeitet. Die Wanze ist ein richtig geiles Teil. Das überträgt über eine enorme Entfernung und in einer hervorragenden Qualität. Beim Einsetzen dürftest du nicht viel gemerkt haben, das geht schnell und es ist nur eine kleine Wunde geblieben, die du vermutlich nicht gesehen hast. Wir haben Details zu den Technologien in den Mappen gefunden, die ich aus der Bibliothek mitgenommen habe. Da kam uns die Idee, dass der Orden uns auf diese Weise abgehört haben muss. Nachdem wir uns mit dem Detektor überprüft haben, bliebst nur noch du.« Shane setzte sich ihr gegenüber.

Es war ernüchternd festzustellen, dass die eigene Menschenkenntnis derart versagt hatte. Oli war so unfassbar nett und freundlich gewesen. Fröhlich und lustig. Sie hatte sich mit ihm angefreundet und gerne etwas mit ihm unternommen. Letztlich hatte sie ihm nicht trauen können. Lag es daran, dass sie sich so viel mit den Adlern beschäftigt hatte? Wäre es anders gewesen, wenn sie nicht zwischen die Fronten geraten wäre? Rückblickend würde sie darauf wohl keine Antworten mehr erhalten.

»So, da wir den Störenfried los sind, können wir dich in den richtigen Plan für morgen einweihen. Die Wanze war der Grund, weshalb ich den Plan zuerst für mich behalten habe. Das wird die letzte Nacht für den Orden der goldenen Mitte sein. Es wird folgendermaßen ablaufen…«

❧ Abgeblätterter Lack ☙

Die Nervosität hatte sie nicht schlafen lassen. Immer wieder hatte sie sich ausgemalt, wie der Abend der Spendengala verlaufen und ob Shanes Plan funktionieren würde.

Nola war der Meinung, dass man dem Orden Einhalt gebieten musste. Die Mitglieder kämpften nicht nur gegen die Adler, sondern beeinflussten das tägliche Leben der Bürger im ganzen Land. Der Netzausfall aller Mobilfunkbetreiber hatte das gezeigt. Wer wusste schon, ob bei Hackerangriffen nicht auch Geld von Privatleuten gestohlen worden war oder wo man die Auswirkungen noch zu spüren bekam.

Gleiches galt jedoch für die Adler, deren Handeln ebenso wenig ehrenhaft war. Sie taten die gleichen illegalen Dinge wie der Orden. Nola hieß das nicht gut, stand aber für die Dauer von Shanes Plan auf der Seite der Adler. Danach wollte sie herausfinden, was genau ihr Vater und Großvater getan hatten. Ihre Familie musste sich unbedingt von den Adlern distanzieren und durfte sich nicht weiter in dubiose Machenschaften verwickeln lassen.

Im Grunde würde sie helfen, etwas Gutes zu tun. Heiligte der Zweck die Mittel? Vielleicht. Es fühlte sich jedoch nicht besonders beruhigend an.

Ein letztes Mal sah sie in den Spiegel. Die langen Haare fielen ihr in Wellen über eine Schulter nach vorne. Nola hatte die Frisur mit Klammern fixiert, damit man das Pflaster von Bleus kleinem Eingriff nicht sehen konnte. Sie trug ein bodenlanges, ziemlich hoch geschlitztes, rotes Kleid. Zu der Halskette, die sie bereits trug, befestigte sie eine funkelnde Kette, die sie von Shane für diesen Abend bekommen hatte.

Lächelnd trat Liz neben sie. In ihrem dunkelblauen Kleid und mit den hochgesteckten blonden Haaren sah sie perfekt für die Gala aus. Ihre Freundin hatte allerdings keinen blassen Schimmer, was dieser Abend bereithalten würde.

»Wenn wir mal nicht gut aussehen, weiß ich auch nicht!«, lobte Liz die Outfits grinsend. Sie freute sich ungemein auf diesen Abend und hatte bei den Vorbereitungen den größten Spaß gehabt.

»Wir können uns definitiv sehen lassen. Und heute Abend lerne ich endlich Ethan kennen.« Nola lehnte sich kurz an die Schulter ihrer Freundin. Liz hatte ihr schon oft von dem älteren Studenten des University Colleges erzählt, nur ein Kennenlernen hatte es noch nicht gegeben. Da Ethan Liz auf die Gala begleiten würde, war es nun endlich soweit.

»Du wirst ihn mögen. Er ist charmant und nett und lustig…«, zählte Liz mit einem verklärten Blick auf und kam aus dem Grinsen gar nicht mehr heraus.

Nola begann zu lachen und hob abwehrend die Hände. »Okay, okay. Ich wette, du kannst die Liste beliebig fortführen.« Sie freute sich, dass ihre Freundin so glücklich war.

»Mit wem gehst du jetzt eigentlich? Nach deiner anfänglichen Unentschlossenheit, hast du gar nichts mehr gesagt«, wollte ihre Freundin dann selbstverständlich im Gegenzug erfahren.

»Ja, also… ich werde mit Shane zur Gala gehen«, gab Nola kleinlaut zu.

»Mit dem?! Wie kommt das denn? Ich hab so das Gefühl, dass ich ein paar Dinge verpasst habe und mich zu sehr auf Ethan konzentriert habe. Ab morgen kommst du mir nicht mehr davon.« Liz war logischerweise überrascht, dass Nola ausgerechnet Shane als ihren Begleiter ausgewählt hatte. Verärgert war sie über die Wahl allerdings nicht.

Nola war sich bewusst darüber, dass sie Liz morgen wirklich ein paar Erklärungen liefern musste. Besonders was Shane anging. An diesem Abend stand jedoch die Gala im Mittelpunkt.

Da sie ihre Begleiter vor Ort treffen würden, gönnten sich die Freundinnen ein Taxi, um in der zunehmenden Novemberkälte nicht in ihren Kleidern durch die Straßen und in die U-Bahn gehen zu müssen.

Die Gala wurde im Victoria und Albert Museum in South Kensington ausgerichtet. Das Imperial College lag in unmittelbarer Nähe dazu, weshalb der Orden als Studentenverbindung dieser Universität keine Probleme hatte, eine solche Location zu bekommen.

Die Fassade mit dem hohen, reich verzierten Bogen über dem Eingangsportal wurde hell angeleuchtet. Zahlreiche Gäste tummelten sich im Bereich der Tür. Die wenigen flachen Stufen führten sie näher heran und es dauerte erfreulicherweise nicht sehr lange, bis sie eintreten konnten.

Unweigerlich legte Nola den Kopf in den Nacken, um die Glaskuppel über der Eingangshalle zu bestaunen. Im ersten Stock konnte man von allen vier Seiten über das Geländer in die rechteckige Halle hinunterschauen. Hier im Erdgeschoss führten zahlreiche Gänge in die Ausstellungen.

Servicepersonal in weißen Blusen oder Hemden und mit dunklen Blazern, kümmerte sich um den Empfang der Gäste. Es wurden Champagnergläser gereicht und freundlich darauf hingewiesen, in welche Richtung man zur Gala weitergehen sollte.

Endlich entdeckte sie Shane, der fast ein wenig ungläubig zu ihr schaute. Nola ging davon aus, dass sie ganz ähnlich dreinblickte. Er trug einen vermutlich maßgeschneiderten schwarzen Smoking mit Fliege, der seine muskulöse Statur betonte. Seine Haare trug er wie immer lässig verwuschelt, was einen anziehenden Kontrast zum Smoking bildete. Als Sohn einer reichen Familie hatte ihn der Anzug bestimmt ein halbes Vermögen gekostet.

»Wow. Du siehst umwerfend aus«, komplimentierte er rau und gab ihr einen Kuss auf die Wange. Shane wich nicht von ihr zurück, sondern zog den Blickkontakt in die Länge, sodass sich ein Kribbeln in ihrem Magen ausbreitete. Seine Augen wirkten warm und ein paar Lachfältchen schlichen sich in seine Augenwinkel. Nola bemerkte erst, dass sie den Atem angehalten hatte, als sich wenigstens Shane an seine Manieren erinnerte und Liz begrüßte. Er reichte Liz die Hand und hatte für sie ebenfalls lobende Worte übrig.

Shane schien in seinem Element zu sein. Er wusste ganz genau, wie er sich in diesen Kreisen zu bewegen hatte. Er gehörte hierher. Zur englischen Upperclass, die einen eigenen Teil des Systems ausmachte. Sie alle trugen eine kühle Oberfläche aus Höflichkeit zur Schau.

Shane kümmerte sich um die Getränke für die Freundinnen und begann, mit Liz zu plaudern. Nola hörte mit halbem Ohr zu und schaute sich stattdessen unter den anderen Gästen um. Sie stand neben Shane, bei dem sie sich eingehakt hatte und nippte am Champagner. Die Gäste waren allesamt schick und festlich gekleidet. Die Mehrheit war bestimmt an solche Events gewöhnt.

Ein Mann kam vom Eingang in die Halle und sah sich um. Dann kam er auf die Dreiergruppe zu. Das musste Ethan sein.

Er war hochgewachsen, hatte kurze dunkelblonde Haare und einen leichten Dreitagebart. Sein Anzug saß perfekt. Seine grünen Augen strahlten Liz an, die in den ersten Sekunden sogar vergaß, ihn überhaupt vorzustellen.

An diesem Abend würde Nola nicht viel Gelegenheit haben, sich mit ihm zu unterhalten. In den letzten Wochen hatte ihre Freundin zwar immer wieder von Ethan erzählt, aber heute war ein denkbar ungünstiger Zeitpunkt.

Gemeinsam gingen die vier weiter. Sie gelangten in einen Bereich, der für Abendveranstaltungen vorgesehen war. Rechts standen wunderschön dekorierte Tische, um sich das angekündigte Dinner schmecken zu lassen. Am Ende des Raumes war ein separater Bereich, in dem Musiker saßen und angenehme Hintergrundmusik spielten. Die Atmosphäre war durch das indirekte Licht und zahlreiche Kerzen sehr stilvoll und gemütlich. Die Blumen auf den Tischen verströmten einen betörenden Duft.

Ein absolutes Highlight war der Blick durch die Terrassentür auf einen großen Hof mit flachem Brunnen. Die dort platzierten kleinen Bäumchen wurden durch Lampen in den Pflanzenkübeln angeleuchtet. Umschlossen wurde der Hof von einem weiteren Gebäude, vermutlich aus rotem Backstein. Da draußen ansonsten absolute Dunkelheit herrschte, war der Anblick umso bezaubernder.

»Schon schade, dass wir den Abend gar nicht genießen können. Es ist wirklich toll!«, sagte Nola mit ehrfürchtiger Stimme. Da Liz und Ethan ein wenig abseitsstanden und sich angeregt unterhielten, konnten Nola und Shane sich ungestört austauschen.

»Es wird noch andere Veranstaltungen geben«, kam es tröstend von Shane. »Da hinten ist Oliver.« Shane legte eine Hand auf ihren unteren Rücken, mit der anderen deutete er unauffällig in die Ecke, in der er Oli entdeckt hatte.

»Dann mal los.« So mutig, wie sie klang, fühlte sich Nola allerdings nicht. Sie dachte daran, dass Oli ihr eine Wanze eingesetzt hatte und was heute noch geschehen würde.

Oliver bemerkte die beiden erst, als sie fast bei ihm waren. Er wirkte zuerst überrascht und verärgert, dass Shane dabei war, überspielte es dann gekonnt.

»Nola! Wie schön, dass du gekommen bist. Ich hoffe, es gefällt dir. Wir wollen heute Abend ja kräftig die Spendentrommel rühren, damit unsere Studentenverbindung neue Fördergelder bekommt. Wir sind für jeden Penny dankbar«, gab er sich fröhlich.

»Das glaube ich dir aufs Wort. Für was man Spendengelder so alles verwenden kann. Da ist dein Orden der goldenen Mitte wohl auf dem aufsteigenden Ast. Vielleicht bekommt ihr genug zusammen, um die vier Ordensbrüder aus dem Knast zu holen, die uns letzte Woche überfallen haben«, sagte Nola zuckersüß und lächelte Oli freudig entgegen. Er versteifte sich.

»Ich überlege noch, ob ich nicht doch aussagen soll. Die Passanten haben immerhin gesehen, wie mir einer der Angreifer eine Pistole an den Kopf hielt.« Sie tat als würde sie darüber nachdenken, tippte sich mit dem Zeigefinger ans Kinn.

»Sei doch nicht so gemein, es ist ein festlicher Abend. Lass Oliver ihn genießen, solange es möglich ist«, wandte Shane sich an Nola und lächelte entspannt in die Runde. »Du entschuldigst uns?!« Mit diesen Worten führte er Nola von Oliver weg.

Sie hatten erreicht, was sie wollten. Oli wusste, dass sie hier waren und sie hofften, dass die Anspielungen für Unruhe bei dem Studenten sorgen würden.

»Ich vermute, dass bald alle Gäste anwesend sein werden. Die drei Vorsitzenden des Ordens werden ihre kleine Rede halten, um die Spenden weiter anzukurbeln. Ich muss mich auf den Weg machen. Bleu und die anderen warten auf mich.« Shane überprüfte die Uhrzeit. Das Zeitfenster war nicht sehr groß.

Der Orden ging davon aus, dass die Adler auf der Gala aufkreuzen und Unruhe unter den Gästen verbreiten würden. Dass sie ein paar Mitglieder des Ordens als Geisel nehmen würden, um dann Druck auf den Geheimbund auszuüben. Dabei hatten sie in Wahrheit vor, sich derweil Zutritt zum Hauptquartier des *Ordo Aurea Mediocritas* zu verschaffen.

Augenblicklich wurde ihr flau, denn wenn Shane aufbrach, begann auch ihr Part in seinem Plan. Nola umfasste die kleine schwarze Handtasche ein wenig fester und versuchte, sich zu beruhigen. Mit Shane ging sie ein paar Schritte aus dem Saal hinaus.

»Bist du soweit? Du weißt, was du zu tun hast?«, fragte er nach und musterte sie besorgt.

Nola holte tief Luft und stieß sie geräuschvoll aus. »Ja. Ich wollte eine Rolle, ich bekomme sie. Du hast oft genug erklärt, was ich tun soll. Lass uns die Sache hinter uns bringen.« Das Herz schlug ihr jetzt schon bis zum Hals.

Sie wünschten sich viel Erfolg und wandten sich bereits voneinander ab.

»Nola?«

Sie drehte sich um und begegnete Shanes eindringlichem Blick. Es stand pure Entschlossenheit darin und sie zweifelte nicht daran, dass er alles für seine Mission tun würde. Doch noch etwas anderes hatte sich in seine Augen geschlichen, was sie nicht genau deuten konnte. Fragend sah sie zu ihm hinauf, als er sie plötzlich an sich zog, sich zu ihr beugte und ihr einen leidenschaftlichen Kuss gab. In diesem Moment vergaß Nola alles um sich herum, spürte nur ihre weichen Knie.

»Pass auf dich auf, okay?«, raunte er. Ohne auf eine Antwort zu warten, drehte er sich nach einem letzten Blick um und schritt den Gang entlang. Perplex sah sie ihm hinterher und wusste für ein paar Momente nicht genau, weshalb ihr Herz so heftig pochte. Die Hitze, die auf ihre Wangen getreten war, verschwand nur langsam.

Das musste warten. Sie musste sich jetzt auf den Plan konzentrieren, sonst war alles umsonst gewesen. Noch einmal atmete sie durch und suchte dann nach dem Zugang zu den Hinterräumen, in denen sich das Dreigestirn des Ordens bis zur Rede zurückgezogen hatte.

***

Er rannte die Straße entlang, um rechtzeitig am South Kensington Campus des Imperial Colleges anzukommen. Im Verlauf der letzten Woche hatte sein Team Daves Kontaktmann beim Orden aufgegriffen und ihn in die Mangel genommen. Abgesehen davon, dass er ihnen bestätigt hatte, wo der Zugang zum Hauptquartier war, hatte er weitere interessante Details ausgeplaudert. Heute Abend würde all das nützlich sein.

Kurz vor dem Queens Tower auf dem Campus drosselte Shane sein Tempo. Vor ihm ragte der Turm mehr als achtzig Meter in die Höhe. Im Schutz der Bäume blieb er stehen und nach wenigen Augenblicken hatte er Bleu entdeckt.

»Sind alle auf Position?«

»Ein Team hat sich aufgeteilt, vier davon haben sich mit einem zweiten Team unter die Gäste der Gala gemischt. Wir sind mit unserem Team und drei weiteren Adlern hier. Am Turm war es ruhig. Vorhin ist jemand herausgekommen und hat sich umgesehen, ehe er den

Platz überquert hat. Wir wissen also mit Sicherheit, wo der Eingang ist«, informierte Bleu.

Dann wollten sie doch mal ausprobieren, ob die Informationen des Ordensmitglieds richtig waren. Shane hob seinen Arm und machte eine kreisende Bewegung mit seinem Zeigefinger. Sekunden später hatten sich neun Adler um ihn herum versammelt.

»Wie ihr wisst, liegt uns kein Grundriss vom Hauptquartier des Ordens vor. Nur die grobe Beschreibung unseres Gefangenen. Du bleibst an der Tür des Turms, um den Rückzug zu sichern. Sag Bescheid, sobald jemand auftaucht.« Shane deutete auf den angesprochenen Adler. Auf die gleiche Weise verteilte er die anderen Aufgaben.

»Ihr drei sucht das Lager. Alle Waffen und Technologien, die wir gebrauchen können, nehmt ihr mit. Also alles, was wir nicht selbst haben oder kriegen können. Den Rest lasst ihr da. Ihr drei sucht das Archiv. Nehmt alles mit, worauf ihr unseren Namen entdecken könnt. Ich will nicht, dass dort irgendein Hinweis auf die Adler zu finden ist. Arbeitet schnell, aber genau. Wir haben leider nicht viel Zeit. Wir anderen suchen die Schaltzentrale. Wir müssen an den Hauptrechner, um ins System kommen zu können.« Da die Adler leider nicht so gute Hacker hatten wie der Orden, mussten sie das System auf direktem Weg anzapfen.

Es ging los. Wie immer zogen sie sich dunkelblaue Stoffmasken über die Gesichter. Geduckt rannten sie aus dem Schutz der Bäume über den Platz zum Turm hin. Wie überall um den viereckigen Turm herum, stand vor dem ursprünglichen Eingang eine Holzbank, über die sie hinwegstiegen, nachdem sie das Türschloss geknackt hatten. Blitzschnell huschten die zehn Schatten in den Turm hinein. Anstatt nach oben, würde es nach unten gehen.

Cassie, die einzige Frau in Shanes Team entdeckte den alten Kerzenhalter an der Wand, in dem jetzt eine Glühbirne Licht verbreitete und drehte ihn nach unten um. Eine Bodenplatte fuhr zur Seite und offenbarte eine steinerne Wendeltreppe in die Tiefe.

»Richtig gut gesichert. Was sind das doch für Profis«, konnte Shane sich nicht verkneifen voller Sarkasmus zu sagen.

Wie zuvor besprochen, gingen von hier nur neun Adler hinunter. Möglichst leise begannen sie den Abstieg.

Shane hatte dafür gesorgt, dass sie scharfe Munition, aber auch Betäubungspistolen dabeihatten. Er wollte es nicht zum Äußersten kommen lassen, war aber lieber vorbereitet.

Die Treppe führte weit nach unten und endete in einem schmalen Gang. Ein schmuckloser Kellergang. Hin und wieder platschte ein Wassertropfen von der Decke auf den dunklen, leicht unebenen Boden. Beinahe lautlos eilten die Adler weiter. Nur das Rascheln ihrer Kleidung war zu hören. Wenigstens war der Korridor dürftig beleuchtet. Unter ihren Füßen wurde der Boden fester. Sie liefen nun über Fliesen.

Dann endete der Gang. Ein großer runder Raum mit erstaunlich hoher Decke tat sich vor ihnen auf. Das war wohl der Versammlungsraum, von dem das Ordensmitglied im Verhör erzählt hatte.

Das Zeichen des Ordens, das griechische Symbol für Omega in goldener Farbe auf schwarzem Grund, darunterliegend drei ineinandergreifende Zahnräder, war auf den Bannern an den Wänden abgebildet. Eine Empore ragte vor ihnen in die Höhe. Man konnte links und rechts über eine Treppe hinauf gehen.

»Schick. Ein bisschen zu viel Kellerflair für meinen Geschmack. Wenn man nichts ist und aus dem Dreck kommt, kann man das auch nicht mit goldener Farbe übertünchen. Irgendwann geht der Lack ab«, kommentierte Shane trocken. Er bedeutete allen, weiterzugehen. Noch war ihnen zum Glück niemand vom Orden in die Quere gekommen.

Es gab eine Seitentür und eine Tür oben auf der Empore. Sie teilten sich auf. Shane hoffte, dass es oben zur Zentrale gehen würde, da dort vermutlich lediglich das Gremium des Ordens Zutritt hatte. Archiv und Lager waren wahrscheinlich allen Mitgliedern zugänglich.

Er täuschte sich. Zwar lag hinter der Empore ein teuer eingerichtetes Zimmer, das bei den Adlern im Vergleich das Kaminzimmer der Loge gewesen wäre, aber mehr war nicht zu finden. Hierher zogen sich die hohen Tiere des Ordens zurück. Alles schrie nach Dekadenz.

Sie sahen sich zügig um, öffneten Schubladen und Schranktüren. Shane stutzte, als er eine Schreibtischschublade aufzog. Er grinste und hob die Steinplatte und die kleine Schachtel hoch, die er im Tower ergattert hatte. Triumphierend zeigte er sie Bleu, der zufrieden nickte. Shane ließ beides schnell in der Hosentasche verschwinden, da sein restliches Team nicht darüber informiert war.

Abgesehen davon fanden sie nichts und gelangten durch eine weitere Tür auf einen Flur, auf dem sie den ersten Ordensbrüdern begegneten. Das Überraschungsmoment lag auf ihrer Seite und sie nutzten es. Die drei Adler stürzten sich auf vier Ordensbrüder.

***

Wie zufällig und vollkommen irritiert stolperte Nola in den Raum hinein. Sie warf einen gespielten Blick hinter sich in den Flur, wandte sich dann dem Raum zu. Drei Männer sahen sie aufmerksam an und sie erstarrte.

Das war also das so genannte Gremium des Ordens. Die drei Männer, die das Sagen in der Studentenverbindung hatten und alles entschieden. Sie hatten sich hier, wie von Shane erwartet, zurückgezogen, bis alle Gäste eingetroffen waren. Dann würden sie nach draußen gehen und eine Rede halten.

Nola war schrecklich aufgeregt. Sie wusste, dass ungefähr zehn Adler auf der Gala waren und ein Auge auf sie haben würden. Hier und jetzt war sie jedoch alleine.

»OH! Oh, das tut mir leid. Ich schätze, ich habe mich komplett verlaufen.« Mit großen Augen sah sie die Männer an, die ihr freundlich zulächelten. Sie wirkten nicht im Geringsten bedrohlich. Wenn Nola nicht gewusst hätte, was der Orden getan hatte, hätte sie das nicht mit diesen Männern in Verbindung gebracht.

»Das ist doch kein Problem. Das kann jedem passieren, vor allem, weil das Museum sehr verwinkelt ist«, beschwichtigte sie einer der Männer, der einen ergrauten Bart trug.

»Danke. Ich werde Sie aber lieber wieder alleine lassen. Es tut mir wirklich sehr leid.« Sobald sie den Rücken zu den Männern hatte, mühte sie sich mit dem Verschluss ihrer Handtasche ab. Nola stieß die Tür von innen zu, drehte den steckenden Schlüssel um und zog die Pistole aus der Tasche, die Shane ihr mit der Kette gegeben hatte. Der freundliche Ausdruck der Männer wich beim Anblick der Waffe sofort aus ihren Gesichtern.

»Die Rede muss wohl doch noch einen Moment warten«, kündigte Nola an und erlaubte sich einen ganz schnellen Blick auf ihre Uhr. Ihr Herz raste.

»Was denkst du, tust du hier?« Der leicht untersetzte Mann stand auf und wollte näherkommen. Nola entsicherte die Waffe mit zitternden Händen, was den Mann stoppte. »Wir haben noch keine Spenden gesammelt, die du stehlen kannst.« Die Waffe war nicht geladen, dagegen hatte sich Nola gewehrt. Das Gremium zu bedrohen, verlangte ihr bereits genügend Mut ab. Sie sollte lediglich Druck auf die Männer ausüben und sie zum Reden bringen.

Wenn alles im richtigen Zeitplan lief, stand jetzt gerade ein Mitglied des Ordens auf der kleinen Bühne und begrüßte die Gäste, die an den Tischen Platz genommen hatten. Liz würde sich fragen, wo Nola steckte. Der Einstieg zur Rede würde wenige Minuten dauern. Dann erwartete man das Gremium dort draußen.

»Ich wollte mir persönlich ein Bild von den Männern machen, die hinter dem Orden stehen. Ich frage mich, wer von Ihnen den Befehl gegeben hat, mich überfallen zu lassen. War es geplant, dass man mir eine Pistole an den Kopf hält oder ist das die Freiheit, die sich Ihre Mitglieder nehmen dürfen?«, begann sie.

»Wovon redest du denn da? Dir ist der Champagner wohl zu Kopf gestiegen«, sagte der Bärtige.

Nola veränderte ihre Position, um mehr Standfestigkeit zu haben und die Pistole sicherer greifen zu können. »Hören Sie auf, mir etwas vorzuspielen. Sie sind die Vorsitzenden der Studentenverbindung. Heute Abend wollen Sie Spenden sammeln, um Ihre Forschungen voranzutreiben und die fleißigen Studenten fördern zu können. Das klingt ehrenhaft und gut. Dabei verschweigen Sie allen, was wirklich beim Orden der goldenen Mitte geschieht. Dass Sie Technologien entwickeln, die Sie teuer an ausländische Firmen verkaufen. Dass mit dieser Technik Menschen in unserem Land abgehört und beschattet werden, um sie anschließend mit dem Material erpressen zu können. Nur, damit Sie Macht und Einfluss erhalten. Der Orden ist in Wahrheit ein Geheimbund, der Macht über Wirtschaft und Politik erlangen will. So viele Milliarden Dollar, Pfund und Euro fließen jeden einzelnen Tag durch London. Sie wollen Ihren Anteil daran haben und die Dinge so lenken, wie es Ihnen passt«, warf sie dem Gremium vor. Sie hatte noch immer einen Kloß im Hals und war voller Angst.

Wenn die anwesenden Adler ihre Aufgabe erfüllt hatten, wurde das hier soeben live im Saal übertragen. Es war so geplant, dass es parallel im Internet gezeigt wurde. So konnte niemand die Fakten unter den Teppich kehren. Die Kamera war in der Halskette eingearbeitet, die Nola trug.

Die Gäste im Saal starrten gebannt auf die Leinwand. Die ersten Sekunden hatten sie an eine Show geglaubt, wurden aber eines Besseren belehrt. Nur langsam begriffen die Leute, was sich vor ihren Augen abspielte.

Liz hatte sich zu Beginn der Einführungsrede suchend nach Nola umgeschaut. Verwundert hatte sie registriert, dass weder Nola noch Shane zu sehen waren. Als die Videoübertragung losging, erkannte sie mit Schrecken die Stimme ihrer Freundin. Was zur Hölle tat Nola da?

Die Ordensmitglieder befreiten sich am schnellsten aus ihrer Starre und begannen, sich aufzuteilen. Ein paar Mitglieder wurden zum Raum geschickt, in dem das Gremium sich befand.

Vor Wut ballte der dritte Mann die Hände zusammen und stand von seinem Platz auf. Scheinbar hatten die Herren aufgegeben, ihr etwas vorspielen und alles abstreiten zu wollen. »Woher weißt du darüber Bescheid?«, fragte er drohend mit zusammengebissenen Zähnen. »Was willst du? Wie viel?«

Nola lachte verächtlich auf. »Ich will gar nichts. Ich will Ihr Blutgeld nicht. Ich will die Wahrheit. Wieso tun Sie das? Sie arbeiten sogar mit Kriminellen zusammen. Sie belügen und betrügen so viele Menschen.«

»Du hast absolut keine Ahnung. Die Menschen sind blind und unfähig! Wenn wir sie nicht leiten und beeinflussen würden, wäre unser Land schon lange untergegangen. Einer muss die Zügel in die Hand nehmen und Entscheidungen treffen. Solange wir uns in die richtige Richtung bewegen, können wir mit Kollateralschäden leben«, entfuhr es dem bärtigen Mann ungehalten. Er schrie Nola regelrecht an.

Kurz brachte sie das aus dem Konzept und sie spürte, wie schnell ihr Herz schlug, wie weich ihre Knie waren. »Es geht Ihnen doch nur darum, genug Geld in die eigene Tasche zu scheffeln, nicht um das Wohl des Landes. Die Schießerei letzte Woche in Kensington, die in den Nachrichten war, die war von Ihrem Orden verursacht. Die vier Männer, die im Gefängnis sitzen, gehören zum Orden. Würde ich nichts sagen, würden Sie die Mitglieder einfach aus dem Gefängnis freikaufen, wie schon so oft. Nur, dass ich genügend Beweise habe, um den Orden zu entlarven und Ihren Machenschaften endlich Einhalt zu gebieten.«

»Das glaube ich kaum.« Siegessicher grinste ihr der Dritte im Bunde entgegen. »Du wirst diesen Raum nicht mehr verlassen, um irgendjemanden deine Beweise zeigen zu können. Alleine in die Höhle des Löwen zu kommen war keine gute Idee.« Er faltete seine Hände und lächelte sie an.

Liz krallte sich an den Stuhl, auf dem sie saß. Wieso war Nola in dieser Live-Übertragung? Woher hatte sie die Pistole, die sie auf die drei Männer richtete? Und wie kam es überhaupt dazu, dass Nola in dieser Situation war? Wie so viele andere Anwesende, verstand sie nicht ganz, was hier geschah. Mit offenem Mund blickte sie auf die Leinwand.

Die Unruhe der Gäste ballte sich zusehends zusammen und wurde zu einer übergreifenden Panik. Die ersten Leute sprangen von ihren Stühlen auf, ein paar

Frauen schrien. Was auch immer hier passierte, es war niemandem geheuer. Angst verbreitete sich.

Ein paar anwesende Politiker schienen langsam zu begreifen, was dieses soeben übertragende Gespräch für sie bedeutete.

Nola erwiderte das Lächeln, was ihre Gesprächspartner sichtlich verunsicherte. »Wer sagt, dass ich alleine gekommen bin? Außerdem hat sowohl der Saal als auch das Internet soeben miterlebt, welche Ansichten der Orden tatsächlich vertritt und welche Ziele von Ihnen verfolgt werden.«

Die Ereignisse überschlugen sich plötzlich. Zwei der Männer stürzten in ihre Richtung, was im Saal bei den Zuschauern der Live-Übertragung einen kollektiven Aufschrei auslöste. Die Adler, die sich um den reibungslosen Ablauf der Übertragung gekümmert hatten, beendeten diese.

Nola strauchelte nach hinten, um die Tür wieder aufzuschließen. Sie schaffte es gerade so, ehe einer der Männer ihren Arm packte und sie herumwirbelte. Mit einem lauten Klatschen landete seine Hand auf ihrer Wange und brachte sie zum Taumeln. Sie schmeckte Blut. Wahrscheinlich war ihre Lippe aufgeplatzt.

Zwei Ordensmitglieder hatten sich vor der Tür postiert, als sie erkannt hatten, von wo die Übertragung kam. Vier Adler kamen herangeschossen und setzten sie außer Gefecht. Sie rissen die Tür auf und kamen

Nola zu Hilfe, ehe ein Mitglied des Gremiums sie in die Finger bekam.

Nola rannte hinaus auf den Gang. Die Adler warfen die Tür von außen zu, verriegelten sie. Im Saal herrschte Chaos. Die Videoübertragung hatte für große Unruhe gesorgt. Jetzt kam hinzu, dass sich die anwesenden Adler gegen die angreifenden Ordensmitglieder zur Wehr setzen mussten. Manche Gäste waren auf den Innenhof gelaufen, manche versuchten, zum Haupteingang zu gelangen.

***

Sehr viele Ordensbrüder waren nicht im Hauptquartier, doch die Anwesenden machten es den Adlern nicht leicht. Sie kannten sich besser aus und hatten auf den Überwachungsmonitoren sehen können, wo sich die Eindringlinge aufhielten.

Die vier Brüder, die ihnen über den Weg liefen, kämpften erbittert und teilten ordentliche Schläge aus. Einer trat von hinten gegen Shanes Bein. Fast hätte er es ihm gebrochen. Nur durch das Eingreifen des dritten Adlers wurde der Tritt abgeschwächt und Shane hatte Glück. Der Kampf zog sich in die Länge, bis die Ordensbrüder endlich ohnmächtig zu Boden sackten. Bleu fand ein leeres Zimmer, in das sie die vier Kerle zogen.

Ohne sich die Gelegenheit zu geben, wieder zu Atem zu kommen, eilten sie weiter und trafen nach einer Biegung auf das restliche Team. Die Gänge liefen also wieder zusammen. Sie hetzten weiter, jetzt jeweils eine Waffe im Anschlag. Shane stoppte an der nächsten Ecke, spähte in den Gang und winkte sein Team weiter. Sie teilten sich erneut auf, um den jeweiligen Aufgaben nachzugehen.

Endlich, es war die vierte oder fünfte Tür, fanden sie etwas, das als Zentrale durchgehen konnte. Einige Computer standen auf den Schreibtischen und im angrenzenden Raum war ein großer Server. Der Raum war sehr spartanisch eingerichtet, die Wände grau. Insgesamt sechs Schreibtische standen dort. Drei nebeneinander, zwei jeweils gegenüber.

»Komm Archie. Los, los, los«, forderte Shane von dem Adler, der Bleu und ihn begleitete. Archie hatte den USB-Stick, den sie an den Hauptrechner anschließen mussten. Die Hacker von Sword & Eagle warteten bereits darauf.

Sie würden dem Orden sämtliches Geld entziehen. Rein gar nichts würde übrigbleiben. Sie würden das System nach Unterlagen über die Adler durchkämmen. Auch in digitaler Form wollte Shane nichts über die Adler zurücklassen. Archie klemmte sich an sein Handy, um Kontakt zum Hacker der Adler zu halten. Shane und Bleu behielten die Tür im Blick.

Das Funkgerät knackte und mit einem Rauschen hinterlegt, erzählte ihm eines seiner Teammitglieder, dass sie das Lager gefunden hatten. Shane erhielt einen kurzen Bericht darüber, was alles zu finden war, und gab erneute Anweisungen, was mitgenommen werden sollte.

Ungeduldig trommelte er mit den Fingern auf die Tischplatte. Sein Blick glitt abwechselnd zwischen Archie, der Tür, Bleu und dem restlichen Raum umher. Er rollte die Maske ein Stück hoch, zog sein Handy aus der Tasche und wählte die Nummer eines Adlers, der sich im Museum befand. Er wollte wissen, wie es dort gelaufen war. Von der geplanten Übertragung hatte er immerhin nichts mitbekommen. Niemand meldete sich. Er wählte eine zweite Nummer.

»Jetzt unterbrecht ihr die Verbindung zum Rechner und lasst schön die Waffen unten!«, ertönte eine Stimme.

Alle drei hatten sie nicht mehr richtig auf die Tür geachtet oder auf herannahende Schritte gelauscht. Oliver stand auf der Türschwelle. Vor ihm stand Nola. Einen Arm hatte Oli von hinten um ihren Hals gelegt, mit der freien Hand hielt er ihr einen Pistolenlauf an den Kopf. Nola krallte sich mit ihren Händen an den Arm um ihren Hals, um sich irgendwie Luft zu verschaffen. Wann immer Oliver sich bewegte, nahm er keine Rücksicht darauf, ob sein Arm zu viel Druck auf ihren Hals ausübte. Nolas Lippe blutete und ihre ganze Erscheinung wirkte schwer mitgenommen. Die Frisur komplett zerzaust, das Kleid dreckig.

Shane fluchte.

»Gute Ablenkung mit dem falschen Plan! Ihr habt die Wanze wohl entdeckt. Als ich dich nirgendwo im Museum finden konnte, war mir allerdings klar, dass du etwas anderes vorhast«, quatschte Oliver ungefragt drauf los.

»Willst du jetzt einen Orden dafür haben?«, fragte Shane und verdrehte die Augen.

»Lass endlich den Rechner in Ruhe!«, schrie Oliver Archie an. Nola zuckte heftig zusammen. »Da rüber! In die Ecke!«

Im nächsten Moment tauchten sechs Ordensmitglieder auf. Sie folgten augenblicklich Olivers Befehl, die Adler endgültig fertig zu machen.

Shane riss die Pistole mit dem Betäubungsmittel hoch und gab die ersten Schüsse ab. Sein Ziel wich geschickt aus, sprang auf einen Schreibtisch und setzte darüber hinweg. Er stürzte sich auf Shane und riss ihn mit sich um. Ähnlich erging es Bleu, der mitten im Angriff von den Beinen gefegt wurde und heftig auf den Rücken schlug.

Nolas Herz raste. Oliver hatte sie im Flur des Museums überrumpelt, sie mit einer Waffe bedroht und hierher gezerrt. Seinem Sturmschritt hatte sie kaum nachkommen können und war mehrmals gestolpert und hingefallen. Am Eingang des Turms hatte Oliver einen Adler k.o. geschlagen, ehe er sie die Treppen hinuntergeschleift hatte.

Während sie nun zusah, wie die Adler sich verzweifelt gegen die Ordensmitglieder wehrten, wuchs ihr Widerstand wieder. Ohne allzu lange nachzudenken, presste sie die Augen zusammen und biss Oliver kräftig in den Unterarm. Er schrie auf, lockerte dabei seinen Griff. Nola wirbelte zu ihm herum und schlug ihm ihren Handballen mit voller Wucht von unten gegen den Kiefer.

Oli war von ihrer Aktion so überrascht, dass er gegen einen der Schreibtische stieß, die komplette Reihe verschob und seine Waffe verlor. Diese schlitterte unter eines der Regale.

Die Pistole war beim Aufprall aus Shanes Hand geschleudert worden. Sein Angreifer hockte über ihm und griff mit beiden Händen um seinen Hals, drückte zu. Shane schnappte verzweifelt nach Luft. Mit Schwung drehte sich Shane zur Seite, zog seinen Gegner mit sich und kam endlich wieder zu Atem. Die Sterne vor seinen Augen blinzelte er hektisch weg.

Archie duckte sich soeben unter einem Faustschlag weg und versenkte einen Treffer in die Seite des Ordensmitglieds. Bleu hatte einen Angreifer im Schwitzkasten und drückte langsam immer fester zu, um eine

Ohnmacht herbeizuführen. Viel Zeit blieb ihm nicht, da ein zweiter Kerl auf ihn zu rannte.

Shane sah sich kurz nach Nola um. Sie hatte sich zwar von Olivers Griff befreien können, aber er jagte ihr sofort hinterher.

Eine Reihe von Schlägen prasselte auf Shane ein, die er fast alle geschickt mit seinen Unterarmen abwehrte, bis er einen gezielten Schlag aus der Deckung heraus nach vorne machen konnte und den Gegner genau auf die Nase traf. Den nächsten Kerl hielt er mit einer Hand auf Höhe des Ellbogens fest, wehrte den Schlag ab, hieb selbst nach dessen Schulter. Schnell duckte er sich an ihm vorbei und trat ihm von hinten die Beine weg. Shane beugte sich vor, bekam einen schweren Briefbeschwerer zu fassen und schleuderte ihn dem nächsten Angreifer entgegen.

Bleu hatte einen Ordensbruder ausgeschaltet. Gegen den anderen ging er nun vor. Sie tauschten heftige Schläge aus, bis Bleu sich durchsetzte und drei, vier Treffer hintereinander versenkte. Er nutzte den Schwung, den er hatte, um aus der Bewegung heraus einen Schlag von oben schräg nach unten zu machen. Dabei sprang Bleu leicht nach vorne und schickte den Gegner krachend auf den Rücken.

Ihre Angreifer erhöhten das Tempo. Einem gelang es, eine Pistole zu greifen. Ohne zu zögern wandte er sich um und schoss auf Archie. Den holte es von den Beinen und er landete in einer Ecke. Shane sah, dass es die

Betäubungspistole gewesen war und atmete erleichtert auf.

Wieder suchte sein Blick nach Nola. Ein Ordensbruder hatte eine der Nervenkapseln zu Bleu geworfen, der sie abwehrte und in Olivers und Nolas Richtung schickte. »Nicht einatmen!«, schrie Shane Nola über den Kampflärm hinweg zu.

Sie schien ihn gehört zu haben. Die Kugel traf Oliver, den die Muskelkrämpfe auf den Boden zwangen.

Nola wollte den Moment nutzen, um endgültig aus Olivers Reichweite zu gelangen. Doch während Oliver in die Knie ging, umfasste er Nolas Knöchel. Durch die Muskelkrämpfe öffnete sich sein Griff nicht mehr und Nola, die im Begriff gewesen war, wegzulaufen, schlug gegen einen Schreibtisch und dann auf den Boden. Sie trat nach Oliver und nestelte zeitgleich an ihrer Kette herum, um sie über den Kopf zu ziehen.

Da Archie ausgeschaltet war, verteilten sich nun mehr Ordensbrüder auf Bleu und Shane. Er bemerkte das Aufblitzen des silbernen Kügelchens zu spät. Es traf ihn, wie schon zuvor in den Kensington Gardens.

»Nicht schon wieder«, knurrte er und versuchte den Großteil des Dampfes nicht einzuatmen. Er wusste nicht, wie viel er abbekommen hatte, aber seine Muskeln verkrampften augenblicklich. Zwei Gegner machten sich an ihm zu schaffen und traten auf ihn ein, als er am Boden lag. Schneller als erhofft, bekam Shane die Kontrolle über seinen Körper zurück.

Er war sauer, richtig sauer. Seine Seite stach schmerzhaft, das Luftholen war eine einzige Qual. Aus der Position am Boden trat er einem der Kerle mit voller Wucht gegen die Kniescheibe. Das Messer, das dieser in der Hand gehalten hatte, fiel klappernd runter, als er zu Boden ging. Shanes Griff schloss sich darum und während er aufsprang, stach er damit in Richtung seines zweiten Gegners. Ein tiefer Schnitt am Oberarm war das Resultat. Stühle waren um sie herum umgekippt, die Schreibtische hatten sich verschoben. Ein Stuhl lag bereits zertrümmert im Raum, da Bleu ihn seinem Gegner über den Rücken gezogen hatte.

Ein Brüllen kam von Bleu. Shane konnte kurz in seine Richtung schauen. Sein Kumpel hielt sich die Schulter, wirkte aber ebenso entschlossen wie Shane. Sie würden bis zum Schluss kämpfen.

Ein weiterer Schrei. Oliver. Nola hatte mit der Kette nach ihm geschlagen und ihn im Gesicht getroffen. Dann hatte sie den Schuhabsatz auf Olivers Fuß gerammt und sich somit befreit. Gut, aber nicht wirklich klug. Oliver war wieder Herr seines Körpers. Er tastete unter dem Regal nach seiner Waffe. Schließlich riss er die Pistole darunter hervor und verpasste Nola einen Schlag mit dem Griff der Waffe. Sie taumelte und hielt sich die Stirn, auf der nun eine Platzwunde prangte. Nola wirkte benommen und wollte sich an der Wand abstützen, die sie verfehlte und erst beim zweiten Versuch erwischte.

Shane trat dem Ordensmitglied vor sich heftig in die Magengrube. Er ließ die Hände auf dessen Schulter krachen, rammte mit einer Bewegung das Knie in die Weichteile des Gegenübers, der daraufhin zu Boden ging. Oliver drehte die Waffe herum, zielte auf Nola. Shane rannte los. Er bückte sich, griff nach einer Pistole und schlitterte unter zwei Schreibtischen hindurch. Jede Bewegung schmerzte, sein Atem rasselte. Er tippte auf mindestens eine gebrochene Rippe.

Kurz bevor er bei Oliver auf die Beine kam, zog er ihm aus der halb liegenden Position die Beine weg. Erneut verlor Oliver die Pistole. Dann stand Shane über ihm und verpasste ihm einen Faustschlag genau auf die Nase, die mit einem Knacken brach. Oliver schien keiner zu sein, der viel einstecken konnte, denn er wimmerte gepeinigt. Shane sah, wie das Ordensmitglied vergeblich nach der Pistole suchte. Gleichzeitig trat Oliver Shane in die Seite, wo sein Körper ohnehin bereits in Flammen stand. Keuchend blieb Shane stehen, musste sich erst sammeln. Er wischte sich mit dem Handrücken über den Mundwinkel. Blut auf seiner Hand.

Wie in Zeitlupe bemerkte er, dass Oliver sich aufrappelte. Die Waffe hatte Oliver in der Eile nicht mehr in die Finger bekommen. Shane entsann sich der Waffe in seiner eigenen Hand und richtete sie genau auf Olivers Stirn. Sein Finger drückte bereits leicht auf den Abzug. Weshalb er zu Nola sah, wusste er nicht genau. Sie sah ihm direkt in die Augen. Shane presste die Zähne aufeinander. Dann fällte er die Entscheidung.

Es klickte.

Shane hatte den Lauf ein gutes Stück gesenkt und abgedrückt. Oliver schrie ein weiteres Mal auf. Die Kugel hatte seine Kniescheibe getroffen und er stürzte um.

Shane beugte sich zu Nola, half ihr aufzustehen und drehte sich zu den Kämpfenden um. Bleu war noch mitten im Kampf, doch jetzt strömten die anderen Adler herbei. Es war vorbei. Die letzten kämpfenden Ordensmitglieder hatten keine Chance mehr.

ᚳᚹ Epilog ᛒᚢ

Nachrichtensendungen und Zeitungen waren in den darauffolgenden Tagen gefüllt von dramatischen Berichten über die Taten des *Ordo Aurea Mediocritas*.

Zahlreiche Festnahmen von Ordensmitgliedern folgten kurz danach. Die Polizei hatte sich im verborgenen Hauptquartier der Studentenverbindung umgesehen und eine erdrückende Beweislast vorgefunden. Waffen, zweifelhafte Technologien, die unerlaubt ausprobiert worden waren, ohne auf jegliche Menschenrechte zu achten, Archivmaterial zu hunderten kriminellen Fällen.

Shane hatte die Unterlagen, die er in der Bibliothek gefunden hatte, an die Presse weitergespielt. Aus den Listen gingen sämtliche Mitglieder des Ordens hervor. Das Archiv belegte, welches Mitglied was genau getan hatte und an welchen Stellen Leute geschmiert worden waren. Es war dieses Mal nicht möglich, zu entkommen.

Ordensmitglieder, die nichts von den illegalen Tätigkeiten gewusst hatten und nach der Universitätszeit wieder ausgetreten waren, hatte man um ihre Erfindungen betrogen. Alles, was die Mitglieder während der Zeit im Orden erfanden, ging automatisch an den Orden über.

Die Universität distanzierte sich in einem Statement ausdrücklich vom Orden der goldenen Mitte. Sie hatten nicht geahnt, welchen Machenschaften der Orden tatsächlich nachging und hätten so etwas niemals toleriert.

In all den Akten, die in den nächsten Wochen sorgsam durchgearbeitet werden mussten, würde man jedoch kein einziges Wort zu Sword & Eagle finden. Shanes Team war trotz des Zeitdrucks sorgsam vorgegangen und hatte jegliche Spuren beseitigt. Da Oliver Archie lediglich vom Schreibtisch aufgescheucht, den USB-Stick aber nicht vom Rechner getrennt hatte, war auch im System nichts über die Adler zu finden. Londons Augen waren ganz allein auf den Orden gerichtet.

Die Adler hatten in der Nacht der Spendengala rechtzeitig den Rückzug antreten können. Sie selbst hatten die Polizei gerufen, ehe sie das Museum und das Hauptquartier fluchtartig verlassen hatten. Die davongetragenen Blessuren würden sie hingegen eine Weile begleiten.

Bleu hatte neben blauen Flecken und einer aufgeplatzten Augenbraue noch eine ausgekugelte Schulter mit nach Hause genommen. Seinen Arm trug er jetzt nach dem Einrenken in einer Schlaufe.

Archie war mit einem ausgeschlagenen Backenzahn am glimpflichsten davongekommen, da ihn das Betäubungsmittel umgehauen hatte und niemand mehr auf ihn losgegangen war.

Shane hatte zwei gebrochene und eine angebrochene Rippe. Obwohl sein Bein nicht gebrochen war, humpelte er noch ein wenig. Blutergüsse verzierten derzeit seinen Oberkörper, wo die Gegner auf ihn eingetreten hatten.

Nola ging es körperlich gut. Die Platzwunde an der Stirn, die Oliver ihr mit dem Griff seiner Pistole zugefügt hatte, verheilte gut. Allerdings wusste sie nicht, wie sie die Bilder vertreiben sollte, die immer wieder ungefragt auftauchten. Sie hatte noch niemals in Schwierigkeiten gesteckt und war nun binnen kürzester Zeit mehrmals angegriffen und mit Waffen bedroht worden. Sie hatte ordentlich an den Geschehnissen zu knabbern.

Sie hatten zudem herausgefunden, dass Oliver vom Orden auf Nola angesetzt worden war, nachdem sie mehr Kontakt zu Shane aufgebaut hatte. Das machte Olivers Verrat noch unerträglicher.

Wenigstens konnte sie mittlerweile teilweise mit Liz darüber sprechen, denn nach dem Auftritt bei der Live-Übertragung während der Gala, konnte sie ihrer Freundin nichts mehr vormachen. Sie hatte Liz davon erzählt, wie der Orden sie und Shane angegriffen hatte und dass sie den Jungs deshalb geholfen hatte, gegen den Orden vorzugehen.

Von der Rolle ihrer Familie oder Shanes Privatrecherchen hatte sie noch nichts verraten. Liz war clever und wollte weitere Fragen stellen, doch Nola hatte sie darum gebeten, nicht nachzubohren. Wenn sie soweit war, würde sie ihrer Freundin zu den restlichen Fragen Rede und Antwort stehen.

Das Gesetz der Eiche war erneut eingetreten.

Ein Geheimbund, der zu schwach gewesen war, war zerstört. Die Eiche verlor ein paar Äste und Blätter. So wurde Platz für die Stärkeren gemacht, die nun weiterwachsen und diese Lücke einnehmen würden. Denn am Ende blieben nur die Stärksten.

Es war knapp anderthalb Wochen nach den Ereignissen, als sich Nola und Bleu in Shanes Wohnung eingefunden hatten. Mit einem kleinen Essen hatten sie Shanes Geburtstag gefeiert, nachdem er sich zunächst grummelnd dagegen gewehrt hatte.

Auf dem Couchtisch stand die kleine Schachtel aus dem Tower of London. Es hatte sich niemand weiter damit beschäftigen können, weil die Jungs bei den Adlern erst viel hatten erklären müssen. Für Sword & Eagle war die Mission ein voller Erfolg gewesen. Nicht nur, dass sie das Geld des Ordens abgezweigt hatten, darüber hinaus besaßen sie nun Prototypen mancher Erfindungen.

Jedenfalls war es endlich soweit, herauszufinden, was Shanes Nachforschungen zu Tage gefördert hatten. Zu was hatten die Briefe sie geführt?

Shane öffnete den Deckel der Holzschachtel und hob erstaunt eine Augenbraue in die Höhe. Er holte einen silbernen Siegelring heraus. Ein Adler mit ausgebreiteten Schwingen. In den Klauen hielt er ein Schwert, mit der Spitze nach oben weisend.

»Der Ring der Gründer«, sagte Bleu halblaut und staunte. »Ich dachte, er sei ein Mythos.« Shane drehte den Ring zwischen den Fingern. Auf der Innenseite waren die Nachnamen der beiden Gründer eingraviert – Wellington & Thompson, 1830. »Es hat ihn niemand mehr zu sehen bekommen. Zacharias muss ihn versteckt haben und gab seiner Tochter dann Hinweise, wie sie ihn finden konnte«, sagte Shane.

»Und was ist das da?« Neugierig beugte Nola sich vor, um nach der Schachtel zu greifen. Der Innenteil war mit dunkelblauem Samt ausgekleidet, doch an einer Ecke hatte sich der Stoff gelöst. Vorsichtig zog sie das Material noch ein Stück vom Rand weg. Ein vergilbtes Blatt Papier kam zum Vorschein, welches sie zaghaft herauszog. Selbst beim Auseinanderfalten passte sie auf, um nichts zu beschädigen.

Die drei lehnten sich über den Zettel.

Wie bei der Hatz den heißen Atem wir schon spür'n,
Die Kreise sich enger ziehen, wollen uns verschnür'n.
Die verborgene Macht, sie ist zu groß,
Deshalb wir legen sie in deinen Schoß.
Doch wird das Rätsel niemand knacken,
Der nicht richtig weiß zu hacken.
Dein Weg dich führt aufwärts zu den Zinken,
Wo du auf die Knie zunächst musst sinken.

Die Lösung liegt in einem nahen Raum,
In welchem alte Schätze sind zu schau'n.
Jedoch ans Ziel kann nur gelangen,
Wer zuvor zu Herrschern ist gegangen.
Wem's glückt, die Tore endlich aufzustoßen,
Ist bestimmt zu Großem.

»Was soll denn das wieder bedeuten?«, beschwerte Bleu sich.

»Wir sind noch nicht am Ziel. Die Schnitzeljagd geht anscheinend weiter. Was auch immer unsere Gründer am Ziel versteckt haben, es muss wichtig sein«, sagte Shane und warf einen zweiten Blick auf das Papier.

»Das will ich schwer hoffen. Bei dem Aufwand!«, kam es erneut von Bleu.

Nola musterte das Rätsel aufmerksam. Keine Tintenkleckse wie auf den Briefen. Dieses Mal gab es also keine Hilfestellung. Wieso hatten die Gründer der Adler so ein Geheimnis um den Ring gemacht? Und worauf spielte dieses Rätsel an? Sie spürte Shanes amüsierten Blick auf sich und drehte sich zu ihm um.

»Und jetzt?«, fragte er sie.

»Jetzt werden wir drei dieses Rätsel knacken!«, antwortete Nola und lächelte ihm entgegen.

Der Kampf um die Macht in London geht weiter.

Nola will sich endgültig von den Adlern distanzieren, doch eine verstörende Botschaft und ihre eigenen Gefühle durchkreuzen diesen Plan.

Das geheimnisvolle Rätsel, das die Gründer von Sword & Eagle hinterlassen haben, ist weiterhin ungelöst. Gemeinsam mit Shane nimmt sie die Recherchen wieder auf. Neue Hinweise bringen sie dem Ziel näher, enthüllen allerdings gleichzeitig ungeahnte Vorfälle der Vergangenheit.

Ehe Nola sich versieht, wird sie erneut in den Sumpf der Geheimbünde gezerrt und muss diesmal nicht nur um ihr eigenes Leben bangen.

308 Seiten
ISBN: 978-3-734-79380-6